IHR WERWOLF-VERTEIDIGER

WERWOLF WÄCHTER ROMANTIK SERIE

JODI VAUGHN

Cover Design by Melody Simmons

❀ Erstellt mit Vellum

KAPITEL 1

Außerhalb von Little Rock, Arkansas, Gegenwart

„SCHWÄNZE SIND WIE SCHUHE, es gibt sie in allen Formen und Größen. Wenn du den richtigen findest, wirst du ihn nie müde." Jayden blieb ruckartig stehen, als Grannys unverwechselbare Stimme aus dem Wohnzimmer zu ihm drang.

Er schloss die Augen und spürte eine Gänsehaut auf dem Rücken. Er betete inständig, dass Granny nicht tatsächlich zu jemandem sprach.

„Bitte lass sie laut aus *Cosmo* lesen." Das Magazin war gewissermaßen ihre morgendliche Andacht. Sie hatte die schlechte Angewohnheit, die weisen Ratschläge der Zeitschrift mit ihm zu teilen, wann immer er zum Frühstück vorbeischaute. Als sie ihm den Artikel zum Thema Oralsex vorlas, hätte er seinen Teller, voll beladen mit gebratenen Eiern und Speck, beinahe auf den Küchenboden fallen lassen.

Er rieb sich mit einer Hand über das Gesicht, während

sich seine Eingeweide angesichts der unguten Vorahnung verkrampften.

Er hätte nicht herkommen, sondern eine weitere Entschuldigung vorbringen sollen, weshalb er sie nicht mehr so häufig wie früher besuchte.

Normalerweise gab er vor, zu sehr mit seinem Job als Wächter bei den Arkansas-Werwölfen beschäftigt zu sein. Er erzählte ihr entweder, er sei auf einer neuen Mission, oder ähnlichen Unsinn, nur damit sie aufhörte, sich andauernd zu beschweren. Sonst hatte sie ihm diese Ausreden auch immer abgenommen, nur im Moment zog das bei ihr nicht.

Jayden öffnete die Augen und beruhigte sich. Bevor er es sich anders überlegen und aus der Tür verschwinden konnte, zwang er seine Füße in Richtung Wohnzimmer. Der Geruch von Zimt und Zucker lag schwer in der Luft. Vielleicht hatte Granny seine Lieblingskekse gebacken, um ihn zu bestechen, öfter vorbeizuschauen.

Er betrat das Wohnzimmer und erstarrte. Etwa zwanzig Frauen aller Altersgruppen saßen zusammengedrängt in Grannys winzigem Wohnzimmer. Einige hockten auf Stühlen oder saßen auf dem Sofa, wieder andere saßen auf dem Fußboden. Es war nicht einmal genug Platz für ihn, um hindurch zu laufen und zur Küche zu gelangen.

Granny stand vorne wie die ergraute Glücksradmoderatorin Vanna White und hielt einen neongrünen Dildo in der Hand.

„Ich bin in der Hölle", murmelte Jayden zwischen zusammengebissenen Zähnen und sein Magen drehte sich.

Als sie in Louisiana mit dem Verkauf von Sexspielzeug angefangen hatte, um ihre Finanzen aufzubessern, hatte er sein Bestes versucht, ihr die Sache auszureden. Doch sie war eine störrische alte Ziege und so hörte er schließlich auf zu nörgeln. Er dachte sich, dass niemand interessiert wäre, einer alten Frau derartige Sachen abzukaufen, und sie es irgendwann aufgeben würde.

Allerdings hatte er Grannys Beharrlichkeit nicht bedacht. Wenn sie sich einmal etwas in den Kopf gesetzt hatte, war sie nicht davon abzubringen. Und innerhalb eines Jahres hatte sie sich ein sechsstelliges Einkommen erwirtschaftet. Sie war wie ein Hund mit seinem Knochen: Sie weigerte sich, ihren neuen Status als Unternehmerin aufzugeben. Nachdem sie wegen seines Jobs als Wächter nach Arkansas gezogen waren, hatte Jayden gehofft, Granny würde ihr Geschäft mit dem Sexspielzeug endgültig aufgeben, um sich in den konservativen Bundesstaat zu integrieren.

Doch er hatte sich kräftig geirrt.

Er hatte einen Neuanfang gebraucht und Arkansas hatte ihm die Möglichkeit dafür geboten. Louisiana war mit zu vielen schlechten Erinnerungen behaftet.

Vor einigen Monaten hatte er seinem Freund, dem Arkansas-Werwolf Damon Trahan dabei geholfen, eine entführte College-Studentin zu finden. Dabei war er auf die falsche Seite geraten, zu einem Rudel roter Schurkenwölfe. Was ihm in dieser Nacht widerfahren war, war schlimmer als die Beulen und Kratzer, die Granny sehen konnte. Sein Werwolf-Blut hatte diese Wunden heilen lassen, doch andere Narben gingen tiefer. Sehr viel tiefer. Davon konnte er weder Granny noch sonst jemandem erzählen, sosehr Granny ihn auch drängte, sich ihr anzuvertrauen.

Seither sah Granny ihn an, als würde sie in seinen Kopf schauen, um herauszufinden, was dort vor sich ging. Das Letzte, was er verdammt noch mal brauchte, war, dass sie sah, wie abgefuckt sein Gehirn von dieser einen Nacht der Folter war.

Er trat einen Schritt zurück und hoffte, aus der Vordertür zu entkommen, bevor Granny ihn sah. Er drehte sich schnell um, wobei sich sein Fuß in der Ecke des Teppichs verfing. Er

3

stolperte und stieß mit seiner Hüfte gegen den Beistelltisch, auf dem sich eine rubinrote Schüssel mit dekorativen Glaskugeln befand. Die in der Schüssel befindlichen Kugeln rasselten und Granny drehte sich um.

Ein Lächeln zeigte sich auf ihrem faltigen Gesicht.

„Jayden. Ich habe dich gar nicht hereinkommen hören." Sie watete ihm durch die Masse der auf dem Fußboden sitzenden Gäste entgegen.

„Ich wusste nicht, dass du eine Party veranstaltest. Ich kann später wiederkommen." Jayden lächelte und drehte sich um, um zu gehen. Granny griff energisch seinen Arm und schaute in die Runde. „Alle mal herhören, ich möchte, dass ihr meinen Enkel Jayden kennenlernt. Er ist Single, müsst ihr wissen."

Jayden biss die Zähne zusammen und zwang sich zu einem Lächeln, als alle Anwesenden in Gekicher ausbrachen. Ein Date war das Letzte, was er derzeit brauchte. Verdammt, er konnte jederzeit und überall eine Pussy bekommen, wenn er wollte. In letzter Zeit, seit dieser Nacht in Louisiana, hatte er nur nicht das Bedürfnis verspürt, mit einer Frau zusammen zu sein. Vielleicht war er insgesamt einfach zu abgefuckt, um sich je wieder normal zu fühlen.

Jayden zog sanft Grannys Hand von seinem Bizeps. „Ich wollte deine kleine, ähm, Sexparty nicht stören." Du meine Güte, dieses Wort wollte ihm einfach nicht über seine Lippen kommen.

„Na, war das nun so schwer auszusprechen?" Granny verdrehte die Augen und schaute zu den anderen.

„Du hast keine Ahnung." Jayden fuhr sich mit der Hand über den Nacken. Gelächter brach aus und er lächelte alle Anwesenden entschuldigend an. Aus dem Augenwinkel zog etwas seine Aufmerksamkeit auf sich und er schaute ein zweites Mal hin.

Sie war es tatsächlich. Haley Guthrie. Das Mädchen,

welches er in Louisiana gerettet hatte. Was in Teufels Namen machte sie denn hier?

Seine Nackenhaare stellten sich wachsam auf. Er würde sie allein am Geruch erkennen, selbst wenn er sie nicht wie jetzt mit leerem Blick anstarrte. Seine Augen verharrten einen Moment zu lange auf ihr, bevor er sich zwang, wegzuschauen.

Granny musste seinem Blick gefolgt sein, Detektivin mit Adleraugen, die sie nun einmal war, denn ihre nächsten Worte waren an Jayden gerichtet.

„Du erinnerst dich an Haley, nicht wahr?"

„Natürlich." Jayden schenkte Haley ein höfliches Lächeln, doch seine Eingeweide fühlten sich wie Eis an.

„Was für eine Überraschung. Ich dachte, du hast viel zu tun mit deinen Kursen an der LSU."

Haley errötete und bewegte sich unruhig auf ihrem Stuhl.

„Oh, sie ist zur Universität von Arkansas gewechselt, sie ist nur zu Besuch hier", erklärte Granny, noch bevor Haley den Mund öffnen konnte.

Haley wandte schnell ihren Blick ab. Es war völlig offensichtlich, dass sie sich bemühte, überall hinzusehen, nur nicht zu Jayden. Auch sie wollte nicht an diese Nacht erinnert werden.

Machte er ihr einen Vorwurf? Nein. Schmerzte es ihn noch immer, dass er versagt hatte? Scheiße, das tat es.

„Nun, ich muss mich jetzt wirklich auf den Weg machen." Jayden schaute auf seine Luminox-Uhr. „Ich habe in zehn Minuten eine Besprechung." Er küsste Grannys runzlige Wange, winkte den anderen Frauen zu und schaute gekonnt über Haley hinweg, als er in die Küche ging. Wo er schon mal da war, konnte er genauso gut einige Kekse für unterwegs mitnehmen, da er weder gefrühstückt, noch zum Mittag gegessen hatte. Jayden schnappte sich eine Handvoll Erdnusskekse und legte seine

Hand auf den Türknauf der Hintertür, als Granny ihn einholte.

„Wirst du zum Abendessen zurück sein? Ich wollte einen Schmorbraten machen." Ihre hoffnungsvolle Stimme ließ ihn sich schlechter als Hundescheiße fühlen.

Jayden setzte das verfluchte Lächeln wieder auf. „Ich bin nicht sicher. Ich glaube, das Meeting mit Barrett wird eine Weile dauern. Ich melde mich."

Er riss die Tür auf und eilte in den Sonnenschein an diesem herrlichen Frühlingstag. Der leichte Wind zerzauste sein Haar, während er zu seiner Harley-Davidson Breakout ging. Er nahm einen Bissen von seinem Keks und sann darüber nach, weshalb Haley Guthrie hier war. Sein Magen krampfte sich zusammen und er verlor schnell den Appetit. Er schmiss die restlichen Kekse weg, bevor er sich auf sein Motorrad setzte.

Jetzt, wo Haley in Arkansas lebte, war Jayden sich einer Sache sicher.

Seine höllische Vergangenheit, von der er gedacht hatte, er hätte sie zurück in Louisiana gelassen, hatte ihn soeben bis nach Arkansas verfolgt.

„HALEY, du hast gelogen." Dana, ihre College-Mitbewohnerin, sah sie an und stieß sie spielerisch in die Seite. Danas dunkelbraune Haare reichten bis über ihre Schultern, ihre karamellfarbenen Augen funkelten belustigt. „Sagtest du nicht, dass du niemanden in Arkansas kennst?"

Haley schluckte und vermied es, ihrer Freundin in die Augen zu schauen. „Ich wusste nicht, dass Jayden in Arkansas lebt. Ich habe ihn nur einmal getroffen und das war in Louisiana." Sie zuckte mit den Schultern und vertiefte sich in den Katalog mit dem Sexspielzeug. Sie hoffte, Dana würde das Thema Jayden Parker fallen lassen.

Jayden war ein Thema, über das sie nicht sprechen wollte. Mit niemandem.

Dem Blick nach zu urteilen, den er ihr zugeworfen hatte, wollte er nicht in ihrer Nähe sein. Sie hatte ihm genug Schmerzen zugefügt, es reichte für ein ganzes Leben.

Sie hätte Dana nie begleiten sollen, doch sie brauchte Hilfe und hatte keine anderen Optionen. Sie zur Sexparty zu begleiten, gab ihr eine Entschuldigung, das Gebäude aufzusuchen, in welchem der Rudelführer von Arkansas lebte.

Es waren fast fünf Monate vergangen, seit ihre Eltern sie gezwungen hatten, das College zu wechseln. Diese fünf Monate hatte sie in einem simplen Funktionsmodus verbracht: essen, schlafen und die Kurse besuchen.

Haley Guthrie war einst der Augapfel ihrer Eltern, deren ganzer Stolz, gewesen. Dann war sie in einer einzigen Nacht zur Hundescheiße unter den Absätzen ihrer teuren Schuhe herabgesunken. Die Entführung hatte den Lauf ihres Lebens für immer verändert.

Es erschütterte sie, dass die Menschen, die sie großgezogen, verwöhnt und die mit ihr geprahlt hatten, ihr ihre Zuneigung von einem Moment auf den anderen entziehen konnten.

Erst nachdem sie gerettet und nach Hause gebracht worden war, hatte sie festgestellt, dass die Liebe ihrer Eltern nicht bedingungslos, sondern oberflächlich war. Sie hatte erwartet, dass ihre Eltern sich über ihre Rückkehr und Unversehrtheit freuen würden, doch sie waren vielmehr enttäuscht darüber, dass sie Schande über den Namen der Familie gebracht hatte.

„Verdammt, Mädel, Jayden ist völlig in Ordnung. Ich habe gehört, dass er wie ein Hengst gebaut ist, wenn du weißt, was ich meine." Dana warf ihr einen vielsagenden Blick zu, während sie Haley einen gigantischen roten Dildo weiterreichte.

„Woher soll ich das wissen?" Haleys Herz pochte in ihren Ohren und schnell gab sie das obszöne Spielzeug der Frau, die neben ihr saß. Sex war das Letzte, was sie im Sinn hatte. Sie konnte den ganzen Plastik-Gadgets und den Tangas mit Bonbongeschmack einfach nichts abgewinnen. Es war nicht so, dass sie in einer Beziehung war. Nicht mehr.

„Du musst wieder mit dem Dating anfangen." Dana zog die Augenbrauen nach oben, als sie den sich drehenden Dildo betrachtete, der wie ein Seelöwe geformt war. „Deine letzte Beziehung war wann? Vor vier Monaten?"

„Fünf". Fünf Monate, zwei Wochen und drei Tage. In der Nacht, in der sie entführt wurde, machte ihr ein Rudel roter Wölfe klar, dass sie ihre spärliche Population vergrößern mussten. Und dass *sie* fortan ihre Sexsklavin sei. Was für ein Glück sie doch hatte. Es war die Nacht, in der ihr Freund und ihre Eltern sie als beschädigt, beziehungsweise ihres Namens nicht würdig, erachtet und sie fallengelassen hatten. Wer würde sie jetzt noch als Gefährtin haben wollen? Sie stammte aus einer wohlhabenden Werwolf-Familie und ein guter Ruf war alles, was zählte.

„Ich glaube nicht, dass ich bereit bin." Haley gab vor, die Inhaltsstoffe eines Gleitmittels mit Kirschgeschmack zu lesen. Um nichts in der Welt war sie bereit für ein Date, und das hatte keineswegs etwas mit einem gebrochenen Herzen zu tun.

Wenige Wochen, nachdem sie in das Studentenwohnheim gezogen war, erhielt Haley einmal pro Woche handschrift- liche Briefe, die unter ihrer Tür durchgeschoben wurden.

Die Notizen hatten mit unschuldigen Worten wie *„Hallo, Hübsche"* und *„Du blendest die Sonne mit deinem Lächeln"* begonnen. Zuerst hatte sie gedacht, die Nachrichten seien für Dana bestimmt.

Doch dann bekam sie die Briefe jeden Tag und die Nach- richten wurden persönlicher. Wer auch immer sie hinterließ, schrieb Haleys Namen darauf, um deutlich zu machen, für wen sie bestimmt waren.

„Mir fällt auf, wie die ganzen Jungs dich ansehen, Haley. Du könntest jeden heißen Typen auf dem Campus haben." Dana schüttelte den Kopf. „Verdammt, wenn ich Single wäre und aussehen würde wie du, dann würde ich meine Optionen alle ausprobieren."

„Wie bitte? Ich kann mir dich ohne Mark gar nicht vorstellen. Ihr seht aus wie das perfekte Paar, Barbie und Ken." Haley lächelte.

„Ja, aber es wird mit der Zeit ein bisschen langweilig. Er lernt andauernd und bemüht sich, seine notwendigen Punkte zu behalten. Da bleibt nicht viel Zeit für mich." Dana schmollte.

„Nun, dann bestell dir doch das hier." Haley zeigte auf einen roten Spitzentanga, der kaum etwas bedeckte. „Ich bin mir sicher, dass er sich dann Zeit für dich nimmt."

„Oh, das gefällt mir." Dana kritzelte die Artikelnummer in ihr Bestellformular und sah Haley an. „Soll ich auch etwas für dich aufschreiben? Einen Vibrator vielleicht? Er könnte ein frühes Weihnachtsgeschenk sein."

„Nein, danke." Haley machte ein mürrisches Gesicht und warf einen Blick auf die offene Tür. In dem Moment, als Jayden sie angesehen hatte, hatte sie Mühe gehabt, sitzenzubleiben. Sie wollte ihm jetzt unbedingt hinterhergehen, da sie bislang noch keine Gelegenheit hatte, sich bei ihm für das zu bedanken, was er in dieser Nacht in Louisiana für sie getan hatte. Wenn Jayden nicht aufgetaucht wäre, wäre sie immer und immer wieder vergewaltigt und schließlich getötet worden. Ein Schauer lief über ihren Rücken und sie schlang ihre Arme um sich.

Sie versuchte sich einzureden, dass dies der einzige Grund war, warum sie mit ihm sprechen wollte. Dass sie nichts anderes als Dankbarkeit für den Mann empfand, der alles riskiert hatte, um sie zu retten.

Sie hatte gesehen, wie seine Augen eisige Kälte ausstrahlten, als er sie erblickte. Auch wenn es ihm gelungen war, dies vor den anderen zu verbergen, wusste Haley, dass Jayden nicht besonders erfreut war, sie zu sehen.

Offensichtlich waren dies nun seine Stadt und sein Bundesstaat und er war nicht gewillt, dieses Territorium mit ihr zu teilen. Sie war für ihn so abstoßend wie für ihre Eltern.

„Es spielt keine Rolle", sagte sie leise und ignorierte die in ihrer Brust aufsteigende Verbitterung.

„Was spielt keine Rolle?" Dana schaute nicht von ihrem Katalog auf.

Haley kicherte nervös, ihr war nicht bewusst gewesen, dass sie tatsächlich laut gesprochen hatte. Sie musste verdammt noch mal damit aufhören. Es war eine Angewohnheit, die ihre Eltern hassten, und sie hatte sich bemüht, es zu unterlassen.

Doch seit sie sich von ihrer einzigen Tochter distanziert hatten, war es ihr nicht länger wichtig, was andere über sie dachten. Nicht mehr. Sie würde fortan nur einen einzigen Menschen glücklich machen, sich selbst.

Haley öffnete den Katalog mit neuem Interesse. Nur das Hier und Jetzt zählte.

„Es spielt keine Rolle, welcher Vibrator. Wähle einfach einen für mich aus. Aber ich bezahle. Du wirst dich sicher in den finanziellen Ruin stürzen, wenn du all diese essbaren Tangas kaufst, damit dein Freund sich über dich hermacht."

Granny beobachtete schweren Herzens, wie Jayden auf seiner neuen Harley-Davidson die Straße entlangbrauste. Seit sie nach Arkansas gezogen waren, hatte er nicht mehr viel Interesse an seinem Mustang. Er schien stets sein Motorrad zu bevorzugen, ganz gleich, auf welche Mission Barrett ihn auch schickte. Doch das war es nicht, was sie beunruhigte.

Jayden arbeitete zu viel. Sie konnte ihm die Belastung ansehen, sobald er das Zimmer betrat. Normalerweise blieb Jayden und flirtete mit den Frauen. Während seiner Jugend hatte er stets eine Schar von Verehrerinnen um sich herumgehabt, und das war auch jetzt nicht anders. Jetzt, im Alter von dreißig Jahren, sah Jayden außerordentlich attraktiv aus und sie wünschte sich, er würde endlich eine Gefährtin finden und mit ihr sesshaft werden. Doch seit dieser einen Nacht in Louisiana hatte er sich verändert. Auch, wenn er es zu verbergen versuchte, sah sie es trotzdem. Er war anders geworden, härter.

Das Leben war zu kurz, um mit Schmerzen und reumütigen Gedanken an die Vergangenheit zu leben. Das wusste sie. Doch sie war sich nicht sicher, ob sie ihren Enkel heilen konnte.

Jayden ging in das graue Betongebäude, in dem sich die Trainingsanlage für die Wächter der Arkansas-Werwölfe befand. Hier war zudem das Büro seines ‚Leg-dich-nicht-mit-mir-an'-Rudelführers Barrett Middleton.

Er hatte Barrett vor einigen Jahren kennengelernt, als dieser ihn um geheime Informationen zu einem Werwolf bat, der im Verdacht stand, in Louisiana mit Chrystal Meth zu dealen. Nachdem er Barrett mit den gewünschten Informationen versorgt hatte, kontaktierte dieser ihn im Laufe der Jahre regelmäßig, wann immer Informationen in einem Fall benötigt wurden. Gewöhnlich kommunizierten sie über Dritte, bis vor einigen Monaten, als die Werwölfin Ava Renfroe von denselben roten Schurkenwölfen entführt wurde, die auch Haley gefangen hatten. Damals hatte sein Jugendfreund Damon Trahan ihn angerufen und um Hilfe gebeten. Nachdem beide Frauen gerettet waren, hatte Barrett ihm eine offizielle Position im Arkansas-Rudel angeboten. Jayden freute sich über die Möglichkeit für einen Neuanfang, da er diese Nacht in Louisiana gedanklich hinter sich lassen wollte. Vielleicht würde ein Tapetenwechsel seinen Kopf wieder graderücken und seine Gedanken ordnen. Und dann hatte er Haley Guthrie in Grannys Wohnzimmer sitzen sehen.

„Möglicherweise verdiene ich keinen Neuanfang. Vielleicht werde ich mich mit diesem verdammten Scheiß für den Rest meines Lebens herumschlagen müssen."

Jayden schlug seine Faust in die Wand aus Betonsteinen. Der Schmerz stach für einen kurzen Augenblick tief in seinen Knöcheln, bevor die heilenden Eigenschaften seines Blutes das verletzte Fleisch kurierten.

„Hast du den Job schon satt, Jayden? Nimmt diese ganze Arbeit dir die Zeit zum Daten?" Damon trat aus dem Umkleideraum mit tiefhängenden Shorts und jeder Menge Schweiß auf seinem Körper. Er hielt einen Boxhandschuh unter dem Arm, den anderen schnürte er mit seiner freien Hand und mit seinen Zähnen auf.

Jayden verschränkte die Arme und lehnte sich gegen die Wand. „Ich versuche nur, die Ladys bei Laune zu halten." Jayden zwinkerte und log, ohne mit der Wimper zu zucken. Dieses Talent hatte er kürzlich perfektioniert.

Damon schnaubte. „Wann immer du hier bei der Arbeit auftauchst, siehst du aus, als hätte dich eine Frau die ganze

Nacht wachgehalten. Wenn das so weitergeht, schickt Barrett deinen Arsch zurück nach Louisiana."

Jayden richtete sich auf, sein Lächeln entglitt ihm für eine Sekunde, bevor er es wieder perfekt zur Schau stellte. „Hat sich Barrett über meine Leistung beschwert?" Er brauchte diesen Job mehr als alles andere.

Damon zog seinen zweiten Boxhandschuh aus und schüttelte den Kopf.

„Verdammt, nein. Er ist ziemlich beeindruckt, dass du deine Arbeit als Wächter so ernst nimmst." Damon kniff leicht die Augen zusammen. „Und dass du der Erste bist, der quasi um Überstunden bettelt, lässt ihm den Sabber aus dem Mund laufen. Aber wenn ich du wäre, würde ich es mit dem Einschleimen bei ihm locker angehen lassen."

Jayden lachte. „Ich bemerke nur, wenn es noch was zu tun gibt, ich schleime mich nicht ein. Es wäre gut, wenn du diese Kunst selbst lernen und auch mal ein paar Überstunden schieben würdest, mein Freund."

Damon grinst und schüttelte den Kopf, wobei Schweißtropfen auf den Boden fielen. „Nee, danke, auf mich wartet um Punkt 17 Uhr Ava – und zwar nackt." Damon griff sich in den Schritt, um sich zurechtzurücken, und Jayden sah, dass der Werwolf allein durch die Erwähnung seiner Gefährtin sexuell erregt wurde.

Jayden fühlte unerwartet Neid in sich aufsteigen. Er hätte niemals erwartet, dass Damon sich paaren würde, geschweige denn vor ihm.

„Deine Gefährtin tut dir offensichtlich gut, das sieht man dir an, Damon."

Damon richtete sich grade und hielt Jayden die Hand hin. „Danke."

Jayden schüttelte seine Hand. „Ich habe ein Meeting mit Barrett und ich will nicht zu spät kommen." Als er ging, rief Damon ihm nach.

„Warte nur ab, Jayden. Sobald du deine Gefährtin gefunden hast, wirst du selbst jemanden suchen, der deine Überstunden macht."

JAYDEN GING zu Barretts mit Stahl verstärkter Tür und klopfte an. Barretts Büro war ebenso wie der Rest des Gebäudes wie ein gottverdammter Bunker gebaut. Stahlbeton, soweit das Auge reichte. Nachdem eine Bombe vor einigen Monaten einen Teil des Gebäudes zerstört hatte, hatten sie den Rest der Einheit so bombensicher wie möglich gemacht.

„Komm rein, Jayden." Barretts dröhnende Stimme erklang von der anderen Seite der Tür.

Ein Schauer lief ihm über den Rücken, während er die schwere Tür öffnete und hineinging. Es war ziemlich gruselig, dass Barrett diesen sechsten Sinn hatte und stets wusste, wer an der Tür klopfte. Jayden fragte sich oft, ob der Rudelführer auch in seinen Kopf schauen konnte.

Er hob sein Kinn zum Gruß, als Barrett ihm bedeutete, in dem Stuhl vor dem Schreibtisch Platz zu nehmen. Barrett fuhr fort, einen Stapel Papiere in einem braunen Ordner durchzusehen.

Jayden setzte sich in den Lederstuhl, der in dem spärlich eingerichteten Raum völlig fehl am Platz aussah. Die aus Betonblöcken gebauten Wände ließen es eher wie ein Gefängnis als wie ein Büro aussehen. Selbst Barretts abgenutzter und verschrammter Schreibtisch sah aus, als hätte er ihn bei einem privaten Hinterhof-Flohmarkt eines pensionierten Anwalts gekauft.

An den Wänden hingen keine Bilder, es gab lediglich ein kunstvoll gefertigtes Schild mit der Flagge des Bundesstaates und den Worten HAUPTVERANTWORTLICHER

BEFEHLSHABER, GEBOREN, UM DAS GESETZ DER WÖLFE ZU VERTEIDIGEN.

Jayden rutschte unbehaglich in seinem Sitz hin und her, die Atmosphäre wurde zunehmend drückender. Die anderen Jobs, die Barrett ihm bislang zugewiesen hatte, hatten weniger als eine Minute zum Besprechen etwaiger Details in Anspruch genommen, dann war er wieder aus der Tür heraus gewesen.

Welche Papiere auch immer Barrett da konzentriert durchsah, sie verursachten Jayden reichlich Unbehagen.

„Dein Innenausstatter war wohl offensichtlich im Urlaub", witzelte Jayden, während er sich umblickte.

Barrett warf ihm einen schneidenden Blick zu.

Jayden setzte sich wieder grade hin. Nicht, dass er ein Weichei war, vielmehr sendete Barrett lebensbedrohliche Schwingungen aus. Es war, als würde er einem jeden Moment die Kehle herausreißen wollen, nur um sich dann gemütlich zu einem Mokka-Latte hinzusetzen.

„Mein Innenausstatter ist tot."

„Scheiße, Mann, tut mir leid." Jayden schluckte und bemühte sich, jeden Anflug eines Grinsens zu verbergen.

„Das muss es nicht. Ich habe ihn beseitigt." Barrett hob den Kopf und starrte Jayden mit seinen stahlblauen Augen an.

„Also, wenn der mein Büro so eingerichtet hätte, dann hätte ich ihn ganz sicher auch beiseitegeschafft." Jayden erschrak angesichts seines eigenen Kommentars. Er hatte stets Schwierigkeiten, einfach mal die Schnauze zu halten.

Barrett zeigte die Spur eines Lächelns, ein höchst seltener Anblick.

„Ich habe einen neuen Auftrag, der deine volle Aufmerksamkeit erfordert."

Jayden lehnte sich vor. Endlich ging es zur Sache.

„Geht klar. Was hast du für mich?"

Barrett lehnte sich in seinem Stuhl zurück und faltete die Hände. „Es geht um Haley Guthrie."

Jayden fühlte, wie das Blut aus seinem Gesicht wich. „Was ist mit ihr?"

„Sieht so aus, als wäre ein Stalker an ihr dran." Barrett schob Jayden den Ordner zu. „Eine Woche nach ihrem Einzug in das Studentenwohnheim fing das alles an."

Jayden las den ersten Zettel. Darauf stand *Hallo, Hübsche. Ich hoffe, du hast einen ganz tollen Tag.* Er sah Barrett in die Augen und zuckte mit den Schultern. „Könnte einfach ein verknallter Typ sein. Und wenn es ernster wird, schick sie doch einfach zurück aufs LSU-College."

Barrett kniff seine Augen zusammen. „Es ist mehr als nur ein verknallter Kerl. Und ihre Eltern sind der Grund, weshalb sie nicht mehr an der LSU ist."

Jayden schaute hoch. „Was willst du damit sagen?"

„Nachdem wir Haley gerettet haben, waren ihre Eltern nicht wirklich erfreut, ihr kostbares kleines Mädchen wieder in die Arme schließen zu können." Barrett schaute Jayden mit bohrendem Blick an und ließ ihn auch dann nicht aus den Augen, nachdem er sich in seinem Stuhl zurückgelehnt hatte.

„Warum denn nicht, zum Teufel?" Angesichts von Barretts Worten stieg Ärger in ihm auf.

„In ihren Augen hat Haley Schande über die Familie gebracht. Für sie ist ein vergewaltigtes Werwolfweibchen ruiniert. Beschädigte Ware." Barretts Stimme vibrierte vor Abscheu, die er gegenüber Haleys Eltern empfand. Jaydens Hass auf sie verdoppelte sich.

„Wie können Eltern sich so verhalten?" Jayden war sichtlich wütend.

„Für manche geht es nur darum, was andere von einem halten."

Barrett stand auf und ging zur Wand im hinteren Bereich. Er betätigte einen Schalter und die Wand wurde automatisch zur Seite geschoben, wobei sich ein geheimer Raum offenbarte.

Jayden folgte Barrett hinein. Dieser Raum unterschied sich erheblich vom Büro des Rudelführers. TV-Bildschirme hingen an den Wänden, jeder zeigte die Übertragung von einer anderen Überwachungskamera innerhalb der Stadt.

Mindestens fünf Computer standen auf den Stahlschreibtischen. Es gab keine Fenster und nur einen Ein- bzw. Ausgang. Es schien der eigentliche Schutzraum zu sein. Barrett ging zu der Wand, an der eine große Karte von Arkansas hing, die mit zahlreichen bunten Pins gespickt war. Er deutete auf das knallrote Wildschwein, welches auf der Stadt Fayetteville steckte.

Jayden kicherte leise.

Die LSU hatte ihre Tiger. Die Universität von Arkansas hatte ihre Wildschweine.

„Wenn ein Stalker hinter ihr her ist, wieso bringen wir sie nicht einfach in einen anderen Bundesstaat?" Jayden ballte die Fäuste.

„Ich glaube, dass er gefährlich ist und ihr überall hin folgen wird." Jayden verschränkte die Arme über der Brust. Seine Nackenhaare standen aufrecht und er wusste, dass, was auch immer als Nächstes aus Barretts Mund kam, ganz und gar nicht gut wäre.

„Derartige Stalker entpuppen sich oftmals als Serienkiller."

Barrett drehte sich zu ihm um. Jayden hob ruckartig den Kopf, seine Fingernägel gruben sich tief in die Handflächen. Er wusste, dass dort Blutstropfen zu sehen sein würden. Ihn überkam urplötzlich das dringende Verlangen, sich in einen Wolf zu wandeln.

„Wie lange geht das schon so? War Haley bei der Polizei?" Jayden zwang sich, seine Stimme ruhig zu halten, trotz des Sturms, der in seinem Innern tobte.

„Es begann, als sie an der Universität von Arkansas mit dem Studium anfing. Sie ging zur Polizeieinheit auf dem Campus, doch ihr wurde gesagt, man könne nichts tun, solange nicht klar sei, wer der Typ ist. Ich habe einige Wächter nach Louisiana geschickt, um ihren Exfreund unter die Lupe zu nehmen."

„Ex?" Jayden wusste, dass sie einen Freund hatte. In der Nacht ihrer Entführung war sie auf dem Weg zum ihm gewesen.

Sie hatte den LSU-Campus verlassen, um ihn in Lafayette zu besuchen.

Barrett schaute ihn an. „Offensichtlich sind Mommy und Daddy nicht die einzigen Arschlöcher, die sich über beschädigte Ware ärgern. Der kleine Wichser hat sie sofort abserviert, als er herausgefunden hat, was passiert war."

Wut durchströmte Jayden. Er wünschte sich, er hätte einen Kriminellen vor sich, einen Drogendealer oder Kidnapper, um ihn mit seinen eigenen Zähnen zu zerfleischen.

„Ich wette auf den Exfreund. Er bedauert vielleicht, was er verloren hat, und will sie nun dafür bezahlen lassen." Jayden sah weg, bevor Barrett den gelb-orangen Stich in seinen Augen sehen konnte, das Signal dafür, dass er kurz davor war, sich in einen Wolf zu wandeln. Er musste sich zusammenreißen. Er konnte es sich nicht leisten, vor seinem Rudelführer die Beherrschung zu verlieren. Sich vor Barrett zu verwandeln war nun wirklich das Letzte, was er brauchte. Ein Wächter zu sein bedeutete, sich im Griff zu haben. Und zwar zu jeder Zeit. Menschen, außer denen, die Teil der Regierung waren, wussten nichts von der Existenz von Werwölfen außerhalb von Büchern und Filmen. Zum Teufel, die Menschen hatten genug, mit dem sie ihre Ängste schüren konnten: Globale Erwärmung, schlechte Wirtschaftsdaten und dann natürlich die zahlreichen Episoden Reality-TV.

„Also, was kann ich für dich tun? Geheime Informationen zusammentragen? Mich am College umhören? Sie überwachen?" Jeder Muskel seines Körpers zuckte vor Verlangen, denjenigen zu finden, der Haley nachstellte. Er wollte ihn mit seinem Blut bezahlen zu lassen. Er würde es wie einen Unfall aussehen lassen oder wenigstens wie einen Angriff durch ein wildes Tier.

„Alles davon. Ich habe ein Haus in Fayetteville, in dem ich mich aufhalte, wenn die Razorbacks spielen. Dort wirst du bleiben. Ich habe mit Haley gesprochen und ihr gesagt, dass ich jemanden beauftragen werde, der sie beschützt, während sie ihre Kurse besucht."

„Hast du ihr gesagt, dass sie mit ihren Freundinnen nicht mehr auf Partys gehen kann?"

Barrett zog eine Augenbraue hoch. „Was für Partys? Sie hat mir ihren Tagesablauf mitgeteilt und sie verlässt ihr Zimmer nur, um zum Unterricht zu gehen. Ihre Mitbewohnerin Dana ist die einzige Freundin, die sie hat, seit sie nach Fayetteville gezogen ist. Verdammt, sie geht nicht mal zum Essen raus, sondern sie isst jede Mahlzeit auf ihrem Zimmer."

Jayden machte ein grimmiges Gesicht. War sie genauso abgefuckt wie er wegen dem, was passiert war? Hatte *er* ihr das angetan, weil er sie nicht hatte retten können?

„Nimmst du den Auftrag an?" Barrett sah ihn abwartend an.

„Ja, alles klar." Jayden nickte schnell.

„Gut. Ich verlasse mich darauf, dass du dich um sie kümmerst und für ihre Sicherheit sorgst. Wir sind verdammt noch mal die einzige Familie, die sie jetzt noch hat." Jayden schluckte.

Er hatte Haley einmal enttäuscht.

Er würde sie kein zweites Mal enttäuschen, was auch immer es ihn kostete.

„HEILIGE SCHEIßE, dort kommt Barrett Middleton." Sie standen vor der Boutique auf dem Marktplatz und Dana sprach leise und unauffällig. „Ob er bemerkt hat, wie ich versucht habe, im Sportbereich der Wächter einen Blick auf ihn zu erhaschen?"

Haley stockte der Atem, als sie Barrett Middleton direkt auf sich zukommen sah. Sie war eines Nachts im Schutz der Dunkelheit zu ihm gegangen, hatte ihm ihre Situation erklärt und ihm die Briefe des Stalkers gezeigt. Als ihr neuer Rudelführer war er ihre letzte Rettung, was ihre Sicherheit betraf.

Sie hatte allen Mut zusammennehmen müssen, um das Gebäude der Wächter tatsächlich zu betreten. Als ein großer Werwolf mit einer Narbe quer über seinem Gesicht ihr in den Weg getreten war, hatte fast ihr Herz ausgesetzt. Für den Bruchteil einer Sekunde fragte sie sich, ob ihre Eltern wenigstens zu ihrer Beerdigung kommen würden.

Sein Name war Damon, er hatte ihr einen durchdringenden Blick zugeworfen, bevor er ihr den Weg zu Barretts Büro zeigte.

Wenngleich Dana von den ersten Briefen wusste, die unter der Tür durchgeschoben worden waren, so wusste sie doch nichts von dem letzten Brief. Dieser hatte sie die ganze Nacht wachgehalten und sich fragte sich, ob sie noch einen weiteren Tag erleben würde. Dana war zwar ebenfalls eine Werwölfin, doch Haley hatte ihr nichts von der Nacht in Louisiana oder dem wahren Grund für ihren College-Wechsel erzählt. Sie wollte nicht, dass sie nach ihrer Familie nun auch ihre neue Freundin verlor.

„Hallo Ladys." Barrett nickte und schaute ihre Freundin an. „Dana, wie läuft es im College? Du treibst dich nicht dauernd auf Partys herum, oder?"

Dana errötete. „Es läuft gut, ich behalte meine Punkte im

Auge und sehe zu, dass ich auch sonst nicht in Schwierigkeiten gerate."

„Dann ist es ja gut." Barrett sah Haley an. „Wirst du mich
deiner Freundin vorstellen?"

„Oh, ja, klar!" Dana lachte. „Das ist Haley Guthrie. Sie ist
kürzlich von der LSU hierher gewechselt."

Barrett streckte die Hand aus und Haley blinzelte. Natürlich hatte Dana keine Ahnung, dass sie den Rudelführer
bereits kennengelernt hatte.

Haley griff seine ausgestreckte Hand.

„Schön, dich kennenzulernen, Haley. Ich denke, du wirst
die Arkansas-Werwölfe als freundlich wahrnehmen – und
auf ihre ganz eigene Art beschützend."

Haleys Herz machte angesichts dessen, was er ihr
zwischen den Zeilen damit sagte, einen Sprung. Sie hatte ihr
ganzes Leben in Louisiana verbracht, doch ihre Familie hatte
dabei versagt, sie zu beschützen. Schlimmer noch, sie hatten
sie nicht länger akzeptiert, nachdem sie entführt und verletzt
worden war.

Selbst der Rudelführer von Louisiana hatte sich geweigert, sie zu empfangen, als sie ihm mitteilen wollte, was sich
in der Nacht ihrer Entführung zugetragen hatte.

Und nun stand sie hier auf dem Gehsteig und Barrett
Middleton, der Rudelführer persönlich, sicherte ihr in aller
Öffentlichkeit seinen Schutz zu.

Haley blinzelte die Tränen weg, die in ihren Augen
brannten, und räusperte sich. „Danke, Mr. Middleton. Das
weiß ich wirklich zu schätzen."

„Ich sehe, dass ihr beide auf dem Weg zurück nach Fayetteville seid." Barrett wandte sich an Dana. „Dana, würde es
dir etwas ausmachen, über die Straße zu Hilda Maes
Bäckerei zu laufen? Sie hat ein Begrüßungskörbchen für
Haley mit lauter selbstgebackenen Keksen."

„Das mache ich wirklich gern." Dana lächelte ihn verknallt an. „Ich bin sofort wieder da."

Barrett verschränkte die Arme und schaute über den Marktplatz, während er mit gedämpfter Stimme sprach. Für jeden, der vorbeiging, würde es scheinen, als unterhielten sie sich über etwas so Belangloses wie das Wetter.

„Einer meiner Männer wird dir nach Fayetteville folgen. Dana wird es nicht bemerken. Sie ist zu beschäftigt damit, mich bei meinen Workouts zu beobachten." Haleys Gesicht wurde heiß.

„Mein Wächter wird dir zum Unterricht und zurück zum Wohnheim folgen, um dich in Sicherheit zu wissen. Solltest du einen neuen Brief erhalten, schicke mir eine SMS. Dann wird mein Wächter ihn abholen."

„Ich habe deine Nummer nicht." Haley suchte in ihrer Tasche nach dem Handy.

„Ich habe sie bereits in deinem Handy gespeichert." Barrett sah sie kurz an und schaute dann weg.

„Wann?" Haley versuchte, ihr Erstaunen zu verbergen.

„Neulich Nacht. Als du in meinem Büro warst."

Sie erinnerte sich, dass sie den Inhalt ihrer Handtasche zusammen mit den Briefen auf dem Schreibtisch ausgebreitet hatte. Sie war verzweifelt und den Tränen nahe gewesen, als sie ihn um Hilfe bat. Bei dieser Gelegenheit musste er seine Nummer in ihrem Handy gespeichert haben.

„Vielen Dank." Sie brachte nur ein Flüstern hervor, ihre Gefühle schnürten ihr den Hals zu.

„Du brauchst mir nicht zu danken. Das ist unsere Aufgabe. Du musst dich nicht länger einsam und allein fühlen, Haley. Denn das bist du nicht. Wir beschützen unsere Art."

Dana kam aus der Bäckerei, in den Armen hielt sie einen großen Korb, randvoll gefüllt mit Keksen und Gebäck. Der

Korb war so groß, dass Dana sich bemühen musste, den Verkehr zu sehen, bevor sie die Straße überquerte.

„Erzähle Dana nichts davon. Je weniger sie weiß, desto besser. Wenn du in Schwierigkeiten bist oder dich nicht sicher fühlst, schreibe mir und mein Wächter holt dich ab. Tagsüber wird er nur wenige Meter entfernt sein, nachts nur wenige Minuten."

„Danke." Haley schluckte. Sie spürte, wie ihr eine schwere Last von den Schultern genommen wurde. „Du weißt nicht, wie viel mir das bedeutet. Wenn es jemals etwas geben sollte, womit ich dir deine Hilfe vergelten kann, lass es mich wissen."

„Es gibt da tatsächlich etwas. Sag Dana nicht, dass du meine Nummer hast, und sag ihr, sie soll sich vom Gebäude der Wächter fernhalten."

Barrett hob zum Abschied die Hand und ging davon.

„Ich konnte mich nicht von ihm verabschieden", sagte Dana verärgert, als sie Haley erreichte.

Haley schaute ihre Freundin an.

„Er sieht so wahnsinnig scharf aus." Dana leckte sich die Lippen.

„Findest du ihn nicht etwas furchteinflößend?" Haley schaute auf Barretts breiten Rücken, während er weiter in der Ferne verschwand. Zugegeben, der Mann sah aus wie ein Model, doch seine Aura wirkte recht einschüchternd auf Haley.

„Klar finde ich ihn furchteinflößend. Und scharf. Ich hätte nichts dagegen, mich von ihm fesseln und mir nach Strich und Faden den Hintern versohlen zu lassen", sagte Dana träumerisch.

„Warum erzählst du mir nicht, was deine dunkelsten Fantasien sind?", schnaubte Haley.

Dana schaute Haley an und lachte. „Ich kann es nicht

ändern. Ich brauche einfach ein paar einsame Stunden mit meinem Schatz. Meine Fantasien sind alles, was ich habe."

Haley öffnete die Tür zum Rücksitz ihres Autos und stellte den Korb hinein. „Nicht mehr. Du hast ja den ganzen Sexkram bei Granny bestellt." Sie befestigte den Sicherheitsgurt um den Korb.

„Vielleicht weihe ich sie mit einer guten Fantasie mit Barrett als Hauptdarsteller ein."

„Das reicht." Haley steckte die Finger in die Ohren und summte, wobei sie versuchte, die Bilder vor ihrem geistigen Auge zu ignorieren.

Dana runzelte die Stirn. „Worüber habt ihr euch eigentlich unterhalten? Ich glaube, ich habe Barrett noch nie auf der Straße Smalltalk halten sehen. Er verlässt sein Büro nur selten."

Haley presste ihre Lippen zusammen.

„Den Blick kenne ich. Spuck es aus. Was hat Barrett gesagt?" Dana verschränkte die Arme vor der Brust.

Haley stieß den Atem aus. Sie hatte nicht vorgehabt, etwas zu sagen, ganz bestimmt nicht. Doch sie hatte keine andere Wahl.

„Barrett hat gesagt, du sollst aufhören, ihn bei seinen Workouts zu beobachten."

KAPITEL 2

rei Tage lang erschien Jayden früh auf dem Campus, um einen geschützten Platz zu finden und dennoch nah genug zum Eingreifen zu sein, sollte Haley in Schwierigkeiten geraten.

Drei Tage lang folgte er ihr, wenn sie vom Wohnheim zu ihren Kursen ging.

Drei lange Tage hatte er ihre Gewohnheiten und ihr Verhalten beobachtet, während sie verzweifelt versuchte, sich einzufügen und keine Aufmerksamkeit zu erregen.

Und drei Tage lang war nichts passiert.

Jayden hielt den Plastikbecher an die Lippen. Der Dampf stieg auf und er blies auf die Flüssigkeit, bevor er einen Schluck von dem bitteren Tankstellenkaffee trank. Die Tür zum Wohnheim öffnete sich und er heftete seinen Blick auf Haley, als sie zu ihrem ersten Kurs des Tages aufbrach. Der leichte Frühlingswind verfing sich in ihrem blonden Haar. Ihre zarte Hand strich eine blonde, seidige Strähne aus dem Gesicht.

Jayden runzelte die Stirn. Selbst aus dieser Entfernung

konnte er die schwachen dunklen Ringe unter ihren Augen erkennen.

Sie schlief nicht genug.

Dies würde die Verschlechterung ihrer Noten erklären.

Jayden hatte den Campus erst spät nachts verlassen und nach Unregelmäßigkeiten Ausschau gehalten. Ihm war nichts aufgefallen. Also hatte er den Rest der Nacht damit verbracht, sich in das Computernetz des Campus einzuhacken und sämtliche Informationen über Haley zusammenzutragen. Ihre Noten waren spiralförmig abgestürzt und selbst die Lehrer hatten ihr Fernbleiben von den Kursen kommentiert. War sie einst eine pflichtbewusste Studentin, zeigte sie nun Desinteresse und würde das College womöglich nicht schaffen.

Das machte ihn fertig. Der Stalker kontrollierte inzwischen Haleys Leben und beeinflusste so ihre Zukunft. Jayden näherte sich Haley ein wenig, als diese zum Eingang des Gebäudes ging, in welchem ihr Kurs stattfand. Sie ging schnell und mit gesenktem Kopf an einer Gruppe von Jungs vorbei und umklammerte dabei ihren Rucksack wie einen Rettungsring.

„Hallo Hübsche." Ein Typ sprach sie an, er trug ein orangefarbenes leuchtendes T-Shirt.

Haley behielt ihren Kopf unten und ging weiter. Jaydens Magen verkrampfte sich, er schmiss den Plastikbecher in den nächsten Mülleimer und ging schnell näher.

Jayden hatte die strikte Order, sich im Hintergrund zu halten und nur zuzusehen. Er sollte sich Haley nur im Notfall offenbaren. Doch als er sah, wie ihre blauen Augen nervös um sich blickten und sie ihren Rucksack so fest umklammerte, dass ihre Fingerknöchel weiß wurden, war sein einziger Gedanke, sie vor dieser Gruppe von Wichsern zu beschützen.

„Wohin so eilig?" Der Typ griff nach ihrem Arm. Haley starrte ihn mit angsterfüllten Augen an.

„Scheiß auf Barretts Anordnung", murmelte Jayden, ging direkt auf Haley zu und zog die Hand des Typen von ihrem Arm.

„Nimm deine verdammten Hände von meiner Freundin." Jayden trat vor Haley, die Fäuste geballt und kampfbereit.

Der Typ machte große Augen, als er Jaydens eindrucksvolle Körpergröße realisierte.

Werwölfe waren größer und muskulöser als normale Menschen. Sosehr es ihm gefiel, Menschen einzuschüchtern, noch besser gefiel es ihm, das Geräusch brechender Knochen zu hören.

„Tut mir leid, Mann. Ich wusste nicht, dass sie mit jemandem ausgeht." Der Typ hielt abwehrend die Hände hoch und zog sich mit seinen Kumpels langsam zurück.

„Verschwindet, ihr Wichser", sagte Jayden zwischen zusammengebissenen Zähnen und hielt den Wolf in sich zurück.

Jayden beobachtete, wie die Jungs sich in ihren Autos in Sicherheit brachten, bevor er sich zu Haley umdrehte.

Sie war nirgends zu sehen.

„Scheiße." Er eilte die Treppe ins Gebäude hinauf und schaute in jedes Klassenzimmer. Er konnte sie nicht finden.

Gemäß seinen Aufzeichnungen war der einzige Ort, an dem sie sich sonst noch aufhielt, ihr Zimmer im Wohnheim. Als er seine Nachforschungen darüber angestellt hatte, in welchem Wohnheim sie wohnte, war er überrascht herauszufinden, dass es eine gemischte Unterkunft war. Da sie mitten im Semester hergewechselt war, hatte sie keine Wahl gehabt. Er lief hinüber zum Wohnheim und ignorierte dabei die anerkennenden Blicke und das alberne Gekicher der Mädchen, an denen er vorbeikam. Er betrat das Studentenwohnheim und erlebte unmittelbar ein Déjà Vu. Er hatte damals die Sau rausgelassen. Was hatte er sich nur dabei gedacht, die ganze Zeit Party zu machen, Kurse zu schwänzen und den Mädchen hinterher zu sein? Er war jung und dumm gewesen, mehr daran interessiert, in die Slips der Mädchen zu kommen, als einen College-Abschluss zu bekommen. Er hatte den Tag noch gut in Erinnerung, als er zum Dekan gerufen und vom College geworfen wurde. Das Schlimmste war gewesen, es Granny zu beichten. Ihr maßlos enttäuschter Gesichtsausdruck hatte ihn fast umgebracht.

Keinen College-Abschluss zu haben, gehörte zu den Dingen in seinem Leben, die er bereute. Wenn er die Zeit zurückdrehen könnte, würde er gewissenhafter studieren und vielleicht was mit Computerprogrammierung machen. Der ganze Technikkram lag ihm.

Er ignorierte die flirtenden Blicke der Mädchen, an denen er im Flur vorbeikam, und ging weiter, bis er Haleys Zimmer fand. Er atmete tief ein und klopfte. Er hatte sie vermutlich halb zu Tode erschreckt mit seinem aggressiven Verhalten gegenüber den Typen. Er konnte es ihr nicht verübeln.

Sie öffnete die Tür einen Spalt und starrte ihn an, blonde Haarsträhnen verdeckten halb ihr Gesicht. Er war beeindruckt, dass sie einfach die Tür öffnete, ohne zu wissen, wer auf der anderen Seite stand.

„Jayden, was machst du denn hier?" Sie sah fast genauso verängstigt aus wie vorhin, als der Typ ihren Arm gegriffen hatte.

Na, das lief ja verdammt noch mal perfekt.

„Haley, wir müssen reden." Jayden sprach leise und schaute den Flur entlang. Außer zwei Mädchen, die auf dem Weg in ihre Zimmer waren, war der Gang leer.

Er schaute wieder zu Haley und fragte sich, wie lange sie ihn wie einen Idioten im Flur stehen lassen würde.

„Barrett hat mich geschickt." Er lehnte sich vor und

sprach kaum hörbar.

„Ich bin hier, um dir zu helfen."

Ihre Augen weiteten sich für den Bruchteil einer Sekunde und dann schloss sie die Tür. Die Sicherheitskette wurde klappernd beiseitegeschoben und dann ging die Tür wieder auf. Sie trat zurück und erlaubte ihm, einzutreten.

Er zögerte. „Wir können auch einen Kaffee trinken gehen und uns dabei unterhalten. Wir müssen das nicht hier drinnen tun." In ihrem Zimmer zu sein, war viel zu intim. Er wollte nicht, dass sie sich noch unwohler fühlte, als sie es ohnehin schon tat.

Haley schüttelte energisch den Kopf. „Nein. Ich will lieber hier reden. Komm rein."

Er trat ein, füllte den Raum mit seiner großen Gestalt. Es gab zwei Doppelbetten, neben jedem Bett standen ein Nachttisch und ein Schreibtisch, alles war Standard-Einrichtung des Colleges. Eine Seite des Zimmers war mit Postern von Rockbands und halb nackten Männern dekoriert, das Bett zierte eine pink-schwarze Tagesdecke. Haleys Seite hingegen war ordentlich, an der Wand befanden sich einige abstrakte Gemälde, eine dezente, taubenblaue Tagesdecke lag auf dem Bett, darauf befanden sich ein Dutzend Kissen in verschiedenen Blau- und Grüntönen.

Sie mochten Mitbewohnerinnen sein, doch sie waren völlig unterschiedliche Persönlichkeiten.

HALEY SETZTE sich auf das Bett und schaute Jayden an, während dieser sich im Zimmer umsah, seine Hände steckten in den Hosentaschen. Sie strich die Tagesdecke mit den Fingern glatt und hoffte, dass er das leichte Zittern ihrer Hände nicht bemerken würde. Der Vorfall da draußen hatte sie mehr erschüttert, als sie ihm gegenüber zugeben wollte.

„Meine Mitbewohnerin Dana sollte für eine Weile nicht

zurück sein. Sie hat noch einige Kurse. Da du dich grade enttarnt hast, nehme ich an, dass der Typ, den du konfrontiert hast, mir die ganzen Briefe geschrieben hat." Haley verschränkte die Arme vor der Brust.

„Nein, ich habe meine Tarnung auffliegen lassen, weil der Kerl dich angefasst hat."

Jayden schaute weg und fuhr sich mit den Händen durchs blonde Haar. Es war länger, als sie es seit Louisiana in Erinnerung hatte. Es hing einige Zentimeter über seine Schultern. Doch seine blauen Augen, du meine Güte, sahen noch immer aus wie das Mittelmeer.

Und in diesem Moment waren diese blauen Augen direkt auf sie gerichtet.

„Willst du mir sagen, was los ist?" Er sah sie mit zusammengekniffenen Augen an.

„Du weißt genau so viel wie ich. Ich nehme an, Barrett hat dich mit allem vertraut gemacht." Sie zuckte mit den Schultern und schaute zur Seite. Er benahm sich, als wäre dies ihre Schuld. Als ob sie darum gebeten hätte.

Jayden schüttelte den Kopf und sein Blick wurde finster. „Ich meine, wie du es zulassen kannst, dass jemand anderes dein Leben kontrolliert."

Haley fiel die Kinnlade runter. „Was redest du denn da?"

„Ich rede davon, dass du dieses Zimmer nur verlässt, um zum Unterricht zu gehen. Du triffst dich nicht mit Freunden, gehst nicht in Bars oder zu irgendwelchen Footballspielen. Verdammt, du isst ja nicht mal in der Cafeteria." Haley schüttelte den Kopf, ein Funken Ärger entfachte sich in ihrem Inneren.

„Ich kann diese Dinge nicht tun. Woher weiß ich, dass er nicht auch an diesen Orten ist, mich beobachtet, auf mich wartet." Verstand Jayden das denn nicht?

„Ich verstehe, dass du Angst hast …"

„Tust du das, Jayden? Weißt du, wie das ist, wenn deine

Familie dich zurückweist? Wenn du niemanden hast, dem du dich anvertrauen kannst? Nicht einmal deiner Mitbewohnerin? Denn wenn du dich ihr anvertraust, dann bringst du sie vielleicht ebenfalls in Gefahr? Weißt du, wie es ist, wenn dein Leben plötzlich auf den Kopf gestellt wird? Nachts nicht schlafen zu können, ständig Angst zu haben, dass, wenn er nah genug ist, einen Zettel unter der Tür hindurchzuschieben, er auch nah genug ist, um in dein Zimmer einzudringen?" Ihre Stimme wurde mit jeder Frage, die sie ihm an den Kopf warf, lauter. Sie stand auf und stellte sich dicht vor ihn.

„Weißt du, wie das ist, endlich jemandem von diesem Psycho erzählen zu können? Und dieser Jemand ist dann zufällig Barrett, der nicht grade für emotionale Herzlichkeit bekannt ist." Haley schlug sich die Hand auf den Mund. Sie hatte viel zu viel gesagt. Ihre Knie wurden weich und sie sank auf das Bett.

„Du hast vollkommen recht. Ich weiß nichts von diesen Dingen." Jayden setzte sich Haley gegenüber auf Danas Bett. Er dachte wahrscheinlich, dass sie den Verstand verloren hatte. Sie machte ihm keinen Vorwurf, denn genauso fühlte sie sich in letzter Zeit.

„Ich wollte dich nicht erschrecken." Jayden schaute auf den Boden.

„Du hast mich nicht erschreckt." Sie hatte noch nie vor Jayden Angst gehabt.

Jayden schaute sie an. „Warum bist du zurück ins Zimmer gegangen und nicht einfach zu deinem Kurs?"

Haley zuckte mit den Schultern. „Ich weiß es nicht. Wahrscheinlich war ich geschockt, dich zu sehen. Als Barrett meinte, er würde jemanden schicken, der auf mich aufpasst, dachte ich, es wäre jemand, den ich nicht kenne."

„Du dachtest also nicht, ich sei der Stalker?" Jayden sah sie eindringlich an.

Haley schnaubte. „Sicher nicht. Das war völlig klar, als ich dich bei Granny sah. Du konntest nicht schnell genug verschwinden. Stalker wollen normalerweise in der Nähe ihrer Opfer sein."

Jayden sah sie so lange an, dass sie wegschauen musste.

Sie stand auf, ging zum Schreibtisch und nahm ihr Handy. „Siehst du, nichts ist passiert, seit ich zurück bin. Vielleicht habe ich ganz umsonst eine große Sache daraus gemacht. Ich kann Barrett anrufen und ihm sagen, dass ich niemanden brauche."

Er stand auf und nahm ihr das Telefon aus der Hand. „Ruf ihn nicht an. Es sind ja erst ein paar Tage vergangen." Er legte ihr Handy zurück auf den Schreibtisch. „Zu welcher Zeit bekommst du gewöhnlich diese Briefe?"

„Ich finde sie, wenn ich von Unterricht zurückkomme." Sie verschränkte die Arme vor der Brust. „Wieso?"

„Du hast also nie einen Brief bekommen, während du hier im Zimmer warst?"

Sie schüttelte den Kopf. „Nein, nie. Warum schaust du mich so an? Was ist denn los?"

JAYDEN SPANNTE seinen Körper an und seine sämtlichen Sinne waren in Alarmbereitschaft.

Sein Nacken kribbelte und er konnte das ungute Gefühl nicht loswerden, dass sie beobachtet wurden. Er vergewisserte sich, dass das Fenster verschlossen war. Er sah hinaus. Das Gebüsch war so dicht gewachsen, dass es unmöglich war, überhaupt an das Fenster zu gelangen.

„Was ist? Was stimmt denn nicht?" Haley ging zu Jayden. Sie schaute nervös aus dem Fenster und dann wieder zu ihm.

Er konnte riechen, wie ihre Angst den kleinen Raum erfüllte.

Er presste einen Finger auf ihre Lippen, damit sie still sein möge.

Sie nickte schweigend. Er ging leise zur Tür und schob vorsichtig die Kette zur Seite. Er griff die Klinke und riss die Tür auf.

Ein weißer Umschlag, der in den Türrahmen geklemmt worden war, flatterte auf den Boden. Er schaute den Flur hinunter. Nur ein Kerl in einem Bademantel und Flip-Flops ging den Gang entlang.

„Bleib hier im Zimmer", rief Jayden über seine Schulter, bevor er den Flur entlangrannte. Er sprang auf den halbnackten Typen und dieser landete mit einem dumpfen Schlag auf dem Linoleumboden.

„Hey! Was zur Hölle soll das?"

„Hast du den Umschlag in Haley Guthries Türrahmen gesteckt?" Jayden riss den Typen vom Boden hoch, knallte ihn gegen die Wand und hielt ihn dort, eine Hand auf sein Brustbein gepresst. Jayden starrte ihn an, erforschte seinen Gesichtsausdruck nach Hinweisen darauf, dass der Kerl log.

„Keine Ahnung, wovon du da redest, Alter." Seine Augen weiteten sich vor Schreck und er versuchte, freizukommen.

„Hast du irgendjemanden hier im Gang gesehen?" Er lehnte sich näher und sprach leise.

„Nein! Ich bin grade erst aus der Dusche raus, Mann, das schwöre ich!" Der Typ fuchtelte herum und versuchte, mit den Füßen auf den Boden zu kommen.

Jayden konnte an seinem Geruch erkennen, dass er die Wahrheit sagte. Wer auch immer den Umschlag in den Türrahmen gesteckt hatte, musste sich blitzschnell aus dem Staub gemacht haben.

Jayden trat einen Schritt zurück und ließ den Kerl an der Wand hinuntergleiten. Als er wieder auf seinen Füßen stand hing sein Bademantel halb offen. Jayden musste den Typen ganz schön erschreckt haben, denn sein bestes Stück war ziemlich geschrumpft.

Jayden schüttelte den Kopf und ging zurück zu Haleys

Zimmer. Er bedeckte eine Hand mit seinem T-Shirt und nahm damit den Brief vom Boden, dann klopfte er an die Tür. „Haley, mach auf, ich bin es."

Die Tür ging auf und sie sah ihn mit weit aufgerissenen Augen an. Jayden schob sich hinein.

„Hast du eine Plastiktüte?"

Sie nickte und ging zu einer Truhe am Fußende ihres Bettes. Sie durchwühlte den Inhalt und zog schließlich eine durchsichtige Sandwich-Plastiktüte hervor.

Jayden zog ein Messer aus seinem Schuh und schlitzte den Umschlag auf. Er wusste, dass er den verdammten Brief nicht anrühren sollte, damit Barrett ihn auf Fingerabdrücke untersuchen konnte, aber er musste wissen, was sich darin befand. Er *musste* es einfach wissen.

Haley kam näher und versuchte, ihm über die Schulter zu sehen. Ihre Brust presste sich gegen seinen Rücken, was sein Blut schneller fließen ließ. Er schloss die Augen, das Atmen fiel ihm schwer.

„Ich muss ihn mir zuerst anschauen, okay?" Jayden hoffte, sie würde sich ein wenig von ihm zurückziehen. Wut und sexuelle Erregung bombardierten ihn, als befände er sich in einem verdammten Kriegsgebiet. Er war außer sich vor Wut darüber, dass er nicht mitbekommen hatte, wie der Stalker den Umschlag hinterließ. Er war frustriert darüber, dass er seine Deckung aufgegeben hatte. Und er war verwirrt und sein Schwanz war noch dazu extrem hart, weil Haley so dicht an ihm dran war. Alle diese Gefühle verursachten ihm Magenkrämpfe.

Als sie einen Schritt zurücktrat, atmete er erleichtert auf.

Er berührte nur eine Ecke des Papiers und entfaltete es.

Du hättest den Mann nicht in dein Zimmer lassen sollen. Du hättest ihm sagen sollen, dass du zu mir gehörst. Im Leben, so wie auch im Tode, Haley.

Ein Knurren kam über seine Lippen und besitzergreifende Begierde füllte jede Zelle seines Körpers.

„Was ist? Was steht auf dem Zettel?" Haley griff seinen Arm und zwang ihn, sie anzuschauen.

„Pack deine Sachen. Du bleibst keine Minute länger hier."

HALEY SASS auf dem Vordersitz von Jaydens blauem Mustang und sah dabei zu, wie er ihre wenigen Habseligkeiten im Kofferraum verstaute. Was auch immer in dem Brief stand, es hatte Jayden auf die Palme gebracht. Es musste etwas wirklich sehr, sehr Schlimmes auf dem Zettel stehen.

Sie hatte dem Leiter des Studentenwohnheims Bescheid gesagt, dass sie auszog, und auch Dana eine Nachricht hinterlassen.

Sie warf Jayden einen Blick zu, als dieser sich lässig-sexy auf den Fahrersitz schwang. Sein blondes Haar fiel über seine Schultern nach vorne, als er nach dem Schlüssel griff, um den Motor anzulassen. Er sah sexy aus, ohne es überhaupt zu versuchen.

„Ich nehme an, ich schmeiße das College?" Na, das war ja ganz toll. Ihr Leben war jetzt offiziell vorbei. Sie hatte keine Familie und keine Möglichkeit, sich selbst zu finanzieren.

„Nein. Du wirst weiter deine Kurse besuchen. Du wirst nur nicht länger im Studentenwohnheim leben."

„Dana wird sauer sein, weil ich es ihr nicht persönlich erklärt habe."

Haley schaute aus dem Fenster und biss sich auf die Lippe. Dana war ihre erste und einzige Freundin, die sie seit ihrem Umzug nach Arkansas gefunden hatte. Sie hatte Glück, dass Dana wie sie eine Werwölfin war.

„Nein, wird sie nicht. Ich habe dazu geschrieben, dass du ausziehst, weil wir uns heimlich gedatet haben und eine gemeinsame Wohnung nehmen, jetzt, wo ich nach Fayetteville gezogen bin." Er lenkte den Wagen auf die Straße und beschleunigte die Geschwindigkeit.

Haley drehte den Kopf ruckartig zu ihm herum. „Du hast *was* getan?"

„Schau mich nicht so an. Mädels daten andauernd ältere Typen. Wie alt bist du überhaupt?"

Als sie nichts sagte, schüttelte er den Kopf. „Okay, ich also zuerst. Ich bin dreißig."

„Tatsächlich? Für so alt hätte ich dich nicht gehalten." Er sah wie ein College-Student aus.

„Weiche nicht der Frage aus. Wie alt bist du, Haley?" Er schaute sie durchdringend an.

„Vierundzwanzig. Ich hätte schon meinen Abschluss machen sollen, habe aber vor zwei Jahren mein Hauptfach gewechselt." Jayden nickte nachdenklich.

„Meine Eltern haben geheiratet, als meine Mutter grade sechzehn war und mein Dad dreißig." Werwölfe betrachteten das Alter aus einem anderen Blickwinkel als Menschen. Sobald man seinen Gefährten oder seine Gefährtin gefunden hatte, blieb man für immer zusammen, ungeachtet des Alters.

Jayden konnte seinen Ohren nicht trauen und starrte sie an. „Du machst Witze, oder?"

„Nein." Sie klopfte ihm auf den Rücken und schenkte ihm ein gezwungenes Lächeln. „Das sollte dich besser fühlen lassen. Zumindest bin ich volljährig."

Er starrte sie weiter an, als wäre ihr ein zweiter Kopf gewachsen. Sein Auto kam von der Straße ab und ruckelte über den Seitenstreifen. Sie schrie.

„Sorry, tut mir leid." Er lenkte den Wagen wieder geradeaus und richtete seinen Blick auf die Straße. Er bog in eine verkehrsberuhigte Straße und nahm den Fuß vom Gas. Als er eine Einfahrt zu einem Haus im Cottage-Stil hochfuhr, schaute Haley ihn an.

„Was ist? Gefällt es dir nicht?" Jayden schaute zwischen dem Haus und Haley hin und her.

„Du bist tatsächlich nach Fayetteville gezogen." Aus welchem Grund hatte er das getan? Wieso hatte er nicht einfach ein Hotelzimmer gemietet?

Ein leichtes Lächeln umspielte seine Mundwinkel. „Nee, das Haus gehört Barrett. Er hält sich hier auf, wenn die Razorbacks in der Stadt spielen. Der Kerl ist ernsthaft süchtig nach Football." Er stellte den Motor ab und stieg aus dem Wagen.

„Nun, wir sind in den Südstaaten. Ein Faible für Football wird gewissermaßen erwartet", murmelte sie vor sich hin.

Jayden öffnete ihre Autotür, grade als sie sie selbst öffnen wollte. Sie errötete. Es war eine Ewigkeit her, seit ein Typ für sie die Autotür aufgemacht hatte. Sie brauchten nur eine Fuhre, um ihre Sachen in das Haus zu schaffen. Nachdem sie alles in einem Schlafzimmer untergebracht hatten, schaute sie sich im gesamten Haus um.

Das Haus war klein, vielleicht so um die 110 Quadratmeter. Es war ein älteres Gebäude, doch es sah alles renoviert und modernisiert aus. Es gab neue Fenster, die Wände waren in modernen Farben gestrichen und der Kiefernholz-Fußboden war überarbeitet worden. Sie ging in die Küche, die ebenfalls renoviert worden war. Die Schränke waren neu und weiß, die Arbeitsflächen aus dunklem Granitstein und die Haushaltsgeräte waren gegen Edelstahlversionen ausgetauscht worden.

„Das hier ist so völlig anders, als ich mir Barretts Haus vorstellen würde." Haley schaute zu Jayden.

„Ja, nicht wahr? Sieht nicht grade besonders männlich aus." Jayden schnaubte.

„Vielleicht hatte er jemanden, der das für ihn dekoriert hat." Sie konnte sich nicht vorstellen, dass der furchteinflößende Rudelführer Wandfarben auswählte und Kissen zur Dekoration im Haus verteilte.

„Ähm, definitiv nein. Ich habe gehört, dass sein Innenausstatter verstorben ist."

„Oh, na ja, vielleicht war es seine Freundin." Haley hob den Kopf und sah Jayden an. „Hat Barrett eine Freundin?"

Jayden kräuselte seine Nase. „Auch das ist definitiv ein Nein. Ich glaube, ich habe ihn noch nie mit einer Frau gesehen."

„Nun, vielleicht ist er schwul."

„Auf keinen Fall!"

Haley überkreuzte ihre Arme. „Wie kannst du so sicher sein?"

Jayden starrte sie für einige Sekunden an. „Weil sein Bildschirmschoner ein halbnacktes Model zeigt." Jayden beugte sich näher zu Haley und lächelte. „Sie trägt keine Klamotten, lediglich ein paar Flügel."

Haley stockte der Atem, weil er ihr so nah war. Jaydens Geruch nach Meeresbrise umfing sie wie eine Wolke. Sie konnte sich nicht beherrschen und lehnte sich leicht gegen ihn.

Sie hatte sich schon immer zu ihm hingezogen gefühlt, selbst in der Nacht, in der er sie gerettet hatte. Doch da er sich nicht mehr bei ihr gemeldet hatte, fasste sie das als Desinteresse auf.

Als sich ihre Augen trafen, atmete sie tief ein. Wenn er nicht in ihrer Nähe sein wollte, weshalb sah er sie dann an, als wolle er sie bei lebendigem Leibe verschlingen?

Das Lächeln gefror auf seinen vollen Lippen, seine Pupillen weiteten sich und sein Blick glitt auf ihre Lippen. Ihr Herz schlug schnell in ihrer Brust, als sie etwas gefährlich nah an Lust in seinen blauen Augen aufblitzen sah.

Sie hielt den Atem an und wartete darauf, dass er sie küssen würde.

Jayden nahm eine steife Körperhaltung ein und räusperte sich.

„Ich muss mal nachsehen, was in der Küche zum Abendessen da ist."

Mit einem kurzen Blick ging er davon und ließ sie allein mit ihren widersprüchlichen Gefühlen.

„Was zur Hölle ist nur in mich gefahren?", fluchte Jayden, während er die Küchenspüle umklammerte. Seine Knöchel waren weiß. Er schaute in den umzäunten Garten. Soeben hätte er fast denn größten Fehler seiner Karriere als Wächter begangen, wenn er seinem Instinkt gefolgt wäre und Haley Guthrie geküsste hätte. Er wusste, dass es nicht bei einem Kuss bleiben würde. Er wollte mehr als nur einen Kuss.

Er schüttelte den Kopf, geschockt und abgestoßen von seiner dürftigen Fähigkeit der Selbstbeherrschung. Verdammt, wenn Barrett das herausfand, würde er ihn mit einem kräftigen Arschtritt aus Arkansas befördern. Wohin würde er dann gehen?

Er atmete tief ein, um seinen Kopf freizubekommen, und schaute auf das Zelt in seiner Hose. Sein Schwanz war so verdammt hart, er würde jeden Moment den Reißverschluss durchstoßen. Sie versetzte seinen Körper in Aufruhr wie keine Frau vor ihr. Das Problem war ihr Alter. Zur Hölle, sie war erst vierundzwanzig! Er hatte noch nie eine Frau gedatet, die so jung war. Er zog es vor, dass Frauen sexuell erfahren waren und dass er ihnen nicht erst beibringen musste, wie sie ihn befriedigen konnten. Dennoch konnte er nicht abstreiten, wie sehr es ihn erregte, nur in ihrer Nähe zu sein.

Sein Griff um die Küchenarbeitsplatte wurde noch fester, das Blut pulsierte durch seine Adern. Verdammt, Haleys einzige sexuelle Erfahrung war die mit ihrem schwachköpfigen Exfreund und dann war da noch das, was die Schurkenwölfe ihr während ihrer Entführung angetan hatten. Sie brauchte jemanden, der sanft und liebevoll mit ihr umging.

Er rieb sich den Nacken und erinnerte sich an das Gefühl brechender Knochen unter seiner Hand, als er den Halswirbel des ersten Wolfs brach, der versucht hatte, Haley zu vergewaltigen. Danach war Jayden gefangen genommen und hinausgeschafft worden, bevor der den zweiten Wolf auch noch umbringen konnte.

Er brauchte Sex. Das letzte Mal war bereits Monate her. Verdammt, er hatte seither nicht einmal eine Erektion gehabt. Bis jetzt.

„Ich werde ein Bad nehmen", rief Haley ihm zu, während sie in Richtung Badezimmer ging.

„Lass dir Zeit." Jayden schloss die Augen, als er hörte, wie sich eine Tür schloss und Wasser aufgedreht wurde.

Er stellte sich vor, wie sie ihr Sweatshirt und die Jeans abstreifte. Welche Farbe würden ihr Slip und ihr BH haben? Engelsgleiches Weiß? Oder teuflisches Rot?

Er öffnete seine Augen und streichelte seine Erektion durch seine Jeans. Sein Körper erwachte so schnell zum Leben, dass es ihn erschreckte. Er konnte fast hören, wie sie in die Wanne stieg und ihren Körper in das warme Wasser gleiten ließ.

Er öffnete seinen Reißverschluss. Er war ein kranker Bastard, aber er brauchte verdammt noch mal eine Art Erleichterung, bevor der noch den Verstand verlor. Noch nie in seinem Leben war er so erregt gewesen.

Er ergriff seinen Schwanz und bewegte langsam seine

Hand, wobei er sich vorstellte, wie Haley ihre Schenkel für ihn spreizte wie ein Geschenk.

Er stellte sich vor, wie sie aufstöhnte, wenn er in ihre enge Hitze drang. Sie würde ihn genussvoll umschließen, bis er ganz in sie eingedrungen war.

Er griff seinen Schwanz fester und bewegte seine Hand schneller, bis er schließlich in seiner Erlösung auf den Küchenfußboden spritzte.

Jayden erschauerte, von sich selbst angeekelt. Irgendwas stimmte nicht mit ihm. Er sollte nicht von einer Frau fantasieren, die er nicht haben konnte.

Er schnappte sich ein paar Papiertücher und wischte schnell seine Sauerei vom Boden auf. Nachdem er die Papiertücher und den Beweis in den Mülleimer geschmissen hatte, wusch er sich die Hände. Er hatte seinen Körper wieder im Griff und nahm sich vor, Barrett anzurufen und ihn über die Situation in Kenntnis zu setzen.

Wenn sein Rudelführer wusste, was das Beste war, dann würde er vielleicht Ersatz schicken – bevor die Dinge außer Kontrolle gerieten und Grenzen überschritten wurden.

„HALEY"

„Lass mich." Sie schlug die Hand weg, die ihre Schulter schüttelte und ihren Schlaf unterbrach.

„Haley, wach auf." Jaydens Stimme drang zu ihr.

„Wie spät ist es?" Sie blinzelte und zwang ihre bleischweren Augenlider auf. Jayden saß auf der Bettkante, seine große Gestalt ragte über ihr.

„Sieben." Jayden schaute auf sie herab.

„Sieben Uhr morgens?" Haley schoss hoch. Sie konnte es sich nicht leisten, ihre Kurse zu verpassen. Ihr regelmäßiges Erscheinen war das Einzige, was dafür sorgte, dass sie nicht vom College flog.

„Nein, es ist Abend. Das Essen ist fertig." Er kicherte.

Haley stützte sich auf ihre Ellenbogen und verbarg ein Gähnen mit der Hand. „Das Bad muss mich schläfrig gemacht haben." Sie hatte nicht mehr so gut geschlafen, seit sie nach Arkansas gezogen war. Sie stand aus dem Bett auf.

„Kannst du nachts nicht schlafen?", fragte Jayden, während sie den Flur entlang zur Küche gingen.

„Nicht besonders gut." Sie zuckte mit den Schultern. Tatsächlich konnte sie immer nur wenige Stunden am Stück schlafen. Sie war erstaunt, dass sie überhaupt noch funktionierte. Es war vermutlich das ganze Adrenalin, das angesichts ihres Zustands der ständigen Alarmbereitschaft durch ihren Körper pumpte.

Er bedeutete ihr, sich an die Kücheninsel zu setzen, und stellte einen Teller vor sie. Ihr Mund wurde wässrig, als ihr die köstlichen Aromen in die Nase stiegen.

„Ich nehme an, du magst Steak?" Jayden grinste sie an. Ihr Herz raste in ihrer Brust. *Mach dir nichts vor, Mädel. Er ist nur wegen seines Jobs hier, nicht deinetwegen.*

„Ich bin eine Werwölfin, was denkst du?" Mit einem anerkennenden Blick beäugte sie den Teller.

„Hast du das alles zubereitet?"

„Es braucht nicht viel, einen Salat zu schnippeln und eine Kartoffel zu backen. Und jeder Mann weiß, wie man ein Steak zubereitet."

Haley schnaubte. „Sag das mal meinem Exfreund."

Seine Augen verengten sich bei der Erwähnung ihres Exfreundes. Er drehte sich um und öffnete den Kühlschrank.

„Ich habe nur Bier." Er nahm eine Flasche heraus und hielt sie hoch.

„Bier ist in Ordnung." Sie grinste, als seine Augenbrauen nach oben schossen.

„Jayden, ich habe schon getrunken, bevor ich volljährig wurde. Meine Eltern haben mich praktisch mit Wein großgezogen." Das entsprach nicht ganz der Wahrheit, doch es gab keinen Abend im Hause Guthrie, an dem kein Wein serviert wurde. Seitdem sie fünfzehn war, hatten ihre Eltern sie ein Glas zum Abendessen trinken lassen.

Sie spürte, dass, wenngleich sie volljährig war, sie nicht so erwachsen war wie die Frauen, die er normalerweise datete.

Schließlich reichte er ihr ein Bier. Sie nahm einen Schluck und ließ das eiskalte Getränk ihre ausgetrocknete Kehle hinunterrinnen.

Sie mochte vielleicht nicht sein Typ sein, doch sie war weitaus erwachsener, als er es ihr zugestehen wollte. Doch das würde er selbst herausfinden müssen.

Jayden saß gegenüber von Haley an der Kücheninsel. Er konnte den Blick nicht von ihr abwenden, als sie den ersten Bissen von ihrem Steak nahm.

„Mmmm. Das schmeckt wirklich gut." Sie seufzte. „Ich habe seit Monaten kein Steak gegessen."

„Ich habe gehört, es gibt hier in Fayetteville ein paar gute Steak-Restaurants."

„Tatsächlich? Ich hatte wohl noch nicht die Gelegenheit, das herauszufinden."

Jayden machte ein verärgertes Gesicht. Das College sollte eine besondere Lebenserfahrung sein und irgendein Wichser nahm ihr derartige Momente und zwang sie, in Angst und Isolation zu leben.

„Wie lange bekommst du schon diese Briefe?" Jayden nahm einen tiefen Schluck und schaute sie forschend an.

Sie strich sich das blonde Haar aus der Stirn und legte

ihre Gabel hin. „Den ersten Brief habe ich einige Wochen nach meinem Wechsel hier zum College bekommen."

Sie zuckte die Achseln. „Ich habe mir nichts dabei gedacht, weil es so unschuldig klang. Ehrlich gesagt dachte ich, dass Danas Freund Mark die Zettel für sie hinterlassen hat. Doch ich habe Dana gefragt und sie sagte, Mark hätte sie nicht geschrieben."

„Mark Boulland studiert Medizin, nicht wahr?"

„Ja, woher weißt du das?" Haley schaute ihn überrascht an.

„Ich musste zu jedem potenziell Verdächtigen Nachforschungen anstellen. Oftmals haben Stalker eine persönliche Beziehung zu ihrem Opfer." Er bemühte sich, es möglichst beiläufig zu sagen, um sie nicht zu erschrecken. Sie sollte wissen, dass er alles tat, um für ihre Sicherheit zu sorgen. Er würde sie nicht noch einmal enttäuschen.

Haley schüttelte den Kopf. „Ich glaube nicht, dass es jemand ist, den ich kenne. Sicher niemand von meinen Freunden."

„Du könntest recht haben." Doch er würde es nicht darauf ankommen lassen. Während sie schlief, hatte er Barrett angerufen und ihm gesagt, dass sie zu ihrem eigenen Schutz in das Haus gezogen war. Sein Befehlshaber war nicht besonders begeistert, doch Jayden entschuldigte sich nicht dafür. Er erzählte dem Rudelführer zudem von dem Brief und dass er ihn zwecks Überprüfung auf Fingerabdrücke an ihn geschickt hatte.

Haley schaute sehnsüchtig aus dem Küchenfenster.

Sie sah traurig aus, sie schien gefangen zwischen ihrer Angst vor dem, was passieren könnte, und ihrem Wunsch, einfach ihr Leben zu leben.

„Willst du hinausgehen und hinter dem Haus sitzen? Es ist ziemlich ruhig und der Zaun ist sicher. Niemand kann dich dort sehen oder aufs Grundstück gelangen."

„Das würde ich wahnsinnig gern." Ihre Augen leuchteten, als hätte er ihr soeben ein Geschenk gemacht. Sie hatte das schlichte Vergnügen verloren, eine Frühlingsnacht im Freien zu genießen. Das verstärkte seine Wut auf diesen Wahnsinnigen noch mehr. Haley hatte das nicht verdient.

Sollte Jayden ihn schnappen, würde er den Wichser mit seinem Leben bezahlen lassen.

Nach dem Abendessen gingen sie mit ihrem Bier auf die Terrasse hinter dem Haus. Sie wurden begrüßt vom schweren Duft von Jasmin und Azaleen, der die Abendluft erfüllte. Sie setzten sich in die bequemen Adirondack-Sessel und genossen schweigend die friedvolle Atmosphäre. Die Sonne sank unter den Horizont und hinterließ nur das schwache purpurne Licht der Abenddämmerung. Die sanfte Abendbrise wehte durch ihr blondes Haar und Jayden nahm ihren Geruch im Wind wahr. Er wollte seine Finger durch die seidigen Strähnen gleiten lassen, sein Gesicht in ihrem Nacken vergraben und sie tief einatmen.

„Ich habe das hier vermisst. Draußen sitzen zu können, besonders jetzt, wo es warm ist." Sie schaute in den Himmel, ein leichtes Lächeln lag auf ihren Lippen.

„Am Samstag findet draußen im Park ein Konzert statt. Das Wetter soll perfekt sein. Wir könnten eine Kühlbox mit Bier und eine Decke mitnehmen." Für den Bruchteil einer Sekunde sah Jayden, wie sich ihr Gesichtsausdruck erhellte. Dann schaute sie wieder ernst.

„Ich denke nicht, dass das eine so gute Idee ist." Sie schaute zur Seite und legte die Arme um sich selbst.

„Ich denke, dass es eine fantastische Idee ist. Ich werde bei dir sei. Du wirst sicher sein." Er wusste, dass sie das brauchte. Sie musste aus dem Haus gehen, wieder anfangen zu leben.

Ihre Stirn legte sich in Falten, als sie sein Versprechen abwog. Er sah, dass sie zu viel über ihre Sicherheit nachdachte.

„Ich bin gleich zurück." Jayden stand auf und ging ins Haus. Er kam mit seinem Handy und einem tragbaren Lautsprecher wieder heraus. „Wie wäre es mit etwas Musik?"

„Gern." Sie lächelte.

Er schloss den Lautsprecher an sein Handy und startete seine Playlist. Er machte es sich in seinem Sessel gemütlich, legte die Hände hinter den Kopf und schaute in den Himmel.

„Bist du aufs College gegangen?" Sie drehte sich zu ihm und schaute ihn an.

„Ja, LSU." Er warf ihr einen Blick zu. „Ich habe einen Master in Partys feiern und Mädchen ins Bett kriegen."

Sie lachte und zum ersten Mal sah Jayden echte Freude in ihren Augen. Keine Angst oder Sorgen, nur Freude.

„Nein, natürlich nicht. Ich bin vom College geflogen." Er nahm einen Schluck von seinem Bier.

„Vermisst du die LSU?"

„Ich weiß es nicht." Sie zuckte mit den Schultern. „Meine Eltern haben beide dort studiert, also wurde auch von mir erwartet, dass ich zur LSU gehe. Ich hatte keine Wahl."

„Hast du deinen Freund an der LSU kennengelernt?" Jayden schluckte. Das Wort Freund hinterließ einen bitteren Nachgeschmack in seinem Mund.

„Anthony? Ja. Er war älter, also waren wir nur für ein Jahr gemeinsam auf dem College." Sie trank von ihrem Bier und schaute in die Sterne.

„Vermisst du ihn?" Warum zur Hölle fragte er sie das? „Vergiss es, ich wollte nicht zu persönlich werden." Er rieb mit der Hand über sein Gesicht. Gott sei Dank war es dunkel und sie konnte nicht sehen, dass er wie ein Mädchen errötete.

„Ist schon in Ordnung. Als ich hierhergezogen bin, habe ich ihn anfangs vermisst. Aber jetzt nicht mehr." Ihr Ausdruck wurde hart.

„Haley, meinst du, er könnte jemanden haben, der dir

diese Briefe schreibt? Vielleicht ist er wütend, weil du das College gewechselt hast?"

Haley schnaubte und nahm einen tiefen Schluck Bier. „Er ist derjenige, der Schluss gemacht hat. Ich kann dir versichern, dass er nicht der Stalker ist."

Jayden schüttelte den Kopf. Er wusste, dass Barrett überwachte, ob Anthony versuchte, jemanden in Fayetteville zu kontaktieren, damit dieser die Drecksarbeit für ihn erledigte. Es wäre nicht besonders schwer, Haley auf Distanz zu stalken. Jayden wusste zudem, dass der Exfreund stinkreich war und es sich leisten konnte, jemandem Schweigegeld zu bezahlen, um Haley weiter belästigen zu können.

„Es ist nicht ungewöhnlich, dass Frauen von ihren Exfreunden verfolgt werden. Wenn er es bereut, mit dir Schluss gemacht zu haben, und du dich weigerst, wieder mit ihm zusammenzukommen, dann ist das ein perfektes Szenario für Stalking." Niemand wäre so bescheuert, sie gehen zu lassen.

Haley stand auf und starrte ihn an.

„Er ist es nicht."

„Haley, ich schaue mir das Ganze aus jeder Perspektive an." Jayden stand auf und hielt abwehrend die Hände hoch. Frauen hatten die Tendenz, zu schützen, und genau das tat sie. Sie musste die Sache objektiv betrachten.

„Ich versuche nicht, dieses Arschloch zu beschützen", schnauzte Haley.

„Dann nenn mir einen Grund, weshalb er es nicht ist. Nur *einen* guten Grund, weshalb er sich nicht dafür rächt, dass du ihn abgewiesen hast."

Ihre Brust hob und senkte sich unter dem engen weißen T-Shirt, dass sie nach dem Bad angezogen hatte. Sie war ganz offensichtlich sauer auf ihn. Doch da lag noch etwas anderes in diesen juwelenartigen Augen.

Sie schoss ihm einen Blick zu. „Ich weiß, dass er es nicht

47

ist. Er hat mit mir Schluss gemacht, nachdem ich entführt wurde, weil er der Meinung war, ich sei ruiniert. Selbst meine Eltern sagten, ich sei beschädigte Ware. Er konnte nicht mehr mit mir zusammen sein, weil es unter seiner Würde war, nachdem ein anderer Mann mich angefasst hat." Sie ballte die Fäuste, während die Worte weiter aus ihr hervorbrachen. „Verstehst du das nicht? Für ihn bin ich das Stalken einfach nicht wert."

KAPITEL 3

*H*aley verschwand schnell im Haus.

Jayden stand wie gelähmt da, sein Magen verkrampfte sich angesichts dessen, was sie ihm soeben offenbart hatte.

Ihre Eltern hatten sie eine beschädigte Ware genannt. Von welchen sadistischen Bestien war sie großgezogen worden? Wer zum Teufel tat seiner eigenen Tochter, seinem eigenen Fleisch und Blut, so etwas an?

Ein Wolfsknurren entwich seinem Mund, als seine Gedanken zu ihrem Exfreund zurückkehrten. Wenn dieser verdammte Hurensohn ihm jemals über den Weg lief, würde er ihn töten und sein verfluchtes Herz mit den Zähnen herausreißen.

Jayden eilte ins Haus und in die Küche. Sie war leer. Er lief weiter zum Schlafzimmer und stand vor einer geschlossenen Tür.

Offensichtlich wollte sie in Ruhe gelassen werden.

Gut, dass ihm derartige Hinweise egal waren. Er drückte die Türklinke. Die Tür war abgeschlossen.

Scheiße.

„Haley, lass mich rein."

„Verschwinde, Jayden, ich habe keine Lust zu reden." Ihre Stimme klang so erschöpft, dass es ihm in der Brust wehtat.

„Haley, wenn du nicht auf der Stelle diese verfluchte Tür öffnest, trete ich sie ein."

Keine Antwort.

„Ganz, wie du willst." Jayden hob die Hand über den Kopf und griff nach dem Türrahmen. Er sprang hoch und trat kraftvoll gegen die Tür. Die Tür gab nach, brach aus dem Rahmen und landete krachend auf dem Boden.

Vor Schreck setzte sich Haley im Bett aufrecht hin und schnappte nach Luft.

Jayden setzte sich ans Fußende, direkt in ihr Blickfeld. Er wollte, dass sie jedes gottverdammte Wort hörte von dem, was er ihr zu sagen hatte.

„Du bist keine beschädigte Ware. Ich will, dass du das nie wieder sagst. Niemals." Sein Herz raste vom Adrenalin, das durch seine Adern strömte, und sein Atem ging schneller.

Sein Blick wanderte zu Haleys nackten Beinen. Sie hatte sich umgezogen. Die Jeans und das T-Shirt waren verschwunden. Jetzt trug sie hautenge Shorts, die kaum ihren Arsch bedeckten, und ein knappes Shirt, dass ihren flachen Bauch zeigte.

Sie war praktisch unbekleidet.

Haley erholte sich schnell von ihrem Schock und stemmte die Hände in die Hüften. Mit zusammengekniffenen Augen sah sie ihn an.

„Jayden, ich bin kein Kind mehr."

Verdammt, das war sie ganz sicher nicht. Nicht mit diesem Körper. Sie war ganz und gar eine Frau.

„Und du musst nicht versuchen, mich mit deinen wunderschönen Lügen aufzumuntern. Ich weiß, was ich bin. Welcher Werwolf wird mich jetzt noch haben wollen?" Sie starrte ihn an.

Seine Nasenflügel bebten, als ihr femininer Duft ihn traf. Sie roch süßlich und nach Gewürzen, wie Backwaren in einem Café.

Meins.

Das Wort schlüpfte aus seinem Gehirn in seine Adern, bis es auf seine Seele traf und sich dort mit ihr verband.

Meins.

Ein besitzergreifendes Wolfsknurren kam aus seinem Mund. Er griff ihre Arme und zog sie an sich. Die Hitze ihrer süßen Brustwarzen durchdrang seine Brust, versenkte ihn nahezu. Ohne weiter nachzudenken, küsste er sie mit einer glühenden Leidenschaft, die sie beide zu verschlingen drohte.

Haley stöhnte und öffnete ihre Lippen unter Jaydens forderndem Kuss.

Natürlich hatte ihr Exfreund sie zuvor ebenfalls geküsst, doch nie auf diese Weise. Nie mit einer derartigen Intensität, einem solchen Hunger. Seit der Entführung hatte sie sich geweigert, sich von irgendjemandem berühren zu lassen. Sie hatte sich vor anderen zurückgezogen und weite Kleidung getragen, die ihre weiblichen Kurven verhüllte. Wenn sie sich auf diese Art unsichtbar für Typen machte, würde niemand sie wahrnehmen.

Und wenn niemand sie wahrnahm, konnte sie auch nicht verletzt werden.

In diesem Moment, als Jaydens Mund ihren verschlang, wollte sie sich sämtliche Kleider von ihrem Körper reißen.

Sie wollte seinen Körper gegen ihren fühlen, Haut gegen Haut.

Jaydens Hand glitt tiefer und umfasste ihren Hintern. Sie wickelte ihre Arme um seinen Nacken, ihre Zungen erkundeten sich gegenseitig in einem erotischen Spiel der Begierde.

Lust machte sich in ihren unteren Regionen bemerkbar, als sie sich gegen seinen muskulösen Körper presste. Ihre Finger fanden den Rand seines T-Shirts und glitten darunter. Sie strich mit ihren Fingern über jeden seidigen, definierten Muskel und entlockte ihm ein Stöhnen.

Sie spürte, wie sie feucht wurde. Ihr Verlangen nach ihm war so überwältigend, dass es ihre Haut versengte.

Sie griff sein T-Shirt und zog es hoch. Er neigte den Kopf, erlaubte ihr, dass sie es ihm ganz auszog. Ihre Lippen trafen sich erneut in einem feurigen Kuss, als seine Finger ihr T-Shirt nach oben schoben.

Das Piepen seines Handys ließ ihn erstarren. Widerstrebend zog er sich aus ihrer Umarmung.

Haley schluckte, als er sie mit einem Hunger ansah, der noch lange nicht gestillt war. Er zog sein Handy heraus, wobei er sie noch immer anschaute.

„Hallo." Jayden zwinkerte und schaute dann weg. Er fuhr sich mit der Hand durchs Haar.

Einfach so war der Moment verloren.

Sie lehnte sich auf dem Bett zurück, zog die Decke über ihre nackten Beine. Zum ersten Mal seit langer Zeit fühlte sie sich nackt und verletzlich. Sie verabscheute diese Gefühle. Sie hatte alles in ihrer Macht Stehende getan, sie nicht zuzulassen. Nur ein Kuss mit Jayden und schon war sie erneut emotional angreifbar. Sie hatte sich geschworen, das nie wieder geschehen zu lassen. Der Schmerz ging einfach zu tief.

Jayden stieg über die kaputte Zimmertür und zog eine Grimasse. Er fragte sich, wie Barrett darauf reagieren würde, dass er sein Eigentum demoliert hatte. Er kannte den Werwolf, er würde nicht besonders erfreut sein. Er ging hinaus in den Flur und entschied, dass jetzt nicht der richtige Zeitpunkt war, seinem Rudelführer die Beichte abzulegen.

„Ich habe den Brief auf Fingerabdrücke untersuchen lassen", sagte Barrett.

„Du hast ihn schon erhalten?" Jayden runzelte die Stirn und schaute auf die Uhr. Das Paket mit dem Brief war vor weniger als vier Stunden abgeholt worden.

„Der Paketdienst weiß, dass ich oberste Priorität habe", sagte Barrett entnervt.

Jayden fragte sich, ob das Milliarden-Dollar-Unternehmen auch von einem Werwolf geführt wurde.

„Sowohl der Umschlag als auch der Brief waren sauber. Sie analysieren das Papier, um herauszufinden, welche Geschäfte in Fayetteville diese spezielle Papiersorte verkaufen."

Jayden nickte. Wer auch immer den Brief geschrieben hatte, war schlau genug gewesen, keine Fingerabdrücke zu hinterlassen. „Und dann werden wir ermitteln, ob sie dort Überwachungskameras haben. Vielleicht wurde der Täter auf Video aufgezeichnet."

„Oder es erinnert sich jemand daran, ihn gesehen zu haben. Ich nehme, was auch immer ich kriegen kann."

Barretts bedrohlicher Tonfall entging Jayden nicht. Barrett nahm es persönlich und um Haleys Willen war Jayden froh darüber. Der Stalker musste umgehend gefasst werden.

„Also, wirst du mir nun sagen, wieso du Haley zu dir in mein Haus gebracht hast? Oder willst du das Frage-Antwort-Spiel weiter ausdehnen?"

Jayden erschauderte und biss die Zähne zusammen. „Sie

war im Wohnheim des Colleges nicht länger sicher. Barrett, der Stalker hat den Brief hinterlassen, während ich in ihrem Zimmer war. Er war auf der anderen Seite der verdammten Tür und ich habe es nicht mal gespürt." Barrett war für eine Sekunde ruhig.

Jayden bereitete sich darauf vor, sich Barretts Befehl, Haley zurück in das Wohnheim zu bringen, zu widersetzen.

„Du weißt, dass der Stalker ziemlich angepisst sein wird, wenn er herausfindet, dass Haley weg ist. Er wird aggressiver werden."

„Oder vielleicht gibt er auf, wenn er begreift, dass Haley einen festen Freund hat."

„Ihr fester Freund? Ist es das, was du bist, Jayden?" Jayden entging der Tonfall in Barretts Stimme nicht.

„Ich will, dass er das denkt. Wenn er denkt, dass Haley in einer Beziehung ist und uns zusammen sieht, dann gibt er vielleicht auf. Und dann bekommt Haley endlich ihr Leben zurück. Verdammt, Barrett, sie isst nicht einmal in der Cafeteria, weil sie Angst hat, dass er dort auf sie lauert. Ich kann mir nicht vorstellen, so ein College-Leben zu führen."

„Die ganze Situation ist völlig abgefuckt." Barrett seufzte.

„Sie kann bei dir bleiben. Aber lass sie keine Sekunde aus den Augen."

Die Verbindung wurde beendet.

Jayden schüttelte den Kopf. Sein Rudelführer stand offensichtlich nicht auf Smalltalk und Höflichkeitsfloskeln.

„War das Barrett?"

Er wusste, dass sie hinter ihm stand, noch bevor sie sprach. Er konnte ihre Erregung noch immer riechen. Er biss die Zähne zusammen und erinnerte sich daran, dass sie Tabu war.

„Ja. Es gab keine Fingerabdrücke auf dem Umschlag." Jayden drehte sich nicht um. Er konnte ihr einfach noch nicht ins Gesicht sehen. Wenn er es tat, würde sein Entschluss vielleicht ins Wanken geraten.

„Jayden …"

Als sie seinen Arm berührte zuckte er zusammen. Schnell nahm sie ihre Hand wieder weg.

Er drehte sich um. Schmerz flackerte auf ihrem Gesicht auf und sie schaute weg. Seine Brust wurde eng. Er wollte sie auf keinen Fall noch weiter verletzen.

„Haley, ich …" Er machte einen Schritt auf sie zu.

Sie schüttelte energisch den Kopf und hielt abwehrend die Hand hoch. „Ich bin heute Abend zu müde, um zu reden. Ich gehe zu Bett."

Er sah, wie sie zurück in ihr Schlafzimmer verschwand. Was zur Hölle war denn nur los mit ihm? Er hatte sich seit Oktober, seit der Nacht, in der er halb zu Tode geprügelt worden war, nicht mehr für Sex interessiert. Doch sobald er nur einen Moment allein mit Haley war, war er sofort bereit für stundenlangen, leidenschaftlichen Sex.

Jayden zog eine weitere Flasche Bier aus dem Kühlschrank und nahm sich vor, etwas nicht Alkoholisches zu besorgen.

Er ging von Raum zu Raum, um sich zu vergewissern, dass alle Türen und Fenster verschlossen waren, bevor er wieder auf die Terrasse ging.

Jayden warf sich in den bequemen Polstersessel und nahm einen tiefen Schluck aus der Bierflasche. Die eisige Flüssigkeit brannte in seiner Kehle.

Wenngleich sie sich in der Stadt befanden, leuchteten die Sterne hell am Nachthimmel. Es wäre perfekt für ein romantisches Dinner und ein Glas Wein.

„Was für ein idiotischer Gedanke." Jayden rieb sich mit der Hand übers Gesicht. „Ich bin kein Typ für Romantik."

Jahrelang war er zufrieden gewesen mit seinem unverbindlichen Sexleben, ohne sich auf eine Beziehung einzulassen. Bis zum vergangenen Jahr. Als er mitbekam, wie Avas Liebe Damon veränderte, hatte er unerwartet Neid verspürt. Damon hatte keine wahre Liebe gekannt, bis er Ava traf. Sie verliebten sich und wurde kurze Zeit später offiziell Gefährten.

Er hatte nie wirklich in Betracht gezogen, eine Gefährtin zu finden. Doch als er bemerkte, wie viel zufriedener und glücklicher Damon war, fand er die Idee einer Gefährtin doch nicht mehr so schlecht.

Gefährten.

Willentlich allen anderen Frauen entsagen und sich selbst an seine Gefährtin binden, bis zum Tode – das war ein schwer begreifbares Lebenskonzept für ihn.

Nach dieser einen Nacht der Folter hatte er sich nicht mehr dazu bringen können, das Bett mit einer Frau zu teilen. Etwas war ihm in dieser Nacht geraubt worden und es fiel ihm schwer, sein einst sorgenfreies Leben auf die gleiche Weise fortzuführen.

Jayden nahm noch einen Schluck und schloss die Augen.

Bilder dieser Nacht kamen an die Oberfläche und ließen seine Augen hinter den geschlossenen Lidern hin und her zucken.

Er erinnerte sich an den widerlichen Gestank, eine Mischung aus abgestandenem Urin und Stinktier. Es war der typisch verräterische Geruch der roten Wölfe. Er war mit der Hoffnung in diesen dreckigen Raum gegangen, Haley zu finden.

Er war entsetzt, als er sie schließlich fand. Sie lag geknebelt und gefesselt auf einer dreckigen Matratze, die nach den roten Schurkenwölfen stank, die sie verschleppt hatten. Sie wehrte sich gegen die Fesseln und versuchte zu schreien, als ein Schurkenwolf auf sie sprang und den Reißverschluss seine Jeans öffnete.

Wut war eine unzureichende Beschreibung für die

Emotion, die seinen Körper angesichts der Situation, die sich ihm bot, erzittern ließ. Jayden sah buchstäblich rot, als er mit einem Brüllen den Wolf von Haley wegriss. Bevor der Wolf realisierte, was ihn angriff, war Jayden bereits hinter ihm. Seine Hände waren strategisch auf dem Haaransatz und unter dem Kinn des roten Wolfs platziert, er drehte den Kopf ruckartig und spürte das Zerbrechen des Genicks unter seinen Händen.

Er war so außer sich vor Wut, dass er nicht aufhören konnte. Er drehte den Kopf weiter, bis er ihn fast vom Körper des nutzlosen Schurkenwolfs abtrennte. Er hätte es tatsächlich getan, doch drei andere Schurkenwölfe waren aufgetaucht und hatten ihm mit dem Baseballschläger einen über den Schädel gezogen.

Licht explodierte hinter seinen Augen, was ihn fast erblinden ließ. Ihm war schwindelig und er war außerstande, zu kämpfen und sich zu verteidigen. Als Nächstes erinnerte er sich daran, dass er in einem anderen Zimmer nackt und gefesselt von der Decke hing.

Bei jedem Schlag gegen seine Körper zog er eine Grimasse. Der rote Wolf nutzte insbesondere Jaydens Kopf dazu, seinen Golfschwung mit dem Baseballschläger zu praktizieren.

Unsäglicher Schmerz explodierte in seinem Kopf, als seine Augenhöhlenknochen und sein Nasenbein zersplitterten. Bei dieser Erinnerung hatte er immer noch den Kupfergeschmack von Blut in seinem Mund. Er erhielt einen Schlag gegen sein Ohr, sein Gehirn vibrierte und für einen Moment war er auf dieser Seite völlig taub.

Wenn Jayden gedacht hatte, dies sei der Höhepunkt der Folter, lag er verdammt falsch. Rote Wölfe waren gewalttätig und todbringend. Jeder hatte angenommen, dass sie sich im Blutrausch gegenseitig umgebracht und letztlich ausgerottet hatten. Das Arkansas-Rudel hatte herausgefunden, dass es noch eine kleine Sekte roter Wölfe gab, die sich nicht an die Wolfsgesetze hielten. Und ganz sicher hielten sie sich auch nicht an die Regeln des Krieges. Rote Wölfe geilten sich an Folterpraktiken auf und daran, anderen Schmerzen zuzufügen.

Jayden zuckte zusammen, als er sich an das Gefühl von kaltem Draht um seine Genitalien und Beine erinnerte. Ekel und Angst hatten damals seinen Rücken kribbeln lassen, er befürchtete, sie würden ihm den Schwanz amputieren. Er biss die Zähne zusammen, weigerte sich zu schreien oder in Tränen auszubrechen. Bei jedem Schlag des Baseballschlägers und bei jedem Tritt in die Rippen gab er lediglich ein schmerzerfülltes Stöhnen von sich. Er würde ihnen nicht die Befriedigung geben und anfangen zu schreien.

„Schrei für mich, Werwolf." Der ranzige Atem des roten Wolfs stieg ihm in die Nase, als dieser sich näher an ihn lehnte und ihn mit einem sadistischen Grinsen ansah.

„Verpiss dich." Jayden spuckte einen weiteren Zahn aus, der ihm mit dem Baseballschläger ausgeschlagen worden war. Er wusste, dass ihm neue Zähne wachsen würden. Sofern er lebend aus dieser Sache herauskam.

„Ich wette, ich kann dich zum Schreien bringen. Ich wette, ich kann dich wie eine kleine Hure schreien lassen." Der rote Wolf rieb ein ausgefranstes Ende eines Verlängerungskabels gegen Jaydens blutige Wange. „Ich wette, du wirst gleich schreien."

Jayden drehte sich in der Luft und versuchte sein Bestes, der Klemme auszuweichen, die am Draht um seinen Schwanz befestigt werden sollte. Doch ein Kerl griff ihn von hinten und hielt ihn fest, während der andere Typ die Klemme befestigte.

Er drehte und wand sich, kämpfte kopfüber, um die Klemme loszuwerden. Doch er wusste, es würde vergebens sein. Der rote Wolf hielt das ausgefranste Kabelende vor sein Gesicht, quälte ihn mit dem bevorstehenden Schmerz.

Jayden sah mit aufgerissenen Augen zu, wie der andere Wolf den Stecker des Kabels gegen die Steckdose hielt.

„Dachtest du, du könntest uns davon abhalten, das Weibchen zu beanspruchen? Sie gehört jetzt uns und wir werden diesen engen kleinen Körper abwechselnd nehmen, bis die Pussy schön wund ist." Der Wolf griff sich in den Schritt und zog Jaydens Gesicht heran. Jayden würgte bei dem ranzigen Geruch.

„Das kleine Weibchen da drinnen wird uns anbetteln, es hart zu nehmen." Die beiden roten Wölfe lachten. „Doch zuerst will ich dich schreien hören." Jayden hielt ein Werwolf-Knurren zurück. Je eher er schrie, desto eher würden sie zu Haley gehen. Das konnte er nicht zulassen.

„Geht und fickt euch selbst", höhnte Jayden.

„Lass ihn leuchten!", befahl der rote Wolf.

Jayden kannte den Schmerz brechender Knochen, gequetschter innerer Organe und sogar den Schmerz von Stichwunden, die er sich im Laufe der Zeit bei Kämpfen zugezogen hatte.

Nichts davon hatte ihn darauf vorbereitet, was als Nächstes kam. Mit dem an die Steckdose angeschlossenen Verlängerungskabel nahm der Wolf das ausgefranste Ende und berührte damit den Draht um seinen Schwanz.

Heißer, stechender Schmerz breitete sich von seinem Schwanz zu seinen Hoden aus, bevor er seinen gesamten Körper durchzog und seine Muskeln unkontrolliert zucken ließ. Er wollte aufschreien, doch seine Wangenmuskeln krampften und weigerten sich, den Schmerzensschrei herauszulassen, als elektrischer Strom seinen gesamten Körper quälte. Unvorstellbare Schmerzen, schlimmer als alles, was er bislang erlebt hatte, durchzogen jeden Muskel und jedes Organ in seinem Körper. Er war sich sicher, dass sein Herz aufhören würde zu schlagen. Er konnte nicht einmal atmen.

Wenn der Strom ihn nicht tötete, dann würde er am Sauerstoffmangel sterben.

Jaydens Augen sprangen auf und er blinzelte ein paar Mal. Er war in Fayetteville, weit weg von Louisiana. Er atmete mehrmals tief ein und aus. Der Albtraum, den er soeben durchlebt hatte, war viel zu real gewesen.

Er strich sich über seine schweißnasse Stirn und setzte sich in seinem Adirondack-Sessel aufrecht hin. Die Nacht war hereingebrochen. Das einzige Licht kam von der hinteren Terrasse der Nachbarn und erhellte den Garten.

Schließlich hatte er den Schmerz ausgehalten. Er hatte während seiner gesamten Folter nicht geschrien. Nicht ein einziges Mal. Zwischen den einzelnen Elektroschocks hatte er versucht, den Atem anzuhalten, um bei den nächsten Stromstößen nicht zu ersticken.

Er musste infolge des Sauerstoffmangels in Ohnmacht gefallen sein. Als Nächstes erinnerte er sich daran, dass er an einen Stuhl gefesselt saß und Avas Stimme hörte. Sie trug ein Rotkäppchen-Kostüm für Stripperinnen und versuchte, ihn aus dem Club zu schaffen.

Später hatte er erfahren, dass Haley in Sicherheit war. Das war alles, was er wissen musste, bevor er erneut das Bewusstsein verlor, während die medizinische Einheit des Wolfsrudels seinen zerschlagenen Körper versorgte.

Er erzählte nie jemandem von der Folter, die er erlitten hatte. Er hatte nicht einmal Barrett davon erzählt, als dieser ihn auf der Krankenstation besuchte.

Es ging niemanden etwas an. Und er wollte die Sache für alle Zeit in der Vergangenheit ruhen lassen. Das Merkwürdige war allerdings, dass vergrabener Scheiß die Tendenz hatte, Wurzeln zu schlagen und wie Unkraut wieder hervor zu wuchern.

Doch letztlich hatte all das keine Rolle gespielt. Er hatte Haley nicht vor einer Vergewaltigung bewahren können.

Jayden stand auf und ging wieder hinein. Auf dem Weg durch die Küche warf er seine Bierflasche in den Mülleimer.

Er hatte vorhin selbst versucht, im Moment ihrer Verletzlichkeit einen Vorteil für sich zu ziehen. Das machte ihn nicht besser als diese roten Schurkenwölfe.

Er wusste zweifellos, dass tief in seinem Inneren etwas nicht stimmte. Etwas, das nie wieder in Ordnung gebracht werden konnte.

Haley saß am Küchentisch und trank von ihrem heißen Kaffee. Als Jayden hereinkam, hob sie den Kopf. Er trug Jeans, ein hautenges T-Shirt und sein Haar war noch feucht vom Duschen. Er sah aus wie der Schwarm eines jeden Mädchens. Ihr Herz klopfte in der Brust und sie konnte ihren Blick nicht von ihm abwenden. Es war einfach nicht fair, dass er so toll aussah, ohne irgendetwas dafür zu tun. Sie hingegen benötigte schon eine halbe Stunde, nur um ihre Haare zu stylen.

„Du bist früh wach." Jayden schaute auf seine Militärarmbanduhr, bevor er ihrem Blick begegnete. „Es ist erst sechs Uhr dreißig."

„Ich wollte mir vor Kursbeginn nur schnell meine Notizen ansehen." Haley nahm einen Schluck Kaffee.

Jayden nickte und schenkte sich selbst eine Tasse Kaffee ein. Sie wartete, ob er Sahne hinzufügen würde. Er tat es nicht. Das hatte sie sich gedacht. Er trank seinen Kaffee männlich, nicht mit Vanille und Zucker, wie sie es gern mochte. Er sah missmutig auf ihren Teller. „Ist das alles, was du essen wirst?"

Sie schaute auf ihren angebissenen Toast. „Ja."

Jayden schüttelte den Kopf. „Hol deine Sachen. Wir werden etwas Richtiges frühstücken gehen."

„Aber ich muss meine Aufzeichnungen durchsehen."

„Nimm sie mit. Du wirst dafür genug Zeit haben, nachdem du etwas Vernünftiges gegessen hast. Du bist dünn geworden und brauchst ein reichhaltiges Frühstück, bevor du deinen Test schreibst."

Sie starrte ihn an. Woher wusste er, dass sie abgenommen hatte? Nachdem das mit den Briefen angefangen hatte, war ihr der Appetit vergangen. Wenn sie aß, dann war es nicht besonders viel.

Sie ging ins Schlafzimmer, setzte sich aufs Bett und packte ihre Lehrbücher und Notizhefte in ihren Rucksack.

Sie griff ihr Handy, schob es in ihre Jeans und ging zur Tür. Der Spiegel an der Wand zog ihre Aufmerksamkeit auf sich. Sie blieb abrupt stehen und schaute sich an.

Sie hatte ein seidiges Top in der Farbe reifer Pfirsiche gewählt, das zwischen ihren Brüsten einen leichten Ausschnitt hatte. Dazu trug sie Jeans, die nicht ganz so weit waren. Sie waren zwar nicht hauteng, saßen jedoch tiefer auf ihren Hüften und betonten ihre Kurven besser als die weiten Jeans, die sie gewöhnlich trug. Sie hatte sogar etwas Lidschatten und Lipgloss aufgetragen. Die Schatten unter ihren Augen waren noch immer zu sehen, doch dank eines guten Nachtschlafs waren sie nicht mehr so schlimm. Sie fühlte sich auch ein wenig unbeschwerter.

Hatte das mit Jayden zu tun?

„Bist du bereit?", rief Jayden aus der Küche.

Sie grinste ihr Spiegelbild an. War sie bereit?

Ja, verdammt, und wie!

JAYDEN LEHNTE sich in seinem Stuhl zurück, das kleine Café war gut besucht. Über seine Kaffeetasse hinweg sah er Haley an, wie diese ihre Notizen überflog, während sie auf das Frühstück warteten.

Ihm war fast das Herz stehengeblieben, als sie in ihren tiefsitzenden Jeans und dem pfirsichfarbenen T-Shirt in die Küche gekommen war.

Sie war eine natürliche Schönheit mit ihren vollen Lippen und einer Gesichtsfarbe, die kein Make-up benötigte. Ihre Lippen glänzten vom Kirsch-Lipgloss. Er wusste, dass es Kirsche war, er konnte es riechen.

Und er wollte es ablecken.

Sie hatte bislang versucht, sich unter diesen weiten Kleidungsstücken zu verstecken. Doch heute versteckte sie sich nicht. Sie hielt sogar den Kopf aufrecht, während sie normalerweise auf den Boden schaute.

Es war genug, um ihn lächeln zu lassen.

Haley schaute von ihren Notizen hoch. Ein leichtes Grinsen legte sich auf ihre Lippen und er verschluckte sich fast an seinem Kaffee, als er die Reaktion seines Körpers spürte.

„Warum grinst du mich an? Ist etwas auf meinem Gesicht?"

„Was? Oh, nein." Er räusperte sich und rutschte auf seinem Sitz vor. Seine Jeans wurden von Sekunde zu Sekunde enger. „Ich habe nur bemerkt, dass du andere Klamotten trägst."

Sie kicherte. „Ich dachte nicht, dass der Unterschied so groß ist. Gestern habe ich auch Jeans getragen."

„Jeans, die viel zu weit waren. Und dazu ein hässliches T-Shirt."

„Hey! Mach dich nicht über die Kleidung des Colleges lustig. Dann schmeißen sie dich raus." Sie grinste.

„Egal." Jayden grinste ebenfalls und schaute weg. Er war

geschockt und zugleich zufrieden darüber, wie gut es sich anfühlte, hier mit ihr zu frühstücken. Er fühlte, wie seine Lebensgeister so langsam zurückkehrten.

„Und, was ist mit deinen Klamotten?" Sie deutete mit ihrem Kugelschreiber auf sein Shirt.

Er schaute sie an. „Was meinst du?"

„Ich habe bemerkt, dass du nur T-Shirts trägst."

„Ja, und?"

„Aus dem Laden in der Shoppingmall." Sie zog eine Augenbraue hoch.

Jayden kreuzte die Arme vor der Brust und runzelte die Stirn. „Was ist daran falsch?"

„Ist das die offizielle Uniform für Wächter?"

„Nein." Er schaute auf sein hellblaues T-Shirt. „Das trage ich, wenn ich nicht arbeite. Außerdem dachte ich, dass ich dann am College nicht so auffalle."

Haley biss sich auf die Lippe und nickte, bevor sie wieder in ihr Lehrbuch schaute.

„Versuchst du mir zu sagen, dass ich mir andere Klamotten anschaffen soll? Bist du sicher, dass du mich nicht als Versuchskaninchen für irgendein Projekt für deinen Mode-Kurs siehst?"

Sie verdrehte die Augen. „Nein. Es ist nur, du hast einen wirklich tollen Körper. Du musst ihn entsprechend kleiden."

Er verkniff sich ein Grinsen, es freute ihn maßlos, dass sie seinen Körper mochte. „Sag mir, wie du mich kleiden würdest."

Er sah, wie sie ihn nachdenklich betrachtete, und er fühlte sich wie ein Stück Fleisch.

„Du brauchst mehr Shirts mit Knopfleiste, die genau auf dich zugeschnitten sind und dir passen. Deine Jeans sind in Ordnung, doch du solltest eine dunklere Farbe wählen und vorne sollten ein paar ausgebleichte Streifen wie beim Whisker-Effekt verlaufen. Wenn es Winter wäre, würde ich dir verschiedene Schals für deine Garderobe empfehlen. Doch es ist fast Frühling und es wird schnell Sommer. Du könntest also mehr Shirts mit Mustern als mit einheitlichen Farben tragen. Und wenn du einheitliche Farben wählst, dann sollten sie weicher und nicht so grell sein."

Sie überkreuzte ihre Arme und wartete lächelnd auf Gegenargumente.

„Shirts zum Knöpfen sind mir zu elegant und Schals sind was für Mädchen. Ich trage keine Muster, weil sie mich an Grannys Muumuus, ihre Hawaiianischen Gewänder, erinnern", grummelte Jayden.

„Na gut." Haley zuckte mit den Schultern, nahm einen Schluck Kaffee und wandte sich wieder ihren Aufzeichnungen zu.

Er rutschte hin und her, bis er es nicht mehr aushalten konnte.

„Willst du andeuten, dass ich in meinen Klamotten nicht gut aussehe?" Bislang hatte sich noch keine Frau beklagt. Verdammt, die Frauen waren mehr damit beschäftigt gewesen, ihm die Kleidung auszuziehen, nicht damit, ihn umzustylen.

Haley stellte ihren Kaffee ab. „Jayden, würdest du einem Unterwäsche-Model Grannys Unterhosen und einen übergroßen BH anziehen?" Sie schüttelte den Kopf. „Nein, du würdest ihr die heißesten Dessous anziehen, die ihren Körper besonders betonen."

Er wusste nicht, ob er beleidigt sein oder sich geschmeichelt fühlen sollte. Er sah sie an und versuchte, sie zu verstehen.

Er lehnte sich vor und stützte die Ellenbogen auf den Tisch.

Ihr Atem ging schneller, an ihrem schlanken Hals konnte sie ihren Pulsschlag sehen. Ihre Pupillen waren geweitet.

Zufriedenheit machte sich in ihm breit angesichts ihrer offensichtlichen Erregung.

Seine Lippen verzogen sich zu einem leichten Lächeln. „Okay, Haley. Ich willige in dein kleines Experiment ein. Du kannst mich ausziehen und mich kleiden, womit auch immer du möchtest."

Ihre Augenlider schlossen sich langsam und ihre Lippen öffneten sich. Er liebte es, wie sie auf seinen Vorschlag reagierte.

„Wie wäre es, wenn wir einen Deal machen?"

„Was für einen Deal?" Ihre raue Stimme ließ das Blut in seinem Schwanz pochen.

„Du kannst mit mir shoppen gehen und meine Garderobe so ändern, wie du es wünschst." Er zuckte die Achseln. „Ich zahle sogar alles."

„Was willst du als Gegenleistung?"

„Im Gegenzug musst du etwas für mich tun." Er ließ seinen Blick zu ihrem Puls am Hals wandern. Ihr Herz schien noch schneller zu schlagen.

„Was soll ich tun?"

Das war eine gefährliche Frage. Es gab eine Menge Dinge, die ihm einfielen, und bei allen wollte er sie nackt.

„Ich möchte, dass du mir erlaubst, dir die College-Erfahrung zu vermitteln, die du bislang versäumt hast. Alles, was du ausgelassen hast, alles, wovor man dich gewarnt hat. Ich will, dass du allem zustimmst, was auch immer ich vorschlage."

Haley starrte ihn für einen Moment an, sie schien über seinen Vorschlag nachzudenken.

Jede andere Frau wäre weich wie Butter geworden.

Doch nicht Haley.

Sie war anders. Sie hatte ihre eigene Meinung.

Haley lehnte sich zurück und ihre Blicke trafen sich.

„Okay, unter einer Bedingung. Du kannst nicht ablehnen, was ich aussuche. Du musst es kaufen und tragen."

„Okay." Er zuckte mit den Schultern.

Sie streckte ihre Hand aus und lächelte. Er nahm ihre Hand und schüttelte sie, wobei er ihre Hand ein wenig zu lange festhielt.

Er lehnte sich über den Tisch, näher an ihr Gesicht.

„Denk dran, Haley, Deal ist Deal. Jetzt gibt es kein Zurück mehr."

JAYDEN BEGLEITETE Haley zu jedem einzelnen Kurs und stand vor der Tür Wache. Er vertrieb sich die Zeit damit, sich mit seinem Handy über das Verhalten von Stalkern zu informieren. Er stellte fest, dass es unterschiedliche Typen von Stalkern gab. Haleys Stalker ähnelte einem abgewiesenen Verehrer.

Eine Person passte auf diese Beschreibung.

Ihr Exfreund.

Er hob den Kopf, als die Tür des Klassenraums aufging und die Studenten wie Ameisen auf den Flur strömten. Er ignorierte die flirtenden Blicke der Mädchen und behielt Haley im Auge, als sie ihm entgegenkam. Ihr Kopf war nicht auf den Boden gerichtet und sie hatte ein Lächeln auf den Lippen. Ein Mädchen, das neben ihr ging, berührte ihren Arm und Haley drehte sich um. Sie sagte etwas und dann lachten beide.

Sein Herz machte einen Sprung, er konnte seinen Blick nicht von ihr lassen.

Die anderen Typen im Flur konnten ebenfalls nicht wegsehen.

Jayden machte ein grimmiges Gesicht und beobachtete einen Typen, der zur ihr ging und ihr eine Frage stellte. Seine Eingeweide zogen sich zusammen. Jayden ging auf Haley zu.

Haley antwortete auf das, was auch immer der Kerl sie gefragt hatte, und schüttelte den Kopf, bevor sie wieder zu Jayden blickte und ihn anlächelte.

Er verschwendete keine Zeit und drängelte sich durch die Menge, um zu ihr zu gelangen.

„Wie war der Kurs?", fragte er, steckte die Hände in die Hosentaschen und bemerkte, dass er zu dicht neben ihr stand, doch er konnte sich einfach nicht dazu bringen, einen Schritt zurückzutreten.

„Ganz gut." Haley lächelte und warf sich den Rucksack über die Schulter.

„Ich nehme den." Er nahm ihr den Rucksack ab und setzte ihn auf.

„War das dein letzter Kurs für heute?" Er lief langsamer, passte sich ihren Schritten an, als sie aus dem Gebäude und in Richtung seines Autos gingen.

„Ja." Sie steckte die Hände hinten in die Hosentaschen. Ihre Brüste zeichneten sich gegen das dünne T-Shirt ab. Ein paar Typen gingen vorbei, ihre Augen klebten auf Haleys T-Shirt. Jayden ließ ein Wolfsknurren hören und die Typen machten sich schnell davon.

„Und, was hast du den ganzen Tag gemacht?" Sie schaute ihn an. „Ich bin sicher, du hast dich zu Tode gelangweilt."

„Nee, ich habe mir angeschaut, welche Veranstaltungen demnächst in Fayetteville stattfinden." Er grinste. Sie musste nicht wissen, dass er Nachforschungen über Stalker angestellt hatte. „Für deine College-Erfahrung."

„Ach, richtig, wie konnte ich das nur vergessen?" Sie lachte.

„Haley!"

Jayden folgte Haleys Blick zu ihrer Mitbewohnerin, die ihnen über den Campus entgegengelaufen kam. Er hatte Dana ein paar Mal in Little Rock gesehen und wusste, dass sie eine Vorliebe dafür hatte, die Wächter bei ihren Workouts oder in der Umkleidekabine zu beobachten. Um ehrlich zu sein, würde sie sich mit einem derartigen Verhalten jede Menge Schwierigkeiten einhandeln.

„Hey." Dana sah Haley missbilligend an und schaute dann überrascht zu Jayden.

„Hi, Dana." Haley sah verlegen aus. „Tut mir leid, dass ich so überstürzt ausgezogen bin."

Dana überkreuzte ihre Arme und sah verärgert aus. „Du hast nicht mal gewartet, bis ich zurück im Wohnheim war. Du hättest es mir zumindest persönlich sagen können."

Sie schaute zu Jayden und dann wieder zu Haley.

„Ja, ich weiß, das ist alles ziemlich schnell passiert."

Jayden zog Haley in seine Arme.

„Sorry, Dana. Es ist alles meine Schuld. Ich wollte einfach keinen Tag länger ohne Haley verbringen." Jayden schaute in Haleys überraschtes Gesicht und bedeckte ihre Lippen mit einem leidenschaftlichen Kuss.

KAPITEL 4

J aydens warme Lippen lagen auf ihrem Mund und sie öffnete sie, damit er sie schmecken konnte. Er nahm ihre Einladung an und schob seine heiße Zunge in ihren willigen Mund. Ihre Fingerspitzen griffen nach seiner schmalen Taille, für einen Augenblick vergaß Haley, dass Dana neben ihnen stand. Sie presste sich enger an ihn, wollte in seinen Körper hineinkriechen, bis sie eins waren.

Langsam zog er sich zurück, sie war außer Atem und erschrocken von ihrer eigenen intensiven Reaktion. Seine blauen Augen bohrten sich in ihre, sein lusterfüllter Blick schickte ihr trotz des warmen Frühlingstages einen kühlen Schauer über den Rücken.

„Wow, ich hatte ja keine Ahnung, dass ihr euch datet." Dana schmunzelte.

Noch immer schwindelig von Jaydens Kuss sah Haley zu ihrer Freundin und murmelte leise vor sich hin. „Ja, ich auch nicht." Ihre sämtlichen Nervenenden kitzelten von diesem Kuss.

Sie versuchte, einen Schritt zurück zu machen und einen

klaren Kopf zu bekommen, doch Jayden lockerte seinen Griff nicht. Er griff um ihre Taille, zog sie mit ihrem Rücken gegen seine Brust und liebkoste ihren Nacken. Es fiel ihr schwer, nicht genussvoll die Augen zu schließen.

„Du weißt, wie du ein Geheimnis für dich behältst, Haley. Ich sollte sauer sein, dass du es nicht wenigstens *mir* erzählt hast." Danas Blick offenbarte, dass sie verletzt war.

„Entschuldige, Dana. Ich wollte nichts vor dir verbergen." Sie fand es schlimm, dass sie ihre Freundin hintergangen hatte. Dana war seit ihrem Umzug hierher eine gute Freundin und sie würde sie niemals absichtlich verletzen. Doch am meisten hasste sie es, Dana anzulügen. „Tatsächlich ist alles meine Schuld." Jayden räusperte sich. „Ich wollte nicht, dass irgendjemand von uns weiß. Es könnte Gerede wegen unseres Altersunterschieds geben."

Dana kniff die Augen zusammen und sie schaute zwischen ihnen hin und her. „Du kannst doch aber nicht so viel älter als Haley sein? Wie alt bist du? Fünfundzwanzig?"

Haley schnaubte.

Jayden drückte sie an sich. „So in etwa."

„Ihr seht süß zusammen aus." Danas Gesichtsausdruck wurde weicher.

„Wirklich?" Haley drehte den Kopf und schaute hoch zu Jayden.

„Ja, so wie Ken und Barbie", sagte Dana fröhlich.

„Ich sehe doch nicht wie Ken aus", beschwerte sich Jayden.

„Na ja, wie ein Surfer-Ken, du weißt schon, mit deinen knallbunten T-Shirts."

Haley biss sich auf die Lippen. Sie musste Jayden nicht ansehen, um zu wissen, dass er strahlte.

„Nun, also, ich mache mich auf den Weg in die Bibliothek, um zu lernen. Heute Abend werde ich mit meinem Schatz essen gehen. Ihr solltet auch kommen."

Haley schüttelte den Kopf. „Ich glaube nicht, dass Mark es gefallen würde, wenn wir sein romantisches Dinner für zwei stören. Außerdem sieht es so aus, als wolle er dich und eure Beziehung zu seiner Priorität machen."

Dana machte ein betretenes Gesicht. „Es kann damit zu tun haben, dass er mich dabei erwischt hat, wie ich mit seinem Professor geflirtet habe."

„Dana!" Haleys Mund stand offen.

Dana schaute missmutig. „Was ist? Ich wollte sehen, ob er es überhaupt bemerkt. Er ist in der letzten Zeit so wahnsinnig mit Lernen beschäftigt."

„Und – hat er es bemerkt?"

Dana grinste. „Oh ja. Er führt mich nicht nur zum Dinner aus, er besteht zudem darauf, dass ich die Nacht in seinem Apartment verbringe. Das ist noch nie vorgekommen."

„Du verbringst nie die Nacht bei deinem Freund?"

„Nein." Dana schmollte. „Er sagt immer, dass er lernen muss und dass, wenn ich da bin, er abgelenkt ist und sich nicht konzentrieren kann."

„Das klingt nach einem angenehmen Problem für einen Mann." Jayden lachte.

„Ihr könnt das sicher verstehen, schließlich wohnt ihr ja zusammen." Dana schaute auf ihr Handy. „Ich muss los, wenn ich vor meinem Date mit Mark noch lernen will. Vielleicht können wir an diesem Wochenende alle zusammen etwas unternehmen?"

Haley erschauderte und lächelte gezwungen. Sie war sich nicht sicher, ob sie sich öffentlich zeigen wollte, schließlich war der Stalker immer noch hinter ihr her.

„Lass mich sehen, was wir vorhaben, und wir melden uns bei dir", antwortete Jayden für sie.

„Das klingt gut." Dana zwinkerte Haley zu und machte sich dann auf in Richtung des Studentenwohnheims.

Haley wartete darauf, dass Jayden sie aus seiner Umarmung lassen würde, da Dana nun außer Sichtweite war, doch er hielt sie fest.

„Wie viele Hausaufgaben hast du?" Sein Atem kitzelte ihr Ohr und brachte die Schmetterlinge in ihrem Bauch zum Flattern.

Langsam schüttelte sie den Kopf und versuchte ihr rasendes Herz zu beruhigen.

Ihr Körper war unter seiner schützenden Umarmung ganz warm geworden. „Ich habe gar keine Hausaufgaben und mein nächster Test ist erst am Montag."

„Du hast also frei?"

„So ziemlich." Haley versuchte, ruhiger zu atmen. Sie war sich sicher, dass er ihren Herzschlag spüren konnte. Sie atmete tief ein und konzentrierte sich darauf, ihren Hintern nicht gegen seinen Schritt zu reiben.

„Gut." Er ließ sie los.

Sie zwang sich, einen Schritt wegzugehen. Sie musste sich daran gewöhnen, ihn gehenzulassen. Jayden hatte einen Job zu erledigen, er war wegen nichts anderem hier.

Für ihn war sie lediglich eine Mission.

Sie rieb mit einer Hand über ihre Brust, um den leichten Schmerz zu lindern, der den Weg in ihr Herz gefunden hatte.

Sie wusste, dass Jayden sie verlassen würde, genauso wie ihre Familie sie verlassen hatte. Sie würde nicht zulassen, dass es sie erneut zur Verzweiflung trieb. Sie musste kein Opfer sein. Sie konnte entscheiden, diese kurze Zeit mit Jayden als Chance zu sehen. Als Chance, wieder zu sich selbst zu finden und am Leben teilzunehmen.

Sie hob das Kinn und schaute ihn an. Er sah einfach umwerfend aus, wie er dort stand. Seine Muskeln, die blauen Augen, er sah aus wie aus einem Surfer-Magazin.

„Ich bin mir nicht sicher, ob mir dieser Blick in deinen Augen gefällt", neckte Jayden sie.

„Ich denke darüber nach, wie ich dich umstylen kann."

Nicht, dass es eine Rolle spielte.

Er könnte einen Kartoffelsack anziehen und würde immer noch heiß aussehen.

„Warum macht mir das Angst?" Jayden nahm ihre Hand, als sie zum Parkplatz gingen.

Ihr Herz machte einen Sprung, als sie die Wärme seiner Hand spürte. Sie schüttelte den Kopf und zwang ihren Körper dazu, nicht bei jeder seiner Berührungen so idiotische Reaktionen zu zeigen.

„Mach dir keine Sorgen. Ich habe mir gedacht, dass Pink dir wirklich gut stehen würde." Sie schenke ihm ein vergnügtes Lächeln, während er seine Finger mit ihren verband.

Jayden blieb abrupt stehen. „Pink."

Haley schaute ihn unschuldig an. Sie versuchte, nicht in Gelächter auszubrechen, als sie sein entsetztes Gesicht sah.

„Wir haben einen Deal und es gibt kein Zurück."

Nach einem Abendessen, das aus Burger und Pommes bestand, fuhr Jayden zum Einkaufszentrum. Sie gingen ins Kaufhaus und Haleys Gesicht leuchtete auf.

Er nahm ihre Hand und sagte sich selbst, dass das hier nur zur Show sei. Dass sie nur vorgaben, ein Paar zu sein, um seine Tarnung nicht zu gefährden.

Mit dieser Ausrede hatte er sich auch belogen, als er sie vor Dana geküsst hatte.

Doch er wusste es besser. Er hatte sie geküsst, weil er die ganze Welt wissen lassen wollte, zu wem sie gehörte. Er hatte sie geküsst, weil er den ganzen Tag darunter gelitten hatte, wie die College-Idioten sie sabbernd anstarrten. Er hatte sie geküsst, weil es ihm wichtiger war als sein nächster Atemzug.

„Jayden?"

Er schüttelte den Kopf und konzentrierte sich.

„Ja?"

„Ich habe gefragt, welche Jeansgröße du hast." Sie schaute zurück auf das Display. Ihr Blick war auf das Model geheftet, was eine mitternachtsblaue Jeans trug.

„Hattest du nicht gesagt, meine Jeans seien in Ordnung?" Er schaute hinab auf seine Lieblingsjeans. Er trug sie schon ewig und sie saßen perfekt.

„Komm schon, Jayden, lass mich ein bisschen mit dir spielen." Sie presste ihre Handflächen auf seine Brust und verzog ihre Lippen zu einem sexy Schmollmund.

Seine Nasenflügel bebten. Instinktiv umfasste er ihren Hinterkopf und fuhr mit dem Daumen seiner anderen Hand über ihre Unterlippe. „Sei vorsichtig, Süße. Ich spiele nicht besonders sanft."

„Ich ebenso wenig." In ihren Augen flackerte Lust auf.

Er versuchte, sie mit Warnungen von sich fernzuhalten, doch das beeindruckte sie wenig. Seine kleine College-Studentin gab nicht nach.

Sein Schwanz wurde hart hinter dem Reißverschluss und machte seine Jeans unbequem eng. Sein Herz hämmerte in seiner Brust und er fühlte seinen Herzschlag bis hinab in seine Hoden.

Jayden kniff die Augen zusammen und knirschte mit den Zähnen.

„Was stimmt nicht?"

Er öffnete die Augen wieder und machte ein böses Gesicht. „Ich versuche, mich zu beherrschen." Hatte sie denn keine Ahnung, was sie ihm antat?

„Und was genau mache ich?"

Er zog sie an sich. Ihre Augen wurden groß, als sein Schwanz sich gegen ihren Bauch presste. Ein Anflug von Schamröte überzog ihr Gesicht.

Dann tat das kleine Luder das Unerwartete. Anstatt einen

Schritt zurückzutreten, stellte Haley sich auf Zehenspitzen und sog sein Ohrläppchen in ihren heißen kleinen Mund.

„Fuck, Haley." Die Lust überkam Jayden so heftig, dass er kurz überlegte, sie hier an Ort und Stelle gegen die Wand des Einkaufszentrums zu nehmen.

Sie besaß nicht einmal den Anstand, ein entschuldigendes Gesicht zu machen. Stattdessen lachte sie.

Sie trat zurück und nahm seine Hand. „Komm, lass uns in das Geschäft gehen. Sobald du anfängst, die Jeans anzuprobieren, verschwindet deine Erektion."

Jetzt war er an der Reihe, geschockt auszusehen.

Sie grinste. „Vielleicht suche ich etwas in Pink für dich aus. Dann wirst du deinen Steifen schon los, da bin ich ganz sicher."

„Soll ich dir wirklich nicht tragen helfen?" Haley warf Jayden einen fragenden Blick zu, als sie aus dem Kaufhaus zum Parkplatz gingen. Die leichte Brise kühlte ihre Haut.

„Nee, geht schon." Jayden schüttelte den Kopf, während er in jeder Hand drei Einkaufstüten trug.

„Bist du noch eingeschnappt?"

„Ich bin nicht eingeschnappt", sagte Jayden mürrisch.

„Okay." Haley nickte, glaubte ihm jedoch kein Wort. „Du bist also immer noch sauer, weil ich dich ein bisschen in Schale geworfen habe."

Jayden schoss ihr einen vielsagenden Blick zu. Sie konnte sich ein Lachen nicht verkneifen.

„Das T-Shirt stand dir wirklich gut. Ich verstehe nicht, wieso das so eine große Sache ist." Als er aus der Umkleidekabine gekommen war, hätte sie ihn am liebsten von Kopf bis Fuß abgeschleckt.

„Ich habe dir gesagt, dass ich die Farbe Pink nicht mag."

„Es ist nicht Pink, sondern Koralle." Und er sah in dieser Farbe einfach scharf aus.

„Es sah verdammt nach Pink aus für mich. Kannst du dir vorstellen, was die anderen Wächter sagen, wenn die mich so sehen?"

Er verzog das Gesicht.

„Dann zieh es nicht an, wenn du mit ihnen zusammen bist." Sie zuckte die Achseln. Sie kannte die Wächter in Arkansas gut genug, um zu wissen, dass sie Jeans und Leder trugen und Harleys fuhren. Für Menschen sahen sie aus wie eine normale Biker-Gang.

„Ich gehe doch nur zur Arbeit und sonst nirgendwo hin, Haley." Er zuckte mit den Schultern.

„Ich wüsste nicht, zu welcher Gelegenheit ich irgendwas davon tragen sollte."

Sie setzte ein gezwungenes Lächeln auf und presste die nächsten Worte hervor. „Dann zieh es an, wenn du dein nächstes Date hast."

Sein Blick wurde hart, bevor er wegschaute. Die Stimmung zwischen beiden veränderte sich.

„Mein letztes Date ist eine Weile her."

Sie runzelte verwundert die Stirn.

Sie hatte etwas anderes gehört. Tatsächlich hatte Dana andauernd davon gesprochen, wie viele Frauen Jayden bereits gehabt hatte. Seinem Ruf nach zu urteilen, war er im Bett unersättlich.

„Ich denke nicht, dass eine Woche eine lange Zeit ist." Sie stieß ihn mit dem Ellenbogen an, versuchte, ihn aufzuheitern.

Jayden blieb stehen und schaute sie an. Sein Gesicht war düster. „Das letzte Mal, als ich ein Date mit einer Frau hatte, ist sechs Monate her."

Haleys Lächeln entglitt. Schnell errechnete sie das Datum und stellte fest, dass dies um die Zeit ihrer Entführung gewesen sein musste.

„Ganz abgesehen davon, Haley. Ich date Frauen nicht. Ich

reiße sie auf." Er sah sie mit zusammengekniffenen Augen an, als er die Dinge auf den Punkt brachte.

„Okay." Das wusste sie bereits. Verdammt, sie erwartete von ihm auch nicht, dass er im Zölibat lebte.

Er schüttelte den Kopf und schaute zur Seite, Frustration legte seine Stirn in Falten. „Ich hätte das alles nicht kaufen sollen. Es ist nur Geldverschwendung."

Haley Brust wurde eng und Selbstzweifel plagten sie. Sie ließ den Kopf hängen. Sie wollte Jayden nicht dazu zwingen etwas zu tun, was ihm nicht gefiel. Ihre Schultern wurden schwer, sie fühlte sich schuldig.

Sie nahm ihr Handy heraus und öffnete ihre App für inspirierende Zitate. Seit sie nach Arkansas gezogen war und sich von allen verlassen gefühlt hatte, war dies oft ihr rettender Hafen gewesen. Sie wusste, dass sie ihr eigenes Leben finden musste, und sie war fest entschlossen, das Leben zu führen, das *sie* wollte. Ab jetzt würde sie ihre eigenen Bedingungen festlegen.

Glück ist eine Wahl, die zuweilen Aufwand erfordert. – Aeschylus.

Sie wusste nicht, wer zur Hölle Aeschylus war, doch er traf den Nagel auf den Kopf.

Sie atmete tief ein, steckte das Handy weg und schaute Jayden an. „Wenn du es wirklich für Verschwendung hältst, bring es zurück." Sie nahm die Schlüssel aus seiner Jeans. „Ich warte im Auto."

Er war ein totaler Vollidiot.

Er hatte in ihren Augen gesehen, dass sie verletzt war.

„Haley, warte." Er beschleunigte seine Schritte, um Haley einzuholen, die energisch davonstampfte.

„Haley, nun warte schon." Er lief um sie herum und stellte sich ihr in den Weg. „Es tut mir leid, ich wollte deine Gefühle nicht verletzen. Du hast dir sehr viel Mühe gegeben, mich mit den Klamotten gutaussehen zu lassen. Es war nicht meine Absicht, das zu ignorieren."

Sie verschränkte die Arme vor der Brust und starrte ihn an. Ihr Fuß tappte auf den Asphalt.

„Würdest du mir gern sagen, dass ich mich verpissen soll? Würdest du dich dann besser fühlen?"

„Vielleicht." *Tapp, tapp, tapp.* Sie hielt seinem Blick stand.

„Was ich gesagt habe, ist falsch rübergekommen." Er konnte einer Frau die Kleider vom Leib reden, doch sich zu entschuldigen war schmerzhafter, als Granny über Sexspielzeug reden zu hören.

„Wieso das?" Sie tappte weiter unablässig mit dem Fuß auf dem Asphalt.

„Tatsächlich gefallen mir die Klamotten. Ich finde, du hast wirklich das Passende herausgesucht." Er schluckte. Warum zum Teufel war das so schwer?

Sie stand schweigend da.

„Pass auf, ich date nicht. Schon seit einer ganzen Weile nicht." Er stieß den Atem aus.

„Ich habe auch seit über sechs Monaten niemanden mehr gedatet, aber es ist nicht so, dass ich für immer die Hoffnung aufgegeben habe, jemanden zu finden." Sie zuckte mit den Schultern. „Womöglich bist du nur zu pingelig geworden. Vielleicht willst du das, was du bislang mochtest, nicht mehr."

Was er wollte, war sie. Nackt und in seinem Bett mit seinem Gesicht zwischen ihren süßen Schenkeln. Jaydens Atem ging schneller und sein Körper wurde von überwältigender Lust erfüllt.

„Das ist noch nicht alles."

„Was gibt es noch?" Sie richtete den Kopf auf und wartete auf eine Antwort. Auch wenn seit Monaten ein Stalker hinter ihr her war, so hatte sie ganz sicher keine Angst vor ihm.

„Ich date nicht, weil …" Seine Stimme brach ab, die Worte weigerten sich, aus seinem Mund zu kommen. Kalter Schweiß überzog seine Haut, als seine Gedanken zu der Nacht der Folter zurückkehrten.

„Du schuldest mir keine Erklärung, Jayden. Du schuldest mir rein gar nichts." Haley ging um ihn herum.

Er stand dort und versuchte, die Erinnerungen zu ignorieren.

Er schüttelte den Kopf und ging ihr nach. Er holte sie ein, als sie an der Motorhaube des Mustangs stand.

„Sieh mal, ich –" Er unterbrach sich, als er ihr blasses Gesicht und ihre weit aufgerissenen Augen sah.

Jayden folgte ihrem Blick. Unter einem der Scheibenwischer steckte ein Briefumschlag mit Haleys Namen quer darüber.

„Ach du Scheiße." Er ließ die Tüten fallen und griff blitzschnell in seinen Stiefel nach der Waffe, die er dort versteckt hielt. Er presste Haley zwischen sich und den Pickup-Truck, der neben ihm geparkt stand.

„Geh runter!" Jayden suchte den Parkplatz ab und hoffte, den Stalker zu erwischen. Er sah lediglich ein älteres Paar, das aus seinem Auto stieg und in das Einkaufszentrum ging.

Er ging vor Haley in die Hocke, sah in ihre erschrockenen Augen und strich ihr über die Wange. „Alles in Ordnung?"

Sie schaute auf seine Hand. „Du hast eine Waffe."

„Ja."

„Wieso hast du mir nicht gesagt, dass du eine Waffe hast?" Sie zitterte und ihre Augen wurden noch größer.

„Du hast mich nicht gefragt." Schnell suchte er seinen Wagen nach Sprengstoff ab, bevor er die Autotür aufschloss. Wenn jemand versucht hätte, Sprengstoff oder einen Peilsender an seinem Mustang zu befestigen, wäre er über sein Handy alarmiert worden. Dies war einer der zahlreichen Vorteile, wenn man für Barrett arbeitete. Man wurde stets mit den neuesten Technologien ausgestattet, die weitaus besser war als alles, zu dem die Öffentlichkeit Zugang hatte.

„Lass uns von hier verschwinden." Er half Haley auf den Vordersitz und schnallte sie an, bevor er auf seine Seite ging.

„Vergiss deine Tüten nicht", murmelte sie, als er die Fahrertür öffnete.

Jayden gab ein Wolfsknurren von sich. Er kümmerte sich einen gottverdammten Scheiß um die Klamotten, dachte jedoch, es sei besser, nicht mit ihr zu diskutieren. Er war vor allem erleichtert, dass sie nicht unter Schock stand. Einen Moment lang hatte er gedacht, sie würde das Bewusstsein verlieren.

Nachdem er die Tüten auf den Rücksitz geschoben und den Umschlag von der Windschutzscheibe genommen hatte, stieg er ein und fuhr vom Parkplatz. Er bog auf die Straße und fuhr aus der Stadt.

„Wo fahren wir hin?"

„Wir nehmen einen Umweg nach Hause, um sicherzugehen, dass wir nicht verfolgt werden." Er warf ihr einen Blick zu.

Sie nickte und hielt ihre Handtasche wie ein Schutzschild gegen ihre Brust. Ihr Blick war auf den Umschlag auf der Konsole geheftet. Sie verlagerte ihren Körper vom Umschlag weg, sie hatte Angst ihn zu berühren.

„Du bist in Sicherheit. Ich werde nicht zulassen, dass er dir etwas antut." Jayden legte den Umschlag auf den Rücksitz, außerhalb ihrer Sichtweite. Er griff nach ihrer Hand und ihre kalten Finger schlossen sich um seine.

Er würde sie um jeden Preis beschützen.

„Ich weiß, Jayden." Sie schaute ihm in die Augen, demütigte ihn mit ihrem bedingungslosen Vertrauen.

Dieses Mal würde er sie nicht enttäuschen.

Dieses Mal würde er töten, *bevor* ihr etwas angetan wurde.

„ER HAT einen Brief auf meiner verfluchten Windschutz-scheibe hinterlassen, Barrett." Jayden schaute über die Terrasse hinter dem Haus, während er darum kämpfte, seinen inneren Wolf unter Kontrolle zu halten.

Er war von Zorn erfüllt und wollte nichts lieber, als sich zu verwandeln und solange durch den Wald zu laufen, bis seine Wut verflogen war.

„Wie geht es Haley?", fragte Barrett.

„Sie ist ziemlich durcheinander. Sie wollte wissen, was in dem Brief steht. Und sie ist vermutlich angepisst, weil ich ihr den Brief nicht gezeigt habe." Jayden strich mit den Fingern durch sein Haar. „Sie liegt jetzt im Bett und schläft."

„Gute Entscheidung. Sie muss nicht wissen, was in dem Brief steht. Es nützt lediglich dem Ego des Stalkers und seinem Wunsch nach Aufmerksamkeit." Jayden konnte hören, wie Barrett mit den Fingern auf seinem Keyboard tippte. „Was stand in dem Brief?" Jayden zitierte die Worte mit zusammengebissenen Zähnen. *Ich komme und hole dich, Haley. Ich werde dich in unser perfektes Paradies bringen, wo niemand uns finden kann. Ich werde dich fesseln und so lange ficken, bis du meinen Namen schreist.* Das ist noch nicht alles, Barrett. Zieh dir Handschuhe an, bevor du den Umschlag öffnest."

„Ich bezweifle, dass er Fingerabdrücke hinterlassen hat."

„Das ist nicht der Grund, weswegen du die Handschuhe brauchst. Der Kerl hat auf den Brief gewichst." Jayden hatte den üblen Geruch von Samen wahrgenommen, sobald er den Brief aus dem Umschlag gezogen hatte. Doch er war ruhig geblieben, um Haley nicht noch weiter aufzuregen. Sie sagte nichts, doch er kam nicht umhin sich zu fragen, ob sie es ebenfalls riechen konnte.

„Was für ein kranker Bastard." Barrett hörte auf zu tippen.

„Wenigstens hast du jetzt seine DNA."

„Ich hätte eine andere Form der DNA-Probe bevorzugt", sagte Barrett trocken.

„Ach, was du nicht sagst." Jayden stieß den Atem aus. „Irgendwas Neues bezüglich ihres Exfreundes?"

„Er hat keine Telefonate nach Arkansas getätigt und es gehen auch keine Anrufe aus Arkansas bei ihm ein. Er scheint schwer beschäftigt zu sein mit seiner neuen Freundin an der LSU. Er hat angefangen, sie eine Woche nach Haleys Rettung zu daten. Er ist ein totaler Vollpfosten."

Sollte er Jayden jemals unter die Augen kommen, würde er das Arschloch nach allen Regeln der Kunst vermöbeln.

„Ist dir aufgefallen, ob irgendjemand Haley besonders anstarrt, wenn sie auf dem Campus unterwegs ist?"

„Machst du Witze? Der halben Population der männlichen Spezies fallen die Augen aus dem Kopf, wenn sie an ihnen vorbeiläuft. Ein Typ hat von seiner Freundin eine geknallt bekommen, weil er Haley auf den Arsch gestarrt hat." Jayden ließ ein Wolfsknurren hören. Wenn die Freundin ihn nicht geschlagen hätte, dann hätte *er* dem Kerl eine verpasst.

Barrett schnaubte.

„Was ist?"

„Du hörst dich ein wenig übereifrig an, Jayden."

„Willst du etwas Bestimmtes andeuten?" Jayden knirschte mit den Zähnen.

„Nein. Ich will damit ganz deutlich sagen, dass du wie ein eifersüchtiger Gefährte klingst, und zwar total."

„Ich mache nur meinen Job. Das ist alles." Jayden schüttelte den Kopf. Was wusste Barrett schon von solchen Dingen?

„Die berühmten letzten Worte. Damon hat dasselbe bezüglich Ava gesagt."

„Diese Situation ist anders. Ich bin anders." Jayden war irritiert darüber, dass Barrett überhaupt versuchte, ihn mit Damon zu vergleichen. Nach dem ganzen Schwachsinn, den Damon durchgemacht hatte, verdiente er jemanden wie Ava.

Haley hingegen verdiente jemand besseren als ihn.

„Ich rufe an, wenn es eine Übereinstimmung mit der DNA gibt. Bis dahin, pass auf Haley auf." Barrett legte auf.

FRUSTRIERT und aufrecht im Bett sitzend starrte Haley auf die Uhr.

Ein Uhr morgens. Was zum Teufel? Sie hatte nicht mal eine verdammte Stunde geschlafen und würde morgen total erschöpft sein.

Wann immer sie die Augen schloss, sah sie den mit Samen kontaminierten Brief, der sie mit welcher Nachricht auch immer schikanierte. Die Tatsache, dass Jayden sie den Brief nicht lesen lassen wollte, machte die Sache nur noch schlimmer. Seit sie nach Hause gekommen waren, konnte sie nur daran denken.

„Scheiß drauf." Sie kletterte aus dem Bett und tappte im Dunkeln zur Wand, um das Licht anzuschalten. Sie schnappte sich Decke und Kissen vom Bett und ging ins Wohnzimmer.

Sie warf sich auf das Sofa und griff nach der Fernbedienung.

„Vielleicht wird mich ein wenig sinnfreies Unterhaltungsprogramm eindösen lassen."

„Wieso bist du noch wach?" Jayden stand in der Tür mit nackter Brust, die Jeans hing tief auf seinen schlanken Hüften. Er rieb eine Hand über seine muskulöse Brust, lehnte sich in den Türrahmen und wartete auf ihre Antwort.

Haleys Mund stand offen, als ihr Blick über seinen Oberkörper wanderte. Er hatte kein Sixpack, er hatte ein Zwölfpack.

„Ich kann nicht schlafen." Sie zwang sich, ihm in die Augen zu sehen. Hoffentlich war es dunkel genug, damit er nicht bemerkte, wie sie seinen halbnackten Körper anstarrte. „Habe ich dich geweckt?"

„Ich bin gerade mit meiner Internetrecherche fertig geworden und war auf dem Weg ins Bett." Er verschränkte die Arme über seiner massiven Brust, wobei sich seine Muskeln gefährlich-sexy bewegten.

„Okay, gute Nacht. Wir sehen uns morgen früh." Sie richtete die Fernbedienung auf den Fernseher und schaltete ihn ein.

„Du solltest wirklich versuchen zu schlafen. Du hast morgen Unterricht." Seine tiefe Stimme glitt über sie.

„Ich weiß. Es ist nur –" Sie rutschte hin und her, es war ihr unangenehm, dass sie sich so hilflos fühlte. „Jedes Mal, wenn ich die Augen schließe, sehe ich den Brief. Und ich habe das Gefühl, dass der Typ in der Nähe ist und mich beobachtet."

Seine nackten Füße auf den Holzfußboden machten kein Geräusch, als er zu ihr kam. Die leichte Kühle, die sie zuvor gespürt hatte, war nun verschwunden.

Jayden setzte sich auf den Beistelltisch, versperrte ihre Sicht auf die Dauerwerbesendung, die Licht auf die dunklen Wände warf.

„Er weiß nicht, dass du hier bist. Das Haus ist sicher. *Du* bist sicher, Haley."

„Ich weiß das. Mein Kopf weiß das. Nur lässt sich meine Fantasie einfach nicht kontrollieren." Sie lachte frustriert.

Er stand auf und streckte die Hand aus. „Komm mit."

„Ich habe doch gesagt, dass ich nicht schlafen kann."

Jayden nahm ihre Hand und zog sie hoch, als er aufstand.

Bei seiner Berührung begann ihr Herz schneller zu schlagen. Sie konnte sich nicht überwinden, ihre Hand aus seinem Griff zu ziehen. Seine Berührung beruhigte sie, sie fühlte sich sicher und beschützt. Bedeutsam.

„Du schläfst nicht in deinem Bett." Er zog sie den Flug entlang zu seinem Schlafzimmer. „Du schläfst in meinem."

Wärme breitete sich von ihrer Brust bis hinab zu ihren Schenkeln aus, als sie auf das Bett starrte, in welchem er geschlafen hatte. Sie schaute wieder zu ihm.

„Wie bitte?" Ganz sicher hatte sie ihn missverstanden. Er hatte sich vor nur wenigen Stunden von ihr zurückgezogen, nun bot er ihr an, in seinem Bett zu schlafen.

„Du schläfst in meinem Bett."

„Wo wirst du schlafen?" Sie runzelte die Stirn und versuchte, ihr Gehirn Berechnungen bezüglich der Anzahl der Schlafmöglichkeiten im Haus anstellen zu lassen, während ihr Atem zu einem leichten Keuchen wurde.

„Neben dir." Seine tiefe Stimme schickte wohltuende Schauer über ihre Haut.

„Ich dachte, dass du dich besser entspannen kannst, wenn du weißt, dass ich da bin und dich beschütze." Er zuckte die Achseln.

Bei dieser liebenswürdigen Geste schmolz ihr Herz wie heißes Karamell.

„Wir schlafen einfach nur, Haley." Er rieb seinen Nacken und sah etwas unbehaglich aus.

Er hatte vermutlich noch nie zuvor eine Frau gebeten, in seinem Bett zu schlafen. Sie waren alle mehr oder weniger Hals über Kopf in sein Bett gesprungen.

„Ich weiß, Jayden, ich vertraue dir." Sie berührte seinen Arm und schaute in seine blauen Augen. Der Anflug eines Lächelns zeigte sich auf seinen Lippen und er nickte.

Er ging zum Bett, zog die Decke zurück und wartete

darauf, dass sie hineinkletterte. Er begann seine Jeans aufzu-
knöpfen und hielt plötzlich inne.

„Was ist?"

„Ich trage keine Unterwäsche." Seine Wangen röteten sich
leicht.

„Im Bett?" Haley schluckte. Der Gedanke daran, dass
Jayden nackt schlief, wärmte ihr Blut wie ein heißer Julisom-
mer. Wie würde eine Nacht in seinen Armen sein?

„Nie", grummelte Jayden, als er zur Kommode ging, ein
paar Basketball-Shorts herauszog und ins Badezimmer ging.

Haley kuschelte sich in die warmen Laken. Sie atmete tief
ein und hüllte sich in Jaydens männlichen Duft.

Wenige Minuten später spürte sie, wie Jayden neben ihr
ins Bett glitt. Leider bewegte er sich keinen Zentimeter auf
sie zu, sondern blieb auf seiner Seite des Bettes. Wenn sie
nicht so müde gewesen wäre, hätte sie sich verletzt gefühlt.
Doch nicht heute Nacht. Ihre Enttäuschung wich dem Schlaf,
als sie ihre Augen schloss.

JAYDEN ÖFFNETE SEINE AUGEN, gerade als das erste Licht der
Morgendämmerung durch die Jalousien hereinbrach und
den Raum sanft erhellte.

Sobald er die Augen geöffnet hatte, wusste er, was los war.
Haley war an seine Brust gekuschelt, sie presste sich gegen jeden
Winkel seines Körpers, und seine Arme waren um sie gewickelt.
Ihr Geruch drang zu ihm und ließ seinen Körper heiß werden.

Er hatte gewartet, bis sie eingeschlafen war, dann war er
näher an sie gerutscht. Er berührte sie nicht, sondern
betrachtete nur, wie sie friedlich dalag. Ohne ängstliche
Gedanken, ob der Stalker in der Nähe war und auf eine Gelegenheit wartete, sie zu fassen zu bekommen.

Jayden umarmte sie noch etwas fester und ignorierte die

schlimmen Gedanken, was passieren könnte, wenn der Stalker Haley fand. Er würde das nicht zulassen, nicht noch einmal.

Er war letzte Nacht fast eingeschlafen, als sie sich plötzlich an ihn kuschelte und seine Wärme suchte. Er hatte sich nicht zurückhalten können, sondern sie in seine Arme gezogen, bevor er selbst einschlief.

Irgendetwas hatte sich in ihm verändert. In Haleys Gegenwart fühlte er sich friedvoller und wohler als seit langem.

Es machte ihm höllische Angst.

Diesen Weg konnten sie nicht einschlagen. Es gab keine Zukunft für sie. Sie verdiente einen Mann, der ihrer würdig war. Und dieser Mann war nicht Jayden.

Doch vorerst würde er sie weiter festhalten und so tun, als ob.

Er konnte sie noch nicht gehen lassen. Er wusste, dass dieser Moment näherkam und ihm irgendwann keine Wahl mehr bliebe.

Haley wusste, dass es Morgen war, denn das Tageslicht versuchte, durch ihre geschlossenen Lider zu dringen. Sie wollte sich nicht bewegen. Wenn sie es tat, wäre der Moment vorüber. Sie wollte genau dort bleiben, wo sie war. Eingekuschelt in Jaydens Arme.

Als sie bemerkte, dass ihr Bein auf seinem lag und sie dicht an ihn geschmiegt war, hätte sie sich fast zurückgezogen. Es war ihr unangenehm, dass sie über Nacht in diese Position gerutscht sein musste.

Wenn Jayden bemerkte, dass sie wach war, würde er sich von ihr lösen, das wusste sie. Also gab sie vor zu schlafen, nur um seinen Körper noch etwas länger zu spüren.

Seine wunderbare Körperwärme zog in ihre Haut, wärmte auch sie. Ihre Nippel wurden hart und sie wusste, dass er sie vermutlich durch das dünne T-Shirt an seiner nackten Brust spüren konnte. Ihre Hand ruhte auf seinen festen Bauchmuskeln und es juckte sie in den Fingern, über jeden einzelnen Muskel zu gleiten, tiefer, bis sie seinen Schwanz in ihrer Hand hielt.

Lust zog ihren Bauch zusammen bei der Vorstellung, wie Jayden nackt dalag und sie ihn mit ihrer Hand, ihrem Mund und ihrer Zunge erkundete.

Er bewegte sich unter ihren Händen und atmete tief ein. Sie wusste, dass er wach war. Dennoch blieb sie ruhig liegen, die Augen geschlossen, weiter an den Traum in ihrem Kopf denkend.

Vielleicht, wenn sie stark genug daran glaubte, würde ihr Traum wahr werden. Schließlich verdiente jeder zumindest die Erfüllung *eines* Wunsches in seinem Leben. Weiß Gott, alle ihre anderen Wünsche waren seit Langem vergessen.

Vielleicht erfüllten sie sich nicht, weil sie stets hoffte, dass jemand anderes diese Wünsche für sie wahr werden ließ. Es war offensichtlich, dass das nicht weit geführt hatte.

Nein, wenn sie etwas wollte, musste sie sich selbst darum kümmern.

Ihr Körper wurde von Sekunde zu Sekunde wärmer und sie spürte die Lust tief in ihrem Inneren. Haley ließ ihre Hand über Jaydens Bauch hinuntergleiten, bis sie das Bünd chen seiner Shorts erreichte.

Ihre Finger glitten unter das elastische Material und umfassten Jaydens steinharte Erektion.

KAPITEL 5

*J*ayden hatte auf Teufel komm raus versucht, Schlaf vorzutäuschen. Doch mit Haleys verführerischem Körper, der wie eine zweite Haut an seinen gepresst war, konnte er seinen nach Sex hungernden Körper nicht beherrschen. Sein Körper und sein harter Schwanz schmerzten vor Lust.

Er bewegte sich auf gefährlichem Terrain, was Haley anbelangte. Dennoch konnte er seine Arme nicht dazu bringen sie loszulassen, stattdessen zog er sie noch enger an sich.

Er bemerkte es sofort, als sie erwachte. Ihr Atem ging schneller, als sie sich gegen ihn räkelte, ihr Körper erwachte zum Leben. Er war wie elektrische Funken, die sich zwischen ihren Körpern entzündeten. Sie verbrannten ihn mit einer Leidenschaft so süß, dass es schmerzte.

Als er ihre Hand auf seinen Bauchmuskeln fühlte, erwartete er, dass sie sie sofort zurückziehen würde. Er hatte nicht erwartet, dass sie ihre Hand in seine Boxershorts gleiten lassen und ihre Finger um seinen Schwanz legen würde.

„Haley, was machst du?", stöhnte Jayden zwischen zusammengebissenen Zähnen, als ihre Hand sich um seinen Schaft legte und langsam zu streicheln begann.

„Wenn du mich das fragst, dann mache ich etwas falsch." Sie fuhr mit ihrer Hand zur Spitze. Ihr Daumen umkreiste die Eichel, bevor ihre Hand wieder hinunterglitt.

„Haley …" Sie würde verdammt noch mal dafür sorgen, dass dieses Vergnügen ihn umbrachte. Er kniff die Augen zusammen und versuchte, sich auf alles andere zu konzentrieren, nur nicht auf ihre so überaus talentierte Hand. Sie hob den Kopf und schaute ihm in die Augen. Sie war wunderschön mit ihren verschlafenen Augen und ihre Lippen waren absolut zum Küssen.

Er konnte an nichts anderes denken, als sie nackt auszuziehen und sich in ihrem heißen kleinen Körper zu vergraben.

„Tue ich dir weh?" Sie drückte hart zu.

Er schob seine Hüften hoch und stöhnte.

„Fuck, nein." Jayden legte seine Hand auf ihre und beobachtete, ob Haley ein zögerndes Gesicht machte oder irgendetwas darauf deutete, dass sie aufhören sollten.

„Das ist keine gute Idee." Er zwang die Worte hervor und stützte sich auf seine Ellenbogen.

„Lass mich machen, Jayden. Nur für eine Weile." Sie schaute auf die Uhr. „Es ist ja nicht so, dass wir viel Zeit für etwas anderes haben." Er legte seinen Kopf wieder auf das Kissen.

Sie lächelte und griff nach der Decke, um sie tiefer zu ziehen. Er hielt sie fest.

„Zieh sie nicht weg." Er schluckte, sein Herz schlug heftig in seiner Brust. Eine dünne Schweißschicht überzog seinen Körper.

„Okay." Sie runzelte die Stirn, stellte jedoch keine Fragen.

Sie lehnte ihren Kopf gegen seine Schulter und griff wieder nach seinem Schwanz.

„Fester, ja, genau so." Jayden legte seine Hand auf ihre und zeigte ihr, wie hart sie ihn packen sollte.

Sie festigte ihren Griff weiter.

„Verdammt." Er ließ ihre Hand los und kniff die Augen zusammen, die Lust war nahezu unerträglich.

Ihre Lippen legten sich auf seine, sie küsste ihn und schlängelte ihre süße Zunge in seinen Mund. Er umfasste ihren Hinterkopf und küsste sie leidenschaftlich. Sie presste ihr feuchtes Höschen gegen seinen Oberschenkel, um ihm zu zeigen, dass sie ebenso erregt war wie er.

Er löste sich von ihrem Kuss und schaute auf seinen Schwanz, wünschte, er könnte diesen Moment für immer festhalten.

„Wir haben nicht genug Zeit." Haley flüsterte gegen seinen Hals, während ihre Hand ihn weiter streichelte.

„Das fühlt sich so gut an, Baby."

Er strich mit seinen Fingern durch ihre blonden Strähnen und zog sie für einen weiteren Kuss an sich. Niemals hatte sich etwas so gut angefühlt. Er war im Laufe der Jahre mit Hunderten von Frauen zusammen gewesen und keine hatte ihn so berührt und ihn um den Verstand gebracht, wie Haley es in diesem Moment tat.

Er streckte seine Beine und fühlte, wie ihr Körper zitterte. Sie rieb ihre Pussy gegen sein Bein. Sie war feucht, ihre süße Essenz durchnässte die dünnen Hotpants, die sie zum Schlafen angezogen hatte.

„Magst du das?" Er flüsterte gegen ihre Lippen und versuchte, sich auf ihre Lust zu konzentrieren und seinen Orgasmus zurückzuhalten, die ihn jeden Augenblick zu überwältigen drohte.

„Ja. Das fühlt sich so gut an." Sie hauchte die Worte und spürte sie direkt in seinem Schwanz. Sie ließ sich gehen, rieb sich an ihm wie ein Tier, verlor sich in ihrer Lust.

„Jayden!" Sie schrie auf und umklammerte seinen

Schwanz in einem Todesgriff, als sie gegen sein Bein kam und somit auch seinen Orgasmus auslöste.

Jayden stieß seinen Schwanz in ihre Hand und stöhnte auf, als er kam.

Sie schmolz förmlich gegen seine Brust, ihre Hand lag noch immer um seinen Schwanz. Er vergrub seine Nase in ihrem weichen Haar, sog ihren Duft ein, wollte sich für immer an diesen perfekten Moment mit ihr erinnern.

Sie schaute ihn mit ihren Schlafzimmeraugen an und lächelte ihn zufrieden an.

„Das ist eine schöne Art, den Tag zu beginnen." Sie erhob sich und küsste ihn.

Jayden strich ihr die Haare aus den Augen und lächelte, sein Herz klopfte in seiner Brust. „Ja. Ich habe noch nie einen Tag so begonnen."

„Ach wirklich?" Sie hob eine Augenbraue und sah aus, als glaubte sie ihm kein Wort.

„Ja." Er nickte.

Ihr Gesicht zeigte ein wunderschönes Lächeln. „Ich auch nicht."

„Gut." Jayden küsste sie, durstig, noch mehr von ihr zu schmecken.

Haley entzog sich ihm und seufzte. „Ich muss in die Dusche."

Jayden ließ sie aus dem Bett schlüpfen und sah ihr hinterher, als sie aus dem Zimmer schlenderte. Er schaute unter die Bettdecke und schüttelte den Kopf. Er hatte schon wieder eine Erektion.

JODI VAUGHN

Haley lief mit einem Dauerlächeln auf den Lippen durch den Tag. Es war schon bemerkenswert, was ein Orgasmus mit einem Mädchen machen konnte. Selbst Dana fiel es auf und sie fragte, ob sie sich die Haare hatte machen lassen oder bei der Kosmetikerin gewesen war.

Es war nicht nur der Orgasmus, der sie den ganzen Tag vor Freude strahlen ließ – es war Jayden. Wenn er diese Empfindungen in ihr hervorrief, während sie ihr Höschen trug, wie viel intensiver mochte es dann sein, wenn sie nichts anhatte?

Sie beendete den letzten Kurs des Tages und sofort fiel ihr Blick auf Jayden.

Ihre Augen trafen sich und sie sah, dass er sie von Kopf bis Fuß mit männlicher Wertschätzung anschaute. Ihr Herz klopfte laut angesichts seines unverhohlen lustvollen Blicks.

Er ging ihr mit entschlossenen Schritten entgegen und raubte ihr den Atem mit einem weiteren, leidenschaftlichen Kuss.

Anschließend lächelte er. „Da heute Freitag ist, habe ich uns einen Tisch in dem schicken Restaurant in der Innenstadt reserviert."

Sie machte große Augen. „Oh, tatsächlich?"

„Ja. Wie schnell kannst du fertig sein?"

„Kannst du mir eine Stunde Zeit geben?"

„Na sicher. Wir müssen nur aufpassen, dass du nicht abgelenkt wirst, sonst verlieren wir unsere Reservierung, und die war schwer zu bekommen", kicherte er.

„Du bist derjenige, der sich nicht ablenken lassen darf", neckte sie, als sie die Straße entlanggingen. Der bezaubernde Frühlingstag brachte eine kühle Brise mit sich, doch sie spürte sie nicht. Jaydens Nähe wärmte ihren ganzen Körper.

„Vermutlich hast du recht. Es ist gefährlich, wenn wir zu viel Zeit allein verbringen." Jayden lachte, nahm ihre kleine Hand in seine große und zog sie schneller mit sich.

„Warum solltest du vor jemandem wie mir Angst haben?"
Sie schaute ihn unschuldig an.

„Sagte die Spinne zur Fliege." Er lächelte sie an.

Sie lachte auf. Es war befreiend, sich so entspannt und
sicher in der Öffentlichkeit zu fühlen. „Da ich also nicht
machen darf, was ich will, wirst du zumindest die neuen
Klamotten tragen, die ich für dich ausgesucht habe."

Er bemühte sich nicht, seine Grimasse zu verbergen.

„Deal ist Deal."

„Okay, aber nicht das pinkfarbene Hemd."

Sie grinste. „Es ist nicht Pink, sondern Koralle."

Es erforderte Jaydens ganze Konzentration, während
der Fahrt zum Restaurant die Augen auf die Straße gerichtet
zu lassen und nicht zu Haley herüberzusehen.

Er hatte nicht aufhören können, sie anzuschauen, seit sie
ins Wohnzimmer gekommen war. Sie trug ein enges blau-
schwarzes Kleid, das bis oberhalb ihrer Knie reichte. Dazu
trug sie schwarze Stöckelschuhe, die ihre langen Beine
betonten.

Ihre blonden Haare fielen in Wellen wie Seide über ihre
Schultern und sie trug diesen verdammten Kirschlippenstift,
dessen Duft ihn noch um den Verstand bringen würde. Auch
hatte sie mehr Make-up als gewöhnlich aufgetragen. Sie sah
aus wie ein Model aus einem Modemagazin.

„Na komm, gib es zu." Haley schaute ihn an und grinste.

„Was zugeben?" Er richtete seinen Blick mit Anstrengung
wieder auf die Straße. Hatte sie ihn dabei erwischt, wie er sie
anstarrte?

„Dass dir die neuen Kleidungsstücke gefallen." Sie wedelte
mit der Hand in seine Richtung, ein Schmunzeln zeigte sich
auf ihren hübschen Lippen.

„Du hattest recht." Er strich mit der Hand über sein

Button-up-Shirt mit den hellbraunen Mustern. Es hätte es niemals selbst für sich ausgewählt, doch sobald er es erst einmal angezogen hatte, gefiel es ihm. „Du hast wirklich ein Händchen dafür, das richtige Outfit zusammenzustellen. Ich verstehe, weshalb Modedesign dein Hauptfach ist."

„Danke." Sie schaute aus dem Fenster. „Ich wusste nicht, dass Fayetteville abends so viel zu bieten hat."

„Bei College-Städten ist das üblicherweise der Fall." Er schaute sie an. „Es ist sicher nicht sehr viel anders als an der LSU."

Leichte Traurigkeit legte sich um ihre Augen.

„Erzähl mir, was du mit deinen Freundinnen an der LSU gemacht hast und was du hier am meisten vermisst."

Ein Lächeln umspielte ihre Mundwinkel und ihre Augen schauten verträumt. „Wir sind donnerstags immer in diese Bar gegangen. Es war ein ziemlicher Schuppen, aber wir haben Billard gespielt und getanzt." Sie sah Jayden an. „Ich glaube, das vermisse ich am meisten. Das Tanzen."

Jayden schluckte. Tanzen. Was er am meisten hasste, liebte sie besonders.

„Tanzt du?", fragte sie.

„Nein."

„Was meinst du mit Nein?" Haley runzelte die Stirn.

„Ich meine, dass ich nicht tanze. Ich kann nicht tanzen."

Sie lachte leise. „Jeder kann tanzen, Jayden."

Er schüttelte den Kopf. „Nein, nicht jeder."

Sie starrte ihn einen Augenblick an und schaute dann wieder aus dem Fenster. Laternen erhellten die Straße, kleine Grüppchen tummelten sich vor Bars, Restaurants und Geschäften. Jayden gab zu, dass die Stadt gemütlich und idyllisch aussah.

Er hoffte, dass ihr Restaurant genauso besonders sein würde.

Haley blickte sich in dem schicken Restaurant um. Tischdecken zierten die Tische, darauf standen Kerzen. Anthony hatte sie nie in ein derartiges Restaurant ausgeführt. Während der Football-Saison wollte er immer in eine Sports-Bar und im Sommer ging er mit seinen Kumpels fischen.

„Habe ich dir schon gesagt, wie bezaubernd du aussiehst?"

Haley grinste und trank einen Schluck Wein. Seine Weinbestellung hatte sie überrascht, da sie ihn eher für einen Bier-Typen gehalten hatte.

„Du hast es mir zu Hause gesagt. Doch es tut immer gut, es noch einmal zu hören." Sie dachte, sie würde in Flammen aufgehen, als sie Jayden in seinem neuen Shirt und seiner Jeans sah. Er trug sogar die feinen Schuhe, die sie für ihn ausgesucht hatte, anstelle seiner Biker Boots, die er für gewöhnlich trug.

„Du siehst atemberaubend aus." Seine tiefe Stimme ließ ihr Herz schneller schlagen.

Sie hielt seinem Blick stand. „Du siehst selbst ziemlich heiß aus."

Er schenkte ihr ein sexy Grinsen. „Das muss an den neuen Klamotten liegen."

„Ich habe dich schon mit weniger Kleidung gesehen." Sie schüttelte den Kopf. „Glaub mir, es liegt nicht an deiner Kleidung."

„Vorsichtig, Süße, reize den Wolf nicht. Er beißt." Er grinste sie teuflisch an. „Ich fürchte mich nicht. Ich habe Schlimmeres überlebt." Jaydens Grinsen verblasste.

Die Stimmung war dahin.

Er wollte nicht an die Nacht denken, in der er sie gerettet hatte.

„Da kommt das Essen." Jaydens Stimme ließ sie aufschauen, als die Kellnerin die Teller vor ihnen abstellte.

„Das sieht wirklich gut aus." Haley schnitt ein Stück von ihrem Filet ab. Sie stöhnte leicht, als die Aromen auf ihrer Zunge explodierten. „Oh, mein Gott, das schmeckt köstlich."

Jayden grinste. „Na los, gib es zu."

„Was zugeben?"

„Dass ich richtig gute Ideen habe." Jayden nahm einen Bissen von seinem Steak und grinste.

Haley seufzte. „Okay, in Ordnung. Das war eine gute Idee." Sie trank einen Schluck Wein. „Das bedeutet aber nur, dass du es schwer haben wirst, das hier zu toppen."

„Das kann ich jederzeit toppen, mach dir mal keine Sorgen. Das war noch gar nichts."

„Kannst du in diesen Schuhen überhaupt laufen? Die sehen schmerzhaft aus."

Jayden warf einen zweifelnden Blick auf Haleys Stöckelschuhe. Er konnte sich nicht vorstellen, wie sie überhaupt einen Schritt gehen konnte, ohne sich sofort die Knöchel zu brechen.

„Machst du Witze? Das hier sind die bequemsten Absatzschuhe, die ich habe." Haley lachte.

Die belebte Straße war gefüllt mit College-Studenten, die in die Bars strömten, während Pärchen draußen unter dem Sternenhimmel zu Abend aßen.

„Jayden!"

Beim Klang seines Namens drehte Jayden ruckartig den Kopf. Sein Blick schweifte zu einem Paar, das an einem der Tische im Freien saß.

Langsam lächelte er, als er einen tätowierten Mann erblickte, der neben einer hübschen Blondine saß. Die beiden schienen optisch definitiv nicht zusammenzupassen.

Jayden führte Haley zu den beiden.

„Braxton, was machst du mit Kate hier in Fayetteville?"

Jayden küsste Kate auf die Wange und schüttelte Braxtons Hand, während dieser ihm eine männliche Schulterumarmung gab.

„Kate hat ihre jährlichen Bed-&-Breakfast-Meetings mit den anderen Besitzern hier in Arkansas. Wir sind die ganze Woche über hier." Braxton schaute zu Haley und seinen Augenbrauen schossen überrascht in die Höhe.

„Oh, sorry, das ist Haley Guthrie. Haley, das sind meine Freunde Braxton Devereaux und Kate Wolph."

„Freut mich, dich kennenzulernen, Haley." Kate ging um den Tisch herum und umarmte sie freundlich. Jayden sah Überraschung in Haleys Augen aufflackern angesichts der Art und Weise, wie herzlich Kate sie begrüßte. In diesem Augenblick wuchs sein Respekt für Kate erheblich.

„Hi Haley." Braxton schüttelte sanft ihre Hand.

„Freut mich, euch beide kennenzulernen." Haley lächelte Kate an. „Wow, du besitzt ein eigenes Bed & Breakfast. Wo befindet es sich?"

„Eureka Springs. Es heißt Bella Luna." Kate strahlte.

Kates Lächeln nach zu urteilen, lief ihr Geschäft prächtig.

„Ich war noch nie in Eureka Springs, doch ich habe gehört, dass es dort wunderschön ist", sagte Haley. „Und sehr romantisch", fügte Braxton hinzu und schaute Jayden vielsagend an. „Ihr solltet bei Gelegenheit mal hinfahren."

Jayden starrte seinen Freund an, bevor er sich an Kate wandte. „Haley ist nicht aus Arkansas, deswegen zeige ich ihr die Gegend. Sie ist von der LSU hierher gewechselt."

„Geaux Tigers." Braxton grinste breit und erntete prompt giftige Blicke von Gästen an den Nebentischen.

„Immer locker, Kumpel." Jayden lachte. „Pass auf, was du sagst. Hier regieren immer noch die Hogs."

„Das habe ich versucht, ihm zu erklären." Kate hob eine Augenbraue. „Ich habe ihm gesagt, dass er sich hier auf feindlichem Gebiet befindet. Er hat fast dafür gesorgt, dass wir beim gestrigen B&B-Meeting hinausgeworfen wurden. Natürlich wurde über Football gesprochen und Braxton, als eisenharter LSU-Fan, hat praktisch jedem erzählt, dass die Hogs in diesem Jahr keine Chance haben."

„Deswegen sind wir auch heute nicht zum Abendessen eingeladen", sagte Braxton amüsiert.

Haley stand der Mund offen. „Sie haben euch tatsächlich nicht eingeladen?"

„So ist es."

„Danke für den Hinweis. Ich behalte mein Lieblingsteam wohl besser für mich." Haley griff in ihre Handtasche und angelte ihren Schlüsselbund mit dem LSU-Anhänger heraus und ließ ihn vor seinem Gesicht baumeln.

„Super!" Braxton stieß mit seiner Faust gegen ihre, bevor er seine Aufmerksamkeit wieder Jayden zuwandte.

„Ich habe gehört, dass du dich den Wächtern angeschlossen hast", sagte Braxton, während sich beide Frauen miteinander unterhielten. „Gefällt es dir?"

„Ja." Es überraschte Jayden, wie sehr ihm der Job tatsächlich gefiel. „Es ist langfristige Arbeit und die Bezahlung ist verdammt gut." Obwohl er nicht besonders viel über die Bezahlung nachgedacht hatte. Da er auf dem Komplex der Wächter lebte, hatte er keinerlei Rechnungen zu begleichen. Die einzige Anschaffung war die Harley-Davidson, die für alle Wächter obligatorisch war.

„Denkst du darüber nach, den Wächtern beizutreten?" Jayden sah den Werwolf prüfend an. Er strahlte etwas Friedvolles aus seit dem letzten Mal, als er ihn gesehen hatte.

Braxton war wegen Mordes angeklagt worden und auf

der Flucht vor Louisiana-Killern gewesen, deren einziger Job es war, ihn aufzuspüren und zu töten.

Braxton hatte Glück. Nachdem er von einer Kugel getroffen worden war, fand Kate ihn auf ihrer Türschwelle. Sie hatte ihm das Leben gerettet. Schließlich wurde Braxton in allen Anklagepunkten für unschuldig erklärt und der wahre Mörder verhaftet.

Braxton zuckte mit den Schultern. „Vielleicht. Ich weiß, dass Barrett nach zusätzlichen Wächtern in meiner Gegend sucht. Ich fühle mich ihm gegenüber verpflichtet, weil er meinen Arsch gerettet hat."

„Barrett ist nicht der Typ, der seine Schuld einfordert. Er wäre mehr daran interessiert, dass du in der Gegend bleibst und dich dem Rudel gegenüber loyal verhältst."

Braxton schaute Kate an und sein Gesichtsausdruck bekam plötzlich sanfte Züge. „Ich bleibe hier in der Gegend, daran besteht kein Zweifel. Ich gehe nirgendwo hin."

Jayden sah, wie Braxton Kate ansah, und sein Herz schmerzte. Dies war etwas, das er nicht haben würde. Nicht jetzt und nicht in der Zukunft. Niemals.

„Also, was ist mit Haley?" Braxton stieß ihn mit dem Ellenbogen in die Seite und hielt seine Stimme gesenkt. „Sie sieht nicht aus wie der Typ von Frau, auf den du normalerweise stehst."

„Und was genau ist mein Typ?"

„Ich weiß nicht. Unbeständig, schnell, diese Bikini-Models, die über dich herfallen, als wärst du der letzte heiße Scheiß aus Hollywood."

Jayden öffnete den Mund, bereit für eine schlagfertige Antwort. Doch er hielt inne. Braxton hatte recht. Solche Frauen zog er gewöhnlich an. Er griff Braxtons Arm und zog ihn einige Schritte außer Hörweite der anderen.

„Ich bin hier, um Haley zu beschützen." Er sprach leise.

„Barrett hat mich hergeschickt. Irgendein Arschloch verfolgt Haley."

Braxton richtete sich grade und sein Ausdruck wurde hart. „Wie lange geht das schon so?"

„Seit sie von der LSU hierher gewechselt ist." Jayden stützte die Hände in die Hüften. „Erinnerst du dich an das zweite Mädchen, welches nach Ava entführt wurde?"

„Klar." Braxton nickte.

„Das war Haley."

„Scheiße." Braxton strich sich mit der Hand durch die Haare. Sie waren schwarz und hatten blaugefärbte Spitzen. Er schaute Jayden in die Augen. „Wie kann ich helfen?"

Jayden schüttelte den Kopf. „Momentan gar nicht. Ich musste sie vom Studentenwohnheim in das Haus bringen, in dem ich selbst derzeit wohne. Er hatte Briefe an der Tür ihres Wohnheims hinterlassen, die zunehmend aggressiv wurden. Verdammt, er hat sogar einen Brief an die Windschutzscheibe meines Autos geklemmt, während wir im Einkaufszentrum waren." Jayden erzählte Braxton, was in dem Brief stand und welche Form von DNA sich darauf befand.

„Das ist ziemlich abgefuckt." Braxton schüttelte den Kopf, Wut zeigte sich auf seinem Gesicht. Der ehemalige Bartender hatte eine beschützerische Ader, wenn es um Frauen ging. Er hatte mitansehen müssen, wie sein Vater jahrelang seine Mutter misshandelte.

„Pass auf, wir sind noch einige Tage in der Stadt. Sag mir Bescheid, wenn du Unterstützung brauchst."

„Danke, Mann. Ich weiß dein Angebot zu schätzen."

„Das ist das Mindeste nach allem, was ihr für mich getan habt, als ich in Schwierigkeiten war."

Jayden sah hinüber zu Haley. Sie unterhielt sich und lachte dabei. „Ich werde das Arschloch finden. Und wenn ich den Typen finde, wird von ihm anschließend nicht mehr viel übrig sein."

„Ich verstehe dich, Kumpel. Verdammt, ich helfe dir, die Überbleibsel zu beseitigen."

„Worüber unterhaltet ihr euch? Jaydens neue Kleidung?" Kate kam herüber und legte ihren Arm um Braxton. Er zog sie an sich und legte besitzergreifend eine Hand auf ihre Hüfte.

„Ja, Mann, was ist mit dem neuen Outfit?" Braxton zog eine Augenbraue hoch.

„Das war ich." Haley zog eine Grimasse. „Ich habe ihm gesagt, dass er ein Umstyling braucht."

„Das hast du gut gemacht. Jayden, du siehst aus, als wärst du direkt dem GQ-Magazin entsprungen." Kate nickte.

„Hey, an schwarzen T-Shirts ist nichts auszusetzen." Braxton protestierte und schaute an sich hinunter.

„Ich habe nichts gegen T-Shirts, solange es nicht ein und dasselbe nur in unterschiedlichen Farben ist." Haley zuckte die Achseln.

Braxton sah zu Jayden und lachte auf. „Sie hat dich voll erwischt."

„Lass Jayden in Ruhe." Kate stieß Braxton den Ellenbogen in die Seite. „Vielleicht bitte ich Haley, dich ebenfalls umzustylen. Wir haben morgen das Dinner mit der Arkansas Historical Society. Du hast nichts außer schwarzen T-Shirts und Jeans mitgebracht."

„Hey, lass uns mal nicht übertreiben wegen morgen." Braxton hielt abwehrend die Hände hoch und sah etwas unbehaglich aus. Jayden schnaubte.

Haley schaute Braxton forschend an und dieser wand sich unter ihren Blicken.

„Du könntest ein offenes Hemd über dem T-Shirt tragen. Oder eine graue Strickjacke, beides geht. Wichtig ist nur, dass du elegante Schuhe dazu anziehst."

Braxton sah sie nachdenklich an, ganz so, als würde er ihre Vorschläge tatsächlich in Betracht ziehen.

„Warte mal. Du wolltest mich keines meiner T-Shirts tragen lassen." Jayden zeigte mit dem Daumen in Braxtons Richtung. „Wieso lässt du ihm das durchgehen?"

„Du hattest kein einziges schwarzes T-Shirt. Du hattest lediglich kunterbunte T-Shirts vom …"

„Einkaufszentrum", sagten Braxton, Kate und Haley unisono.

Jayden verdrehte die Augen. „Wie auch immer."

Braxton lachte und legte Haley den Arm um die Schulter.

„Du gefällst mir, Haley. Du bist nicht nur LSU-Fan, sondern hast auch noch einen ausgezeichneten Geschmack."

Jayden gab ein Wolfsknurren von sich und nahm Braxtons Arm von Haleys Schulter. Braxton mochte zwar sein Freund sein, doch das hieß noch lange nicht, dass er sie berühren durfte.

„Was habt ihr morgen vor außer dem Dinner?" Jayden schaute Kate und Braxton an und wechselte gekonnt das Thema.

„Wir haben nichts geplant. Woran hattest du gedacht?"

„Wir wollten einige Bars in der Stadt besuchen."

„Wollten wir das?" Haley schaute Jayden überrascht an.

„Haley ist ein echter Billard-Profi." Jayden zwinkerte ihr zu.

„Billard und Bier. Wir sind dabei." Braxton lächelte.

„Ich habe noch nie Billard gespielt", sagte Kate.

„Keine Sorge, das bringe ich dir bei." Braxton schaute sie vielsagend an und Jayden wusste, wie diese Lehrstunde enden würde, nämlich im Schlafzimmer. Mit Braxtons *Stock*.

„Um wie viel Uhr sollen wir uns treffen?" Jayden schüttelte den Kopf, um das verstörende Bild aus seinem Kopf zu bekommen.

„Das Dinner ist um sieben Uhr. Sagen wir also um zehn nach sieben." Braxtons Stimme war todernst.

„Braxton, du kannst dem Dinner nicht entkommen!" Kate stieß ihm den Ellenbogen in die Seite.

„Na gut. Halb neun." Braxton rieb sich die Rippen.

„Wir schicken euch eine SMS, wenn wir dort sind." Jayden und Haley verabschiedeten sich.

„Hattest du tatsächlich vor, mit mir in eine Bar zu gehen, oder ist dir das erst eingefallen, als du deine Freunde gesehen hast?" Haley schaute ihn an.

„Ich hatte darüber nachgedacht. Ich wusste nur nicht, wie sicher ich mich mit den ganzen College-Typen fühlen würde. Doch jetzt habe ich Braxton als Unterstützung."

„Deine Freunde sind sehr nett. Ich mag Braxtons Gefährtin."

„Kate hat vor einigen Monaten Braxtons Leben gerettet, als er tief in Schwierigkeiten steckte."

„Du meinst die ganzen Killer, die versucht haben, ihn umzubringen?"

Jayden blieb ruckartig stehen. „Woher weißt du das?"

„Ich bin aus Louisiana, erinnerst du dich? Zudem ist der Vater meines Exfreundes Oberbefehlshaber. Das Rudel ist nicht besonders verschwiegen, wenn es um derartige Angelegenheiten geht. Jeder hat davon gehört, dass die Angreifer versucht haben, Braxton im Arkansas-Territorium zu töten. Sie sagte, Braxton sei nach Louisiana gestürmt und habe gedroht, den Rudelführer zu umzubringen, wenn er auch nur in Betracht zöge, sein Territorium ohne Erlaubnis zu betreten."

„Oh, verdammt. Das wusste ich nicht."

„Barrett hat den Rudelführer so sehr verunsichert, dass dieser nachts Wächter an seinem Bett postiert hat." Haley verzog das Gesicht. „Als ich Barrett wegen der Briefe aufgesucht habe, wusste ich nicht, wie er reagieren würde."

„Hat Barrett dich eingeschüchtert?"

Haley schüttelte den Kopf. „Die anderen Wächter haben das versucht, als ich Barrett sehen wollte. Einer von ihnen, Damon, hat mich schließlich zu ihm gelassen." Haley lachte. „Sie haben mich wohl für jemanden wie Dana gehalten und dachten, dass ich die Wächter bei ihren Workouts beobachten will."

Jayden nahm ihre Hand und sie spazierten weiter die Straße entlang.

„Versteh mich nicht falsch. Barrett kann einem schon Angst machen. Er hat eine todbringende Aura. Ich kenne viele Frauen, die wahnsinnig auf ihn stehen, doch sie bleiben alle auf Distanz. Ihm sind Gerechtigkeit und Ethik wichtige Grundsätze, viele der anderen Wächter haben diese Werte vergessen." Haley zuckte die Achseln. „Er hat mir zugehört, während mein früherer Rudelführer mich nicht mal empfangen wollte. Ich habe Glück, hier in Arkansas zu sein."

Jayden nickte. Sie hatte recht.

Barrett war ein ausgezeichneter Rudelführer und Beschützer des Arkansas-Rudels. Doch Jaydens Instinkt sagte ihm, dass er nie mit Barretts dunkler Seite in Berührung kommen wollte.

KAPITEL 6

Sobald sie zu Hause angekommen waren, schlüpfte Haley in bequemere Kleidung. Als sie in ihren Lieblings-Pyjamas aus roter Seide in das Wohnzimmer trat, erstarrte Jayden.

„Stimmt etwas nicht?" Sie schaute schnell an sich hinab, um sicherzugehen, dass sie keinen Knopf vergessen hatte. Nein, alles war ordentlich zugeknöpft.

„Nichts." Er räusperte sich. „Hast du Lust auf einen Film?"

„Auf jeden Fall. So lange es nicht *The Waterboy* ist." Sie verdrehte die Augen.

Jayden runzelte die Stirn. „Wieso nicht *The Waterboy*? Es ist ein typischer College-Film."

„Ich weiß. Nur wenn man ihn bereits vierzig Mal gesehen hat, ist er nicht mehr besonders lustig. Wir haben immer die Filme angeschaut, die Anthony sehen wollte. Ich glaube, ich habe seit einem Jahr keinen typischen Mädels-Film mehr gesehen."

Jayden schaute sie skeptisch an. „Was hältst du von *Olympus Has Fallen*?"

„Diesen Film liebe ich."

„Das ist aber kein Mädels-Film."

„Der Film hat aber Action und Gerald Butler. Mit diesen beiden Dingen kann ich durchaus etwas anfangen." Sie grinste.

„Gerald Butler, hm?" Jayden richtete die Fernbedienung auf den Fernseher und der Film begann. „Ich hätte dich eher für jemanden gehalten, der Brad Pitt mag."

„Ganz sicher nicht."

Sie griff nach der Popcorn-Schüssel, die auf dem Beistelltisch stand, und platzierte sie zwischen Jayden und sich auf dem Sofa. „Lass mich raten, du stehst auf Meghan Fox."

„Nein, daneben", sagte er grinsend, bevor er sich eine Handvoll Popcorn in den Mund schob.

„Wirklich?"

„Ja, ich stehe mehr auf Blonde." Er schaute sie lange an.

Er mochte also blonde Frauen? Das war gut. Das war sogar sehr, sehr gut.

JAYDEN GRIFF nach der Fernbedienung und machte den Fernseher aus. Er schaute auf Haley hinunter, die gegen seine Brust gekuschelt schlief. Ihr blondes Haar bedeckte ihre Augen und ihre Lippen waren leicht geöffnet. Ihre Hand diente als Kissen unter ihrem Gesicht.

Er wollte sich nicht bewegen. Er wollte so verharren und ihr beim Schlafen zusehen, bis die Sonne aufging.

Sie war so atemberaubend schön. Und sie war noch so viel mehr. Sie war stark. Das wusste er vom ersten Moment an, als er sie gesehen hatte, als sie gefesselt auf dem schmutzigen Bett lag.

Nachdem, was sie durchgemacht hatte, sah Jayden eine Stärke in ihr, die sie für immer weitermachen lassen würde.

Und wenn er mit ihr zusammen war, dann fühlte er etwas, das er noch nie zuvor verspürt hatte.

Er fühlte sich ganz. Als wäre sie der heilende Flicken für das, was in seiner Brust kaputtgegangen war.

Dieser eine Gedanke erschütterte ihn bis tief hinab in seine Seele. Haley war nicht für ihn bestimmt. Sie verdiente jemanden, der nicht so abgefuckt war wie er.

Er legte den Kopf zurück und starrte auf die gemusterte Bettdecke. Selbst, als sie sich gegenseitig im Bett berührt hatten, hatte er dafür gesorgt, dass die Decke ihn verbarg. Er wollte nicht, dass sie seine Narben sah. Er wollte nicht, dass sie es wusste.

Er stieß einen tiefen Seufzer aus und zog sie fester an sich.

Wenn die Zeit kam, würde er sie gehen lassen müssen. Er musste. Doch jetzt wollte er sie noch eine Weile länger halten.

Haley blinzelte, als das Licht der Morgensonne durch das Fenster schien. Sie schaute nach rechts, doch Jayden lag nicht neben ihr. Sie hatte oft Albträume, träumte von dem Mann, der ihr Gewalt androhte. Doch wenn Jayden neben ihr lag, schlief sie tief und fest, die ganze Nacht hindurch. Er schaffte es, die Monster auf Abstand zu halten.

Sie warf die Bettdecke zurück und tappte in die Küche.

Jayden saß mit dem Handy am Ohr auf einem Barhocker, sein Gesicht war zu einer Grimasse verzogen.

Vielleicht hatte Barrett schlechte Nachrichten.

„Granny, tut mir leid, dass ich nicht angerufen habe. Mein

neuer Job hält mich ziemlich beschäftigt", sagte Jayden und fuhr sich mit einer Hand durchs Haar.

Haley atmete erleichtert auf und ging zur Kaffeemaschine. Jayden schaute auf und sah ihr in die Augen.

Ihr Herz schmolz, als seine Lippen sich zu einem Lächeln verzogen.

„Du weißt, dass ich dir nicht sagen kann, wo ich mich aufhalte." Jayden verdrehte die Augen und wurde dann wieder ernst. „Bitte sag mir nicht, dass du Barrett wegen meines Aufenthaltsortes genervt hast?"

Was immer Granny als Nächstes sagte, ließ Jayden erneut grimmig schauen. Sie biss sich auf die Lippe und fragte sich, was die beiden für eine Beziehung hatten. Sie wusste, dass Granny seine einzige lebende Verwandte war. Als er nach Arkansas gezogen war, hatte sie ihn begleitet. Doch an dem Tag, als die Party bei Granny stattfand, hatte sie gespürt, dass zwischen ihnen eine gewisse Spannung herrschte.

Sie tat Milch und Zucker in ihren Kaffee, bevor sie sich ebenfalls hinsetzte.

„Okay, sage ich ihr." Jayden legte auf und schaute Haley ungläubig an.

„Was ist los? Ist mit Granny alles in Ordnung?" Sie nahm einen kleinen Schluck von ihrem Kaffee. Die heiße Flüssigkeit wärmte sie.

„Granny hat gesagt, dass deine Bestellung eingetroffen ist."

Haley fühlte, wie ihr Gesicht brannte. Sie hatte diesen bescheuerten Vibrator völlig vergessen, zu dem Dana sie bei Grannys Sexparty quasi überredet hatte.

„Ich verstehe nicht, woher sie weiß, dass ich bei dir bin?"

Haley räusperte sich, höllisch erleichtert, dass er sie nicht fragte, was genau sie bestellt hatte.

„Bist du sicher, dass Barrett es ihr nicht gesagt hat? Vielleicht hat sie sich Sorgen gemacht und Barrett wollte sie beruhigen." Haley stellte ihren Kaffee auf die Wücheninsel.

„Das ist möglich", sagte Jayden und sah sie eindringlich an. „Und rate mal, was ich außerdem nicht wusste?"

„Was?"

„Dass du etwas bestellt hast." Er griff über die Wüchen-insel und streichelte ihr Handgelenk. Sie wusste, dass er ihren rasenden Puls spüren konnte.

Haley schob ihre Kaffeetasse beiseite. Ich war plötzlich wahnsinnig heiß und sie hatte keine Lust mehr auf Kaffee.

„Ich muss mich für meinen Kurs fertig machen." Ihre Worte waren ein Flüstern. Ihr Herz schlug wie eine Trommel in ihren Ohren und Wärme kribbelte in ihrem Bauch.

„Nein, das musst du nicht. Es ist Samstag. Du hast heute keinen Unterricht."

Sie leckte ihre trockenen Lippen.

Sein Blick fiel auf ihren Mund, seine Nasenlöcher bebten.

Sie steckte in Schwierigkeiten. In tiefen, gefährlichen Schwierigkeiten.

„Haley, du hast mir nicht geantwortet."

Ihre Augen trafen seinen Blick. „Vielleicht, weil du mich nicht nett gefragt hast."

Jayden stand auf, sein muskulöser Körper ließ die Küche klein wirken. Ein Lächeln erschien auf seinen Lippen. „Ach wirklich?"

„Ja."

„Ich bin nun mal kein netter Typ." Seine Muskeln bewegten sich unter dem verdammt engen T-Shirt, während er einen Schritt auf sie zumachte.

Sie stand vom Stuhl auf und behielt ihn dabei im Auge.

Haley trat einen Schritt zurück. Sie konnte ihn riechen. Er roch männlich und nach dem Ozean. Sie erinnerte sich an seinen Geruch in der ersten Nacht, als er sie gerettet hatte.

„Haley." Er ging weiter auf sie zu, doch Haley machte einen weiteren Schritt zurück.

„Hast du Angst, kleiner Wolf?" Er schaute sie genüsslich von Kopf bis Fuß an. Es schien ihr nichts auszumachen, dass er sie so unverhohlen ansah.

„Ich habe keine Angst." Haley machte einen weiteren Schritt rückwärts und ihr Rücken presste sich gegen die Wand. Sie schaute zur Seite. Sie saß in der Falle.

„Du kannst mir jetzt nicht entkommen."

„Ich habe nicht versucht, dir zu entkommen." Ihre Brust hob und senkte sich unter dem dünnen Baumwollstoff ihres Pyjamas.

„Wie nennst du es dann?" Er lehnte sich näher, sein Atem kitzelte ihre Wange.

„Ich habe dir beigebracht, wie man tanzt." Ihr Gesicht erhitzte sich auf Tausend Grad. „Du hast gesagt, dass du nicht tanzen kannst. Ich habe dir gezeigt, wie es geht. Zwei Menschen bewegen ihre Körper, so einfach ist das."

Sein Blick verdunkelte sich. „Das hört sich sehr gut an." Sie war verloren. Das Wasser stand ihr bis zum Hals.

„Ich kenne allerdings einen besseren Weg als das Tanzen, um zwei Körper gemeinsam zu bewegen."

Sie wurde feucht, ihre intimste Stelle pochte angesichts seines verheißungsvollen Versprechens. Wenn er sie nicht bald berührte, würde sie explodieren.

Er beugte den Kopf und liebkoste ihre Halsbeuge. Sie stöhnte und ihre Augen schlossen sich langsam.

„Sag mir, was du bestellt hast", flüsterte er gegen ihr Ohr.

„Warum?"

„Weil meine Fantasie mich um den Verstand bringt."

Sie presste ihre Handflächen gegen die Wand, um ihn nicht zu berühren.

„Rate."

Er lachte leise.

„Na gut, kleiner Wolf. Ich werde dein Spiel mitspielen." Er strich mit seinen Lippen über ihre nackte Schulter, dort, wo ihr Top verrutscht war.

„Hast du sexy Dessous gekauft?"

Ihr Herz raste, als sie sich gegen ihn lehnte.

„Sag es mir. Reize mich nicht, ich werde dir nur die Schamröte ins Gesicht treiben."

„Das bezweifle ich." Haley presste ihre Schenkel zusammen um den zunehmenden süßen Schmerz zu stillen.

„Hast du dir einen versauten Porno bestellt?"

Haley spürte, wie ihr Gesicht heiß wurde, als Jayden an ihrem Schlüsselbein knabberte.

„Rate noch einmal."

Er stöhnte gegen ihr Ohr und schickte kleine Schauer durch ihren Körper. Ihr Kopf sank zur Seite und sie bot ihm ihren Hals an.

„Sag es mir." Er umfasst ihre Wange, zwang sie, ihm in die Augen zu schauen. Der Blick seiner wasserblauen Augen wirkte wie ein Wahrheitsserum.

„Ich habe einen Vibrator gekauft."

Jaydens Nasenflügel bebten und er sah aus, als würde er sich nicht mehr lange zurückhalten können. Sie wollte ihn nicht zurückhaltend, sie wollte Jayden wild und außer Kontrolle sehen.

Sie lehnte sich vor und strich mit ihren Lippen über seine bärtige Wange. „Ich habe einen Vibrator bestellt, um es mir selbst besorgen zu können. Ich war es satt zu wissen, dass niemand mich je wieder berühren will. Daher habe ich beschlossen, es selbst zu tun."

Seine heißen, weichen Lippen pressten sich auf ihren Mund. Seine Zunge suchte ihre in einem gefährlichen Tanz, während er sie eng an seinen Körper zog.

Sie stöhnte, strich mit ihren Händen über seine Brust und umfasste seinen Nacken. Ihre Nippel wurden hart, als sie sich ihm entgegenwölbte. Seine Finger fanden den Saum ihres Tops, glitten darunter und streichelten ihren Rücken.

„Zieh dein T-Shirt aus." Jayden leckte ihren Nacken. Sie wölbte sich ihm entgegen, schwindelig vor Lust.

„Mach du es. Ich will nicht aufhören, dich zu berühren." Ihre Finger glitten unter sein T-Shirt und spielten mit den tiefen Furchen seiner Bauchmuskeln.

Er lehnte sich zurück und schaute sie an. Seine Finger fanden den oberen Knopf ihres Pyjamas und lösten ihn gekonnt. Sie betrachtete seine großen Hände und fragte sich, wie gut sie sich anfühlen würden. Als der letzte Knopf gelöst war, sah Jayden sie an und umfasste ihre Hüfte.

„Lass mich dich anschauen, Haley. Lass mich diese hübschen Nippel sehen, die mich von Anfang an verrückt gemacht haben."

Sie fühlte sich so begehrt wie lange nicht mehr und zog das Oberteil aus, um sich Jayden nackt zu zeigen.

Jayden stöhnte, sein intensiver Blick verharrte auf ihren Brüsten. Seine Hände griffen ihre Hüfte fester. Er fragte sie um Erlaubnis, sie berühren zu dürfen. Er gab ihr die Kontrolle.

„Berühre mich." Haley hauchte die Worte.

„Sag mir, wie du berührt werden möchtest." Sie schluckte, ihre Kehle war trocken, denn jedes Mal, wenn Jayden sie anfasste, atmete sie vor Lust tief ein.

„Ich möchte, dass du meine Nippel erst mit deinen Händen und dann mit deinem Mund berührst."

Wie ein Tornado, der überraschend aus dem Nichts auftauchte, verdunkelten sich Jaydens Augen urplötzlich. Er ließ sie los und fast wäre sie an der Wand entlang hinab auf den Boden gesunken.

Sie konnte seinem Blick nicht länger standhalten, als er seine Arme ausstreckte. Seine Fingerspitzen strichen über ihre Nippel, so sanft, dass sie glaubte, allein hiervon einen Orgasmus zu bekommen.

„So verdammt wunderschön." Seine raue Stimme steigerte ihr unkontrollierbares Verlangen nach ihm nur noch weiter.

Seine Finger umkreisten einen Nippel in kleinen, quälend-genussvollen Kreisen, bis sie schmerzten. Er widmete seine Aufmerksamkeit dem zweiten Nippel, reizte die harte Knospe, bis sich Haley unter der Berührung krümmte.

„Jayden, bitte." Sie griff seine Handgelenke und presste ihre Brüste in seine Handflächen.

„Was brauchst du, Baby?" Jayden flüsterte, sein Blick bohrte sich in ihren.

„Ich brauche mehr. Berühre mich noch mehr." Sie presste ihr Becken gegen seines.

„Du hast sehr sensible Nippel. Fühlt sich das gut an?"

„Ja, es unbeschreiblich toll." Sie ließ ihre Hand nach unten gleiten und umfasste Jaydens Schwanz durch die Jeans.

„Langsam, Baby, sonst komme ich viel zu schnell."

„Mehr, ich will mehr."

Er umfasste ihre Brüste, seine Finger zwickten ihre Nippel. Ein Stöhnen entwich ihren Lippen angesichts der wunderbaren Empfindung, die er ihr verschaffte. Lust kribbelte zwischen ihren Beinen, bis sie dachte, sie würde in Flammen aufgehen.

Er beugte den Kopf und saugte ihre Nippel zwischen seine weichen Lippen. Sie stöhnte auf, weil es sich so intensiv anfühlte. Sie griff seinen Schwanz fester durch die Jeans. Ein leises Wolfsknurren kam über seine Lippen.

Sie zog seinen Kopf gegen ihre Brust. Er leckte und saugte, dann widmete er sich dem anderen Nippel.

„Ich brauche mehr, Jayden." Ihre Finger gingen zu seinem Reißverschluss und zogen ihn auf. Sie spürte seine Eichel gegen ihren Handrücken. Haley legte ihre Hand um seinen dicken Schaft und spürte, wie Jayden leicht zitterte.

„Fuck, Baby, du bringst mich noch um."

Sie wollte auf die Knie gehen, doch er hielt sie an den Armen fest, seine Augen waren wild.

„Ich will dich schmecken."

„Haley, ich …"

„Willst du nicht, dass ich dich mit meinem Mund berühre?" Sie hielt den Atem an, Angst vor erneuter Zurückweisung machte sich in ihrem Herzen breit.

Jayden presste seine Stirn an ihre und sein Atem strich über ihre Haut. „Ich will nichts mehr als deinen süßen, heißen Mund auf mir zu spüren, doch ich bin nicht makellos."

Sie sah ihn fragend an und bemerkte plötzlich Angst und Unsicherheit in seinen Augen.

„Jeder hat irgendeinen Makel, Jayden."

Er schüttelte den Kopf. „Nein, nicht so wie ich. Ich habe Narben."

Die Erkenntnis traf sie. Er wies sie nicht ab. Er befürchtete, selbst abgewiesen zu werden.

„Verbinde mir die Augen."

Er schaute ungläubig. „Was?"

„Wenn du nicht willst, dass ich dich sehe, verbinde mir einfach die Augen." Sie drückte seinen Schwanz fester, weigerte sich, ihn loszulassen. Er zuckte in ihrer Hand.

Sein Blick war unentschlossen und sie wusste, dass, wenn er zu lange nachdachte, er nicht mitmachen würde. Sie lehnte sich näher und leckte seinen Hals.

„Bist du sicher?" Er lehnte sich zurück, erforschte ihr Gesicht nach einem Zögern.

„Ja."

Er hob sie in seine Arme und ging mit ihr ins Schlafzimmer.

Sein Schlafzimmer.

Haleys Bauch kribbelte vor Lust, als er sie sanft auf dem großen Bett absetzte. Er setze sich neben sie, umfasste ihr Gesicht mit den Händen und schaute sie an wie einen kostbaren Schatz.

Niemand hatte sie je so angesehen.

Sie blinzelte, tiefe Emotionen ließen ihre Brust eng werden. Wie lange war es her, dass jemand ihr gesagt hatte, sie sei wichtig und wertvoll?

„Wunderschön." Jayden küsste sie leidenschaftlich. Sie tauchte ihre Fingerspitzen in sein seidiges blondes Haar, drängte sich mit einem nie zuvor gekannten Bedürfnis an ihn.

Jayden unterbrach den Kuss und griff nach dem Schal auf seinem Nachttisch. Sie hatte ihn überredet, einen Schal zu kaufen, als sie gemeinsam einkaufen waren.

Behutsam faltete er den Schal und hielt ihn vor ihre Augen. Dann zögerte er.

„Ich vertraue dir, Jayden." Sie legte ihre Hände um seine Handgelenke und zog ihn näher. Er verknotete den Schal hinter ihrem Kopf, hüllte sie in totale Dunkelheit.

Seine Finger glitten zu ihren Wangen, streichelten sie liebevoll. Da sie nichts sehen konnte, waren ihre anderen Sinne geschärft. Sein Geruch war intensiver, ebenso das Gefühl seiner Hand auf ihrer Haut.

„Du siehst so wunderschön aus." Er küsste sie erneut, tauchte mit seiner Zunge in ihren Mund, machte Haley atemlos und feucht.

Er zog sich zurück und strich mit seinem Daumen über ihre Unterlippe.

Sie streckte die Hand aus und fand seine aufgeknöpfte Jeans. Sie zog sie über seine Hüfte und seine Erektion sprang hervor. Sie hörte, wie er die Jeans ganz auszog und beiseite warf. Die Härchen auf seinem Oberschenkel kitzelten ihre

Fingerspitzen, als sie ihre Hände hinauf zu seiner Taille gleiten ließ.

„Setz dich auf das Bett", befahl sie. Er gehorchte und sie glitt vom Bett, um sich zwischen seine Beine zu knien. Der Holzfußboden ließ ihre Knie schmerzen, doch sie vergaß schnell, in welch unbequemer Position sie sich befand.

„Du bist so verdammt bezaubernd." Seine Finger griffen in ihr Haar, führten ihren Mund zu seinem Schwanz.

Sie stöhnte, der Geruch seiner Erregung ließ sie noch feuchter werden.

Ihre Hand fand seinen harten Schwanz und sie griff ihn fest. Zaghaft glitt sie mit ihrer Zunge über die Eichel.

Unerwartet stöhnte sie und schloss ihre Lippen um die Schwanzspitze, saugte ihn tief in ihren Mund.

„Das fühlt sich wahnsinnig gut an." Jaydens Stimme war heiser und rau, er griff ihren Kopf und gab den Rhythmus vor, wie tief sie ihn nehmen sollte.

Sie bewegte ihren Mund zurück, leckte unter seiner Eichel, bevor sie noch tiefer ging und sanft an seinen Hoden saugte.

„Magst du das?" Sie wünschte, sie könnte seinen Gesichtsausdruck sehen.

„Ja, es ist fantastisch."

Sie nahm seinen Schwanz erneut in den Mund und streichelte dabei seine Hoden mit einer Hand. Ihre Fingerspitzen berührten eine unebene Hautstelle neben seiner Leiste. Jayden versteifte sich und sie wusste, dass dies die Stelle war, die er sie nicht sehen lassen wollte.

Sie nahm seinen Schwanz aus dem Mund und presste ihre Lippen auf die verletzte Haut, während sie seinen Schwanz weiter streichelte.

„Sag mir, was dir gefällt."

Er stieß seine Hüften gegen ihre Hand und stöhnte.

„Ich möchte deinen Mund wieder um meinen Schwanz spüren."

Sie platzierte kleine Küsse von seiner Leistengegend zurück zu seiner Erektion. Sie öffnete den Mund und nahm ihn tief in sich auf. Er stieß seinen Hüften vor, zwang sie, ihn noch tiefer zu nehmen.

Seine Hoden waren heiß und fest unter ihren Fingerspitzen und sie wusste, dass er kurz davor war zu kommen.

Sie war es ebenfalls.

Sie hatte nie erwartet, dass ein Blowjob sie so heiß machen würde.

„Nimm mich ganz tief, Baby, genauso." Seine Finger griffen schmerzhaft fest in ihr Haar.

Sie stöhnte und saugte seinen Schwanz fester, bis ihre Wangen sich nach innen zogen.

JAYDEN LEHNTE sich zurück und stützte sich auf seine Ellenbogen. Er atmete schwer, nachdem Haley ihn mit ihrem süßen Mund so teuflisch bearbeitet hatte. Er biss die Zähne zusammen und bemühte sich, seinen kurz bevorstehenden Orgasmus zurückzuhalten.

Er wollte nicht kommen. Noch nicht. Es fühlte sich verdammt noch mal zu gut an.

Doch sie war unerbittlich, quälte ihn mit dem erotischen Vergnügen ihrer Zunge, saugte, leckte und schluckte ihn.

„Haley, mein Schatz, du wirst mich zum Kommen bringen."

Sie stöhnte mit seinem Schwanz in ihrem Mund, und das intensivierte seine Lust noch weiter.

„Süße, ich kann mich nicht mehr beherrschen." Seine Hoden zogen sich schmerzhaft zusammen und er wusste, dass ihm nur Sekunden blieben.

„Haley, nimm ihn heraus oder ich komme in deinem Mund."

Sie bewegte sich nicht. Das kleine Biest saugte ihn nur umso härter und tiefer in ihren heißen Mund, bis ihm schwindelig war.

Ja, verdammt.

Hitze kam über ihn, von seinen Eiern bis hinauf zu seinem Oberkörper, sein Herzschlag dröhnte in seinen Ohren. Sein Schwanz explodierte, schoss seine Erlösung in ihren Mund.

Sein Kopf fiel zurück auf die Matratze, als sein Körper sich vom intensivsten Orgasmus erholte, den er je gehabt hatte.

Haley kletterte blind auf seinen Körper. Sofort griff Jayden sie und schob sie unter sich. Er nahm den Schal von ihren Augen.

Ein Lächeln verzog ihre Lippen und er konnte sich nicht helfen. Er tauchte seine Zunge in ihren Mund, schmeckte sich selbst auf ihrer heißen Zunge. So etwas hatte er noch nie zuvor getan, doch mit Haley war es eine höllisch scharfe Sache.

„Ich dachte, Typen küssen Mädchen nicht, nachdem sie ihnen einen geblasen haben?"

„Ich wollte das nie. Bis jetzt." Jayden küsste ihren Hals genau an der Stelle, wo ihr Puls raste und ihn verrückt machte.

„Du mochtest das also?", fragte sie zögerlich.

„Ob ich es mochte? Ich fand es wahnsinnig toll! Als ich kam, wäre ich fast ihn Ohnmacht gefallen."

Jayden küsste sie erneut.

„Das. Muss. Runter!" Jayden schob ihre Pyjamahose nach unten. Sie schüttelte die Hose von ihren Füßen und stieß das störende Kleidungsstück zur Seite.

Er stützte sich auf einen Ellenbogen und schaute ihren

ganzen Körper an, während seine Hand zwischen ihre Brüste glitt.

Ihr stockte der Atem und Jayden grinste. Er mochte dieses Geräusch sehr.

Er bewegte seine Hand tiefer über ihre seidige Haut, bis er zu ihrer intimen Stelle zwischen ihren Oberschenkeln gelangte. Er umfasste sie, spürte, wie bereit sie für ihn war.

„Du bist feucht."

„Ja." Sie atmete aus, wölbte sich seiner Handfläche entgegen.

„Ich will mir mit dir Zeit lassen."

Er lehnte sie aufs Bett und sein Mund erforschte ihren schlanken Körper – Zentimeter für Zentimeter.

Als er ihre Oberschenkel erreichte, strich er mit seiner Hand über ihre Pussy. Er fühlte ihre Hitze durch ihren pinken Slip.

Der Geruch ihrer Erregung stieg ihm sofort zu Kopf wie ein Glas Whisky.

Er zog ihren Slip herunter und enthüllte sein Geschenk. Das hier war besser als jedes Weihnachtsgeschenk, dass er je bekommen hatte.

Er warf ihren Slip über seine Schulter und platzierte sich zwischen ihren Schenkeln.

„So schön." Er küsste sie über ihrer empfindlichen Lust-knospe. Sie bewegte ihre Hüften, drängte ihn, seinen Mund weiterzubewegen.

Er grinste. Sie hatte ihm mit ihrem Mund süße Folter bereitet, nun war er an der Reihe.

„Jayden, bitte."

„Wie möchtest du berührt werden, Baby? Fest, sanft, schnell, langsam? Was gefällt dir?"

„Mach das alles mit mir."

Er glitt tiefer, schob ihre Oberschenkel auseinander und betrachtete die ihm dargebotene Schönheit. Sie war feucht, ihre Falten glitzerten im schwachen Licht der Morgendämmerung. Sie ließ sein Herz schneller schlagen und seinen Schwanz härter als Granit werden.

Er presste seine Lippen auf die Innenseiten ihrer Schenkel. Ihr Geruch brachte sein Blut zum Kochen, als er seine Zunge über ihre seidige Haut gleiten ließ.

Sie stöhnte und versuchte, sich dichter an sein Gesicht zu pressen. Er grinste und drückte sie mit der Handfläche nach unten.

Er küsste und liebkoste jeden Oberschenkel, bis sie in sein Haar griff.

Er verlor die Kontrolle und begann, ihre Pussy zu lecken.

Er leckte sie lang, bevor er mit seiner Zunge über ihren Kitzler schnippte.

„Ja, Jayden, mehr!" Sie stöhnte auf.

Er leckte und küsste ihre sanfte Haut, ihre süße Feuchtigkeit benetzte seine Zunge. Sie schmeckte wie sein persönlicher Engel. Sein ganz persönlicher Himmel.

Er leckte sie schneller und ihr lustvolles Wimmern wurde lauter. Er leckte und saugte ihre geschwollene Lustperle. Haley hob ihre Hüften, verloren in Ekstase.

Ihre Finger griffen fester in sein Haar und sie rieb sich gegen seinen Mund.

Gott, er liebte sie so, wie sie war. Wild vor Verlangen. Und sie gehörte ganz ihm.

Meins. Jayden presste seine Erektion in die Matratze und versuchte, seine eigene Lust im Zaum zu halten.

„Bitte, Jayden!"

Er schloss seine Lippen um ihren Kitzler und saugte.

Haley schrie auf, hob sich gegen seinen Mund, als sie kam, und er spürte ihr Zittern in seinem Mund.

Er behielt seinen Mund auf ihr, bis sie nicht länger zitterte.

Er kam hoch und sie zog ihn an sich für einen Kuss.

„Danke." Ihre Lippen verzogen sich langsam zu einem Grinsen.

„Ich sollte dir danken." Er schob mit seinen Fingerspitzen das Haar aus ihren blauen Augen. Sie sah entspannt und glücklich aus – das gefiel ihm.

Sie lachte leise und drücke seine Handfläche auf ihre Brust. Er drückte ihren pinken Nippel zwischen den Fingern und ihr Lächeln verblasste. Stattdessen weiteten sich ihre Pupillen vor Lust.

„Wir sind noch nicht fertig." Sie griff nach seinem harten Schwanz. „Du scheinst zuzustimmen."

Sie zog seinen Kopf an ihre Brust und glücklich kam er ihrem Wunsch nach und saugte an einem ihrer süßen Nippel.

„Gott, das fühlt sich so toll an!" Jayden bewegte seinen Mund zu ihrem anderen Nippel und zupfte mit seinen Lippen daran. Haley wand sich unter ihm, schob seinen Schwanz zu ihrer feuchten Mitte.

„Ich brauche dich, Jayden, tief in mir."

„Du bist ein ganz schön bedürftiges Ding, was?" Er lachte gegen ihre Brust.

„Ich wusste nie, dass es so gut sein könnte." Sie schaute ihn verwundert an.

„Es hört sich so an, als hättest du diese Erfahrung zuvor mit dem falschen Mann gemacht."

Jayden gab ein leises Wolfsknurren vor sich beim Gedanken an einen anderen Mann zwischen Haleys Schenkeln.

Er stieß mit seinem Schwanz gegen ihren engen Eingang und biss die Zähne zusammen. Sie war eng, wirklich verdammt eng.

„Ich habe keine Erfahrung." Jayden erstarrte. Schweiß trat ihm auf die Stirn. Ganz sicher hatte er sie missverstanden.

„Wie bitte?"

„Du bist der erste Typ, dem ich einen geblasen habe. Und du bist der erste Typ, der das bei mir gemacht hat. Und du wirst auch der Erste sein, der in mir ist."

Jayden runzelte die Stirn und seine Kopfhaut begann zu kribbeln.

„Was meinst du damit?"

„Jayden, ich bin noch Jungfrau."

KAPITEL 7

*V*erdammt. Sie hätte ihre große Klappe halten sollen.

„Du bist was?" Jayden erstarrte. Sein Schwanz verharrte an ihrem feuchten Eingang, seine Hände umfassten ihre schlanken Hüften und sein Blick bohrte sich in ihre Seele.

Sie legte ihre Finger um seine Handgelenke, besorgt, dass er sich zurückziehen würde. „Spielt es eine Rolle?"

„Ja, zum Teufel, das tut es. Wenn ich gewusst hätte, dass du noch Jungfrau bist, hätte ich nie zugelassen, dass du das tust." Er schloss die Augen.

„Was tue? Deinen Schwanz lutschen?" Sie zog eine Augenbraue hoch und rieb sein Becken gegen ihn.

Er riss die Augen auf und versuchte, sich zurückzuziehen. Sie schlang ihre Beine um seinen Hintern und hielt ihn fest.

„Haley, bitte", stieß er hervor, seine stahlblauen Augen schauten sie an.

„Sag, dass du mich nicht willst. Sag, dass du in diesem Moment nicht in mir sein willst." Sie blinzelte die Tränen weg und weigerte sich, sich verletzt zu fühlen.

„So einfach ist das nicht."

„Doch, das ist es. Es geht um zwei Menschen, die sich gut fühlen wollen, nur für einen Moment. So einfach ist das." Sie ließ ihre Hand auf die Bettdecke fallen und griff nach der Decke. Sie biss sich auf die Lippe, sah, wie sein Blick zu ihrer Hand auf der Bettdecke glitt. Hoffnung stieg in ihr auf. Er wollte sich noch immer. Hier war ihre Chance. Sie glitt mit ihren Fingern langsam über ihren Bauch, ihren Brustkorb und umfasste dann ihre Brüste. Sie rieb ihre Nippel zwischen Daumen und Zeigefinger und verspürte die lustvolle Erregung in Wellen durch ihren Körper gehen.

Jayden schluckte, sein Blick war auf ihren geheftet. Sein Atem ging schneller und sie wusste, dass es ihn erregte, ihr beim Spielen mit ihren Nippeln zuzusehen.

„Ich will dich in mir spüren, Jayden. Tief in mir."

Sie befeuchtete ihre Lippen mit ihrer Zunge und zwang sich, seinem Blick standzuhalten.

„Du raubst mir den Verstand." Seine Stimme war nur ein Flüstern. Er umarmte und küsste sie. Ihre Nippel wurden hart, als seine Brust gegen sie rieb.

Er küsste von ihrem Mund über ihre Wange bis zu ihrem Hals.

„Warum machst du mich so süchtig?" Er stöhnte gegen ihre Haut und Schauer liefen über ihren Körper hinab. Sie grub ihre Fingernägel in seinen Rücken.

„Ich will dich in mir." Er war so kurz davor, in ihr zu sein. Da sie Werwölfe waren, brauchten sie kein Kondom. Werwölfe bekamen keine Krankheiten und konnten auch keine weitergeben. Und ein Weibchen konnte nur dann schwanger werden, wenn es läufig war.

„Ich werde versuchen, dir nicht wehzutun, Baby." Er liebkoste ihre Wange mit einer Hand.

Haley schob seine Hand beiseite und griff nach seinem

Schwanz. Bei ihrer Berührung atmete er tief ein. Sie drückte seinen Schwanz fest, bevor sie ihn gegen ihre nasse Mitte rieb.

Jayden nahm seinen Schwanz und führte die dicke Eichel langsam zwischen ihre Schenkel.

Haley stöhnte, als er langsam in sie eindrang, sie weiter dehnte, als sie sich je vorgestellt hatte. Der süße Stich von Schmerz und Vergnügen war fast zu viel, um ihn zu ertragen. Sie bewegte ihre Hüften, wollte mehr von ihm.

„Du bist so verdammt eng", murmelte Jayden ehrfürchtig, während sich Schweißperlen an seinen Schläfen bildeten. Sein Bizeps spannte sich, als er sich zurückhielt, um nicht zu tief in sie zu stoßen.

„Hör nicht auf." Haley wölbte ihre Hüften, wodurch er weiter in ihren Körper hineinglitt.

„Langsam, Baby." Jayden presste die Worte zwischen zusammengebissenen Zähnen hervor.

„Ich will dich ganz in mir." Ihr Körper zitterte angesichts des bevorstehenden Vergnügens. Jaydens Schwanz war groß. Als er in sie eindrang, füllte er ihre inneren Wände mit einem brennenden Schmerz, doch sie wollte nicht, dass er aufhörte.

„Fuck, Haley. Ich weiß nicht, wie lange ich mich noch beherrschen kann. Du fühlst dich so verdammt gut an." Jayden schob sich noch einen Millimeter weiter in sie hinein.

Sie schaute ihm in die Augen und legte ihre Finger um seinen Nacken, zog ihn für einen Kuss an sich.

Er quälte sie, sie brauchte alles von ihm. Haley verhakte ihre Knöchel hinter seinem Rücken und zog.

Er stieß seinen Schwanz vollständig in sie hinein und sie schrie auf. Der brennende Schmerz wurde durch Lust ersetzt.

Sie grub ihre Fingernägel in seinen Hintern und bewegte sich gegen ihn.

„Baby, hör auf dich so zu bewegen." Jaydens heisere Stimme war angespannt und er vergrub sein Gesicht in ihrer Halsbeuge.

„Ich kann nicht aufhören, es fühlt sich zu gut an." Sie wimmerte vor Lust und bewegte ihre Hüften weiter nach oben.

„Es wird schnell vorbei sein, wenn du nicht aufhörst."

Sie biss sich auf die Lippe, schloss die Augen und versuchte stillzuhalten.

Er presste seine Stirn an ihre, sein Atem ging schwer und fühlte sich heiß auf ihrer Wange an. Er zog sich etwas zurück und stieß langsam in sie hinein, erlaubte ihrem Körper, sich zu dehnen und sich an seinen großen Schwanz anzupassen. Jede Bewegung verursachte glühende Hitze.

Jayden richtete sich auf, lehnte groß über ihr, sein dunkler Blick ging zu der Stelle, an der sich ihre Körper vereinten.

„Schau, wie deine süße Pussy meinen Schwanz ganz tief in sich einsaugt."

Haley stöhnte und folgte seinem Blick, ihr Körper stand von seinen Berührungen förmlich in Flammen. Sein massiver Schwanz glitt langsam und tief in sie, es war wahnsinnig erotisch.

„Berühre deine Nippel für mich, Baby." Jayden hob den Kopf und schaute ihr in die Augen.

Sie würde bei lebendigem Leib verbrennen. Sie lehnte sich auf dem Bett zurück und schaute Jayden weiter in die Augen. Lust flackerte in ihrem Blick, er übertrug seine Leidenschaft auf sie.

Sie umfasste ihre Brüste und Jayden stieß fester in sie. Sie fühlte keinerlei Scham. Sie hatte ihre Scham in dem Moment überwunden, als sie ihre Lippen um seinen Schwanz gelegt hatte.

Sie schnippte mit dem Finger über ihren Nippel, schickte

kleine Stromstöße durch ihren Körper. Jaydens Augen blitzten, offensichtlich gefiel ihm, was sie tat.

Sie zog mit zwei Fingern an ihrem Nippel und stöhnte.

„Deine Pussy ist so heiß, es fühlt sich an, als stünde ich in Flammen." Er lehnte sich über sie, stieß fester und tiefer.

Sein Mund umschloss einen ihrer harten Nippel und saugte daran.

„Bitte höre nicht auf." Sie klammerte sich an ihn, wickelte ihre Beine um seinen Rücken. Jeder tiefe Stoß schickte Bruchstücke von Lust durch ihr System, bis sie dachte, explodieren zu müssen.

„Genau so, Baby. Ich will, dass du für mich kommst. Ich will spüren, wie du dich um meinen Schwanz zusammenziehst." Jaydens heißer Blick bohrte sich in sie.

Er stieß härter und schneller, quälte sie mit Lust.

„Jayden." Ihr Körper explodierte in Millionen kleiner Lichtfunken, als der Orgasmus durch ihren Körper ging und sie von einer lustvollen Welle zur nächsten trug.

„Fuck." Jayden stieß hart in sie, als er tief in ihr kam.

Sie hatte ihre Jungfräulichkeit und ihr Herz in einem einzigen Augenblick verloren.

JAYDEN LAG SCHWEIGEND DA, hielt Haley in seinem Arm, während der Raum von Sex-Gerüchen und dem Licht der Morgendämmerung erfüllt war.

Er hatte sich noch nie so ausgeglichen gefühlt.

Und doch waren da Fragen, die nach Antworten verlangten.

„Warum hast du deiner Familie nicht gesagt, dass du noch Jungfrau bist?"

Er streichelte ihre seidenweiche Schulter mit den Fingerspitzen.

„Als meine Eltern und Anthony mich nach meiner

Rettung abgeholt haben, dachte ich, dass sie erleichtert sein würden, mich wiederzuhaben. Doch das waren sie nicht. Sie blieben auf Distanz. Auf der Rückfahrt im Auto weinte meine Mutter und sagte, ich hätte Schande über die Familie gebracht, da ich nun nicht länger Jungfrau sei." Haley schnaubte verächtlich. „Sie sagte, dass kein Mann aus einer anständigen Familie es jetzt noch wagen würde, mich zu heiraten."

„Was?" Jayden griff fester um ihre Schulter, eine unbeschreibliche Wut stieg in ihm auf.

„Zu Hause angekommen sagte mein Freund mir dann, dass er mir alles Gute wünscht, er aber nicht länger mit mir ausgehen kann. Erst haben mich meine Eltern zurückgewiesen, dann mein Freund."

„Verdammt, Haley." Er drückte einen Kuss auf ihren Kopf.

„Als mich meine Eltern dann zur Universität nach Arkansas schickten, fühlte ich mich völlig verlassen. Ich hatte keine Chance, meinen Schmerz und meinen Verlust zu verarbeiten und wieder das Leben zu genießen. Und dann fing das mit den Briefen an."

Sie schaute ihn an, Schmerz und Angst lagen in diesen wunderschönen blauen Augen. „Das alles hat mich verstehen lassen, dass, selbst wenn ich vergewaltigt worden wäre, ich jemanden verdiene, der mich als *mich* sieht und nicht darauf achtet, wer meine Eltern sind oder wie viel Geld sie besitzen."

Jaydens Herz zog sich in seiner Brust zusammen. „Du bist liebenswert, Haley. Du bist es wert, geschätzt, beschützt und geliebt zu werden. Du kannst dir nicht vorstellen, wie sehr du es wert bist." Er küsste sanft ihre Lippen.

Er legte sich zurück und zog sie in seine Arme. Seine Fingerspitzen glitten nach unten.

Er lächelte.

Als ihre Hand zu seinem verletzten Oberschenkel glitt, erstarrte er und vergaß für einen Moment zu atmen.

„Jayden?" Haley hob den Kopf und schaute ihn an. „Woher hast du deine Narbe?" Ihre Fingerspitzen berührten sanft die glänzende, unebene Hautstelle.

Seine Eingeweide zogen sich zusammen. Verloren in ihrem Liebesspiel hatte er vergessen, dass er sich ihr gegenüber entblößt hatte. Er hatte nicht einmal darüber nachgedacht, sich zu bedecken.

Er befeuchtete seine trockenen Lippen.

„Bitte sag es mir." Ihre blauen Augen sahen ihn eindringlich an, flehten, dass er sich ihr offenbaren möge. Da war keine Verachtung in ihrem Blick, nur Vertrauen und Verständnis.

„Es passierte in der Nacht, als ich versucht habe, dich zu retten."

Sie runzelte die Stirn und schaute auf seine Narbe. Er kniff die Augen zusammen, konnte sie nicht anschauen. Er kannte das Muster der Narbe, verdammt, er sah sie jede Nacht an, bevor er zu Bett ging. Die gezackten Ränder begannen an seinem Oberschenkel und verliefen dann nach innen bis hin zu seinen Hoden. Er sollte sich glücklich schätzen, dass sein Schwanz und seine Hoden nicht auch mit Narbengewebe durchzogen waren. Sie roten Wölfe hatten Salz in die Wunde am Oberschenkel gerieben, wodurch ein vollständiges Verheilen unmöglich geworden war.

„Nachdem ich den Typen getötet habe, der dich vergewaltigen wollte, schlugen mich zwei andere rote Wölfe zusammen. Als ich wieder aufgewacht bin, befand ich mich in einem anderen Raum. Dort übten sie ihren Golfschwung gegen meinen Kopf, während ich dabei kopfüber von der Decke hing."

„Oh, mein Gott." Haley schnappte nach Luft.

Er konnte die Worte nicht länger zurückhalten. Es war unmöglich. Die regelrechte Flut an Worten ließ sich nicht aufhalten. Vielleicht hatte der schönste Orgasmus seines Lebens sich auf sein Gehirn ausgewirkt.

„Als ihnen das nicht länger genügte, unterzogen sie mich ihrer Version einer militärischen Schocktherapie und hofften, dass ich um Gnade winseln würde. Sie sagten, dass sie mit dir beenden würden, was sie angefangen hatten, sobald ich anfange zu schreien." Jayden biss die Zähne zusammen. Ihm war bewusst, dass Haley sich dichter in seine Umarmung gekuschelt hatte und sie ihn aufmerksam ansah.

„Ich habe ihnen gesagt, dass sie sich gegenseitig ficken sollen. Stattdessen haben sie sich aber leider dafür entschieden, mich den Elektroschocks zu unterziehen." Er lachte bitter. „Die Schocktherapie blockiert deine Muskeln. Selbst wenn du schreien willst, kannst du es nicht. In den ganzen Monaten hatte ich das Gefühl, dir gegenüber versagt zu haben, weil ich dich nicht retten konnte. Ich war sicher, sie hätten dich vergewaltigt, nachdem sie mit mir fertig waren." Jayden strich ihr eine Strähne hinter das Ohr.

Ein zentnerschweres Gewicht fiel von seinen Schultern, er wusste, dass sie in Sicherheit war.

Haley schüttelte den Kopf und schaute zur Seite. Sie war sichtlich betroffen von dem, was er soeben erzählt hatte.

„Nachdem du den roten Werwolf getötet hast, dauerte es keine fünfzehn Minuten, bis eine Gruppe von Wächtern, Jaxon, Zane und Lucien, die Tür durchbrachen. Später habe ich erfahren, dass sie aus Arkansas stammen. Ich fragte sie, ob sie dich gefunden hätten, doch sie hatten das Gebäude ohne Erfolg durchsucht."

Jayden nickte, sein Herz tat weh. Selbst in ihrer eigenen Notlage hatte sie an ihn gedacht.

„Ich hatte ja keine Ahnung, dass sie dir das angetan haben, Jayden." Sie blickte ihn wieder an. In ihren wunderhübschen blauen Augen glänzten nicht vergossene Tränen. „Es tut mir so leid. Das ist alles meine Schuld."

„Baby, es ist nicht deine Schuld. Es waren die roten Schurkenwölfe. Und wenn ich alles noch einmal durchmachen müsste, würde ich nichts anders machen. Ich würde den Schmerz auf mich nehmen, wenn du dafür in Sicherheit bist."

Eine Träne lief ihr über die Wange und er wischte sie weg.

Sie streichelte seine Wange. „Du wusstest wirklich nicht, dass ich noch Jungfrau bin? Und wolltest mich trotzdem?"

„Dich zu wollen hat nichts damit zu tun, ob du Jungfrau bist oder nicht. Ich bin mit einem Steifen herumgelaufen, seit ich dich bei Granny auf der verdammten Sexparty gesehen habe."

„Wirklich?"

„Ja. Verdammt, Haley, ich glaube nicht, dass ich jemals zuvor so hart gekommen bin."

Sie lehnte sich über ihn, brachte ihren Mund dicht über seinen. Sie tauchte ihre Zunge in seinen Mund und küsste ihn leidenschaftlich.

Sie griff zwischen ihre Körper nach seiner Erektion.

„Fühlt sich an, als ob du schon wieder bereit bist."

„Baby, ich war schon zwei Minuten nachdem ich gekommen bin wieder bereit." Jayden hob sie hoch und setzte sie rittlings auf sich. Sie grinste ihn an.

Er streichelte ihre Wange und ließ seine Finger hinunter zu ihren Brüsten gleiten. Ihr blondes Haar hing in Wellen über ihre schmalen Schultern und ihre blauen Augen strahlten Zufriedenheit aus.

„Du bist so verdammt bezaubernd, weißt du das?"

„Genau wie du." Sie grinste und presste ihre Brüste in seine Handflächen.

Er kicherte.

Sie bewegte sich zum Fußende des Bettes.

„Wo willst du hin?" Er setzte sich auf. Er war nicht bereit, sie gehen zu lassen. Und sein Schwanz war offensichtlich auch nicht bereit, gemessen an dem Winkel, in dem er von seinem Körper abstand.

„Ich zeige dir, wie wunderbar du bist." Sie glitt zwischen seine Beine und spreizte seine Oberschenkel.

„Warte, ich –" Sein Herz erstarrte in seiner Brust. In dieser Position wollte er sie auf keinen Fall haben.

Sie schaute ihn an, ihr Gesicht war nur wenige Zentimeter von seinem Schwanz entfernt. Sie schaute ihm weiter in die Augen, während sie seinen verletzten Oberschenkel küsste.

Sein Schwanz zuckte.

Sie bewegte sich zu seiner Narbe. Jayden umklammerte das Bettlaken, um sie nicht wegzuschubsen. Er selbst sah die Narbe ungern an und er wollte auf gar keinen Fall, dass sie die Stelle in aller Ausführlichkeit inspizierte.

Langsam leckte sie seine Hoden mit ihrer Zungenspitze.

„Was machst du mit mir?" Jayden stöhnte. „Ich werde es küssen und besser machen." Sie drehte das Gesicht und liebkoste die Narbe mit ihrer Wange, bevor sie einen zarten Kuss darauf hauchte.

Sein Schwanz war inzwischen schmerzhaft hart, dennoch zwang er sich, ruhig liegenzubleiben und ihr zuzuschauen.

Sie küsste das vernarbte Fleisch; bei diesem Anblick zog sich ihr Herz vor Mitleid zusammen.

Sie folgte dem Verlauf der Narbe mit ihrer Zunge, bis sie zu seinen Hoden gelangte.

„Verdammt, Haley."

„Fühlt es sich besser an?" Sie flüsterte und ihr Atem kitzelte seine Hoden.

„Ja", keuchte er. Er begann am ganzen Körper zu schwitzen, weil er sich so zurückhalten musste, Haley nicht zu berühren.

„Deine Narbe ist nicht hässlich. Sie ist ein Zeichen deiner Stärke. Ein Zeichen deines Mutes."

„Im Augenblick ist es um meine Stärke nicht besonders gut bestellt, denn ich bin nicht sicher, wie lange ich noch ruhig daliegen kann mit deinem Mund so dicht an meinem Schwanz." Jayden schluckte schwer.

„Benimm dich und vielleicht bekommst von mir einen Leckerbissen."

Heilige Scheiße, redete seine kleine Jungfrau etwa Dirty Talk mit ihm? Er schaute zu ihr, ihre Lippen waren Zentimeter von seinem Schwanz entfernt, ihr Atem streichelte sanft seine Hoden.

Er glitt mit seiner Hand durch ihr seidiges blondes Haar und zog zärtlich daran. „Haley, komm her."

Sie liebkoste seine Hand und drehte ihren Mund zu seinem Schwanz. Bevor sie ihre Lippen um seine Eichel schloss, schaute sie ihm direkt in die Augen.

„Komm du zuerst."

„BIST DU SICHER, dass du noch ausgehen willst?" Jayden legte seine Arme um ihre Taille.

„Ja, das bin ich." Sie drehte sich in seinen Armen um und verdrehte die Augen. „Ich hatte Sex, Jayden, keine Operation am offenen Herzen."

Er runzelte die Stirn. „Ja, aber es war dein erstes Mal und vielleicht tut es dir noch weh?"

„Es tut nichts weh. Ich bin nur wund – und zwar an genau den richtigen Stellen." Sie wackelte mit den Augenbrauen. Tief im Herzen berührte es sie, wie aufmerksam er war.

„Habe ich dir wehgetan?" Er umfasste ihre Wange und ihr Herzschlag schlug schneller.

„Nein, du hast mir nicht wehgetan. Ich sollte dich das fragen, ich habe deinem Penis möglicherweise einige blaue Flecke verpasst."

Er schloss die Augen und atmete tief ein.

Haley verkniff sich ein Lächeln. „Aha, du kannst also ganz schön was vertragen."

„Hör auf, so zu reden." Er stöhnte. „Oder wir schaffen es nie zu unserer Verabredung mit Braxton und Kate."

Haley lachte. Sosehr sie Jayden auch nackt wollte, sie hatte sich schon seit Langem darauf gefreut, mit seinen Freunden einen Abend in der Bar zu verbringen. Verdammt, sie hatte sich darauf gefreut, einfach mal wieder auszugehen.

In den vergangenen Monaten hatte sie sich wie im Käfig gefühlt, zu verängstigt, das Studentenwohnheim zu verlassen. Sie hatte sich sogar Sorgen über ihr Outfit gemacht. Ein falsches Kleidungsstück und der Stalker hätte ihr etwas Schlimmeres antun können, als verstörende Liebesbriefe zu schreiben.

Kopfschüttelnd schaute sie auf ihre Designer-Jeans und ihr enges rotes Top. Sie hatte dazu ihre Lieblingsschuhe, die roten Stöckelschuhe, gewählt. Als sie ins Wohnzimmer gekommen war, hatte Jaydens anerkennender Blick bestätigt, dass sie die richtige Wahl getroffen hatte.

„Auf gar keinen Fall. Wir werden nicht die Gelegenheit verpassen, dass ich dir beim Billard so richtig in den Arsch treten kann."

„In den Arsch treten? Das möchte ich gern sehen."

„Wollen wir eine Wette abschließen?" Sie griff ihre rote Handtasche und schlang sie über die Schulter.

„Woran hattest du gedacht?"

Sie verschränkte die Arme. „Wenn ich gewinne, führst du

mich zum Tanzen aus." Sie reckte einen Finger in die Luft. „Und du musst dann tatsächlich tanzen. Du kannst nicht jemanden bezahlen, damit er für dich einspringt."

„Na schön. Doch wenn ich gewinne, musst du mit mir nackt baden gehen."

Sie lächelte. „In Ordnung."

„In der Fontäne der Universität."

„Wie bitte?" Haley klappte die Kinnlade bis zum Fußboden.

Er grinste. „Es sei denn, du verlierst."

„Na gut", entgegnete Haley mit zusammengebissenen Zähnen.

Jayden verging das Grinsen.

„Was ist? Du dachtest, dass ich nicht zustimme?" Sie zuckte die Achseln. „Ich muss es ja sowieso nicht tun, denn ich beabsichtige zu gewinnen."

Jaydens sexy Grinsen war zurück und ließ Schmetterlinge in ihrem Bauch flattern. Vielleicht konnten sie seine Freunde an einem anderen Abend treffen?

„Na komm." Jayden nahm ihre Hand und führte sie aus der Tür. „Braxton hat schon angerufen und gesagt, dass sie früher da sein werden. Offensichtlich ist ihr Bed-&-Breakfast-Dinner nicht so gut gelaufen."

JAYDEN GING mit Haley in die überfüllte College-Bar. Er sah, wie sich ihr Gesicht beim Anblick der Leute, die zur Musik der Band tanzten und Billard spielten, aufhellte. So gern er auch zu Hause und im Bett geblieben wäre, er war froh, dass sie hierhergekommen waren. Sie brauchte das hier.

Er sah Braxton und Kate an einem Ecktisch. Braxton trank Bier und Kate ein Glas Weißwein. Als sie ihren Tisch erreichten, entging Jayden nicht, wie sehr die College-Typen

Haley hinterherschauten. Er warf jedem Wichser, der zu lange glotzte, einen wütenden Blick zu.

Er konnte nicht wirklich erwarten, dass die Männer woanders hinschauten, denn Haley sah in ihren engen Jeans und ihrem roten Top einfach scharf aus. Von ihren Stöckelschuhen ganz zu schweigen.

Er hatte definitiv Pläne für diese Stöckelschuhe, sobald sie wieder zu Hause waren.

Braxton nickte ihnen zu.

„Wie kommt es, dass ihr vor uns da seid?" Jayden ließ Haley in die Tischnische gleiten und setzte sich dann selbst.

Braxton schaute ihn gequält an.

„Es lief alles gut, bis einer der Männer anfing, über die LSU zu reden und darüber, wie schlecht sie dieses Jahr abschneiden werden." Kate seufzte. „Man hätte denken können, dass sie darüber reden, Braxtons erstgeborenen Sohn zu opfern, gemessen daran, wie er vom Stuhl aufsprang und verbal auf den Typen losging."

„Es geht um Football. Das ist eine ernste Sache." Jayden schnaubte. „Du kannst nicht einfach schlecht über ein gegnerisches Team sprechen. Das ist ungefähr so, als würdest du seine Gefährtin ficken."

Braxton nickte und schaute Kate an. „Siehst du, das habe ich doch gesagt."

Haley lachte laut auf. „Ich kann deinen Schmerz nachempfinden, Braxton. Aber wir sind jetzt im Hog-Territorium. Und wenn man in Rom ist, wie es so schön heißt –"

„Ich weiß, ich weiß." Braxton stand auf. „Komm, lass uns ein paar Drinks besorgen. Ich muss den Schmerz betäuben, weil diese ganzen Razorbacks um mich herum sind."

HALEY SAH ZU, wie Jayden und Braxton an den Tresen gingen. Jede Frau im Umkreis von fünf Metern schaute die Männer an. Haleys Augen schauten wachsam. „Es wird einfacher, sobald ihr Gefährten seid."

„Ich habe keine Ahnung, wovon du redest." Haley drehte ruckartig den Kopf zu der hübschen Blonden.

Kate blickte zu Braxton und Jayden. „Du wirst nicht mehr so eifersüchtig sein, wenn andere Frauen deinen Kerl anschauen, sobald ihr offiziell ein Paar seid."

Haley kannte die Regeln. Sobald sich ein männlicher Werwolf mit seinem ausgewählten Weibchen verpaarte, konnte er sie niemals betrügen. Sie würden einander treu sein bis zum Tod.

„Ich glaube nicht, dass es mit uns in diese Richtung geht. Wir haben momentan nur ein bisschen Spaß miteinander." Haley schüttelte den Kopf.

Kate konnte sich ein Lächeln kaum verkneifen.

„Nein, wirklich, es ist nichts Ernstes."

„Süße, jeder in dieser Bar, der euch hereinkommen sah, weiß, dass es ernst ist."

„Was meinst du?" Haley stockte der Atem. War es so offensichtlich, dass sie sich in Jayden verliebt hatte?

„Ich meine, dass er kaum die Hände von dir lassen kann."

„So ist Jayden eben. Ich bin zwar nicht von hier, doch sein Ruf eilt ihm voraus. Ich weiß, dass er bei den Mädels ziemlich beliebt ist." Sie setzte ein gezwungenes Lächeln auf und ignorierte den bitteren Geschmack, den diese Worte in ihrem Mund hinterließen.

„Ach, wirklich?" Kate kräuselte die Nase. „Als ich ihn im

Januar kennengelernt habe, versuchte er nach Kräften, sich von einer Gruppe sexbesessener Frauen fernzuhalten, die Gäste in meinem B&B waren."

Haley schenkte Kate plötzlich ihre volle Aufmerksamkeit. „Ist das dein Ernst?"

Kate nickte und trank ihren Wein aus. „Es war eine Gruppe von Schriftstellerinnen, die Liebesromane schreiben. Sie waren ständig betrunken und versuchten, Jayden anzubaggern. Sie haben den armen Kerl zu Tode erschreckt."

„Was ist mit Braxton?"

„Natürlich haben sie es auch bei ihm versucht, aber ich habe deutlich gemacht, zu wem er gehört."

„Ihr seid also schon eine Weile Gefährten?"

Kate wedelte abwehrend mit der Hand. „Oh, nein, damals waren wir noch kein Paar. Doch ich wusste, dass er zu mir gehört." Sie sah Haley eindringlich an. „Wenn man es weiß, dann weiß man es."

„Okay, Ladys. Chardonnay für Kate und Pinot Noir für die Lady in Rot." Jayden zwinkerte, als er die Gläser abstellte.

„Ja, Mann. Wieso lässt du sie überhaupt Rot tragen?" Braxton stieß ihm den Ellenbogen in die Rippen.

Haley schaute auf ihr Top. „Was genau meinst du?"

Jayden setzte sich neben sie und legte eine Hand auf ihr Knie. „Er meint, dass Rot die Farbe ist, die alle Männer anzieht."

„Du meinst männliche Werwölfe." Haley trank einen Schluck. Es gab an der Universität nur wenige Werwölfe, soweit sie dies wusste.

„Süße, du musst kein Werwolf sein, um die Farbe Rot attraktiv zu finden. Alle Typen, Werwölfe und Menschen gleichermaßen, lieben die Farbe Rot. Sie erinnert sie an Sex. So wie diese Paviane mit ihren großen roten Ärschen. Das bedeutet, dass sie sich paaren wollen."

Kate schaute ihn entgeistert an.

„Was ist? Ich habe das auf National Geographic gesehen." Braxton zuckte die Achseln.

Jayden trank von seinem Bier. „Er hat recht. Ich schaue den gleichen Sender. Da gibt es einige interessante Fakten."

Braxton nickte. „Wusstet ihr, dass jedes Jahr mehr Menschen durch Esel als durch Flugzeugabstürze ums Leben kommen?"

„Esel sind schon ganz schöne Bastarde." Jayden schüttelte den Kopf.

Braxton nahm noch einen Schluck von seinem Bier. „Ja, verdammt, das sind sie. Ich kann Esel nicht ausstehen."

HALEY SCHOB ihren Teller zur Seite und seufzte. „Ich glaube, ich habe viel zu viel gegessen."

„Was? Du hast noch einen halben Burger übrig."

Jayden schob ihr den Teller wieder zu.

„Nein, ich bekomme keinen Bissen mehr hinunter." Haley schob ihren Teller zu Jayden. „Hier, iss du. Du brauchst Kraft, wenn du deine Wette verlierst und mit mir tanzen musst." Jayden rutschte nervös hin und her.

„Tanzen?" Braxton wurde hellhörig und spürte Jaydens Unbehagen.

„Ich wusste ja gar nicht, dass Jayden gern tanzt."

„Das tut er nicht, aber wir haben eine Wette abgeschlossen. Wenn ich gewinne, muss er mit mir tanzen." Haley schmunzelte.

„Und wenn Jayden gewinnt?"

Jayden sah, wie Haleys Grinsen verblasste.

„Ich glaube, ich muss mich kurz entschuldigen." Haley stand auf.

„Ich komme mit dir." Kate griff nach ihrer Handtasche.

Beide Männer sahen den Frauen zu, wie sie in Richtung Toilette verschwanden.

„Du tanzt doch nicht, Jayden."

„Ach, was du nicht sagst!" Er starrte Braxton an.

„Das kann nur eines bedeuten." Braxton rieb sein Kinn.

„Und zwar?"

„Dass sie einer Sache zugestimmt hat, die sich für dich auszahlt."

„So ist es." Jaydens Gesicht verzog sich zu einem Lächeln.

„Dann musst du dafür sorgen, dass du gewinnst, Kumpel."

KAPITEL 8

„*K*omm schon, Jayden. Ich will nicht, dass du mich absichtlich gewinnen lässt." Haley verschränkte die Arme und schaute zu, wie er seine Kugel verpasste.

Jayden sah auf und grummelte. Er wünschte, er könnte ihr sagen, dass er sie tatsächlich gewinnen ließ. Doch offensichtlich hatte er ihr Talent für Billard unterschätzt. Genauso wie ihr Talent im Schlafzimmer.

Sie war ihm leicht voraus und schien zu gewinnen.

Jayden rieb sich den Nacken. Er sah zu, wie Haley zum Ende des Billardtisches ging, sich vorbeugte und zum Schuss mit ihrem Queue ansetzte. Sein Blick ging zu ihrem Hintern und ein leises Wolfsknurren erklang tief in seiner Kehle.

Braxton stellte sich neben Jayden. „Konzentriere dich auf das Spiel, Mann, und nicht auf Haleys Arsch. Sonst wirst du im Smoking am Gesellschaftstanz teilnehmen."

Jayden drehte ruckartig den Kopf zu seinem Freund und sah irritiert aus. „Gesellschaftstanz? Davon hat Haley nichts gesagt."

„Oder Salsa. Das ist recht beliebt bei den Mädels derzeit." Braxton nahm einen Schluck von seinem Bier.

„Du machst mir langsam Angst mit deinem ganzen Wissen über Frauen und welche Tänze grade angesagt sind." Jayden schnaubte.

„Halt die Schnauze. Wir haben ein Bed & Breakfast. Da ist es schwer, auch nur die Hälfte dessen zu überhören, worüber sich die Frauen mit ihren Männern unterhalten, wenn es darum geht, mal neue Dinge auszuprobieren. Tanzen ist immer unter den Top Ten." Braxton sah ihn vielsagend an.

„Wenn sie nach neuen Abenteuern suchen, wieso schlägst du ihnen nicht vor, dass sie mal Sex auf der Waschmaschine ausprobieren sollen, um etwas Leben in die Bude zu bringen."

Jayden grinste. Während seines Aufenthalts im Bella Luna hatten Braxton und Kate im Waschraum eine schnelle Nummer geschoben. Hätten sie die Tür nicht abgeschlossen, hätte Granny sie auf frischer Tat ertappt.

„Vielleicht nehme ich das in unsere Liste mit Vorschlägen für Ausflüge für unsere Gäste auf." Braxton machte ein todernstes Gesicht, als er dies sagte.

„Du bist dran." Haley drehte sich um und erwischte Jayden, wie er ihr auf den Hintern starrte. Sie hob eine Augenbraue.

Braxton schlug ihm hart auf den Rücken. „Komm schon, Mann. Mach den Schuss und schon bist du wieder im Spiel. Wenn nicht, ziehst du die Tanzschuhe an, Fred Astaire."

Jayden schob Braxton sein Bier zu und nahm seinen Queue. Sein Blick war auf den Billardtisch geheftet, als er versuchte herauszufinden, welcher Schuss ihn wieder in Führung bringen würde.

Er lehnte sich vor, schoss und versenkte sehr effektiv drei Bälle.

„Super!", rief Braxton.

Haley nickte anerkennend. „Kein schlechter Schuss."

„Danke."

Haley konzentrierte sich wieder auf den Billardtisch und überlegte sich die nächste Strategie.

Sie schoss. Und schoss daneben.

Jayden sah nicht erfreut aus.

„Du bist dran." Sie schaute ihn an.

Sein Bauch verkrampfte sich. Das Gewinnen schien ihm nun nicht mehr so wichtig.

Er stapfte zur anderen Seite des Billardtisches. Er wusste, dass der nächste Schuss einfach sein würde. Er zielte langsam, sein Blick driftete über den Spielball zu Haley. Sie balancierte einen Fuß auf der Sprosse eines Barhockers an dem kleinen runden Tisch, an welchem Kate saß.

Drei College-Typen kamen zum Tisch und versperrten Jayden die Sicht.

Er richtete sich auf und machte ein finsteres Gesicht.

Die Typen sagten offensichtlich etwas, das Haley mit dem Kopf schütteln ließ. Sie versuchte, um die Gruppe herumzulaufen. Ein Kerl griff sie am Arm.

Jayden sah rot. Wut zog urplötzlich durch seinen Körper wie ein schwerer Sturm. Er sprang über den Billardtisch und landete neben Haley. Er schubste den Typen einige Meter zurück.

„Fass sie nicht an", sagte Jayden und stieß ein Wolfsknurren aus.

Der College-Typ schob drohend die Brust raus. „Das hier ist ein freies Land und sie trägt keinen Ring. Sie ist also zu haben."

Jede Zelle seines Körpers war von Zorn erfüllt. Für den Bruchteil einer Sekunde überlegte er, sich in einen Wolf zu verwandeln und dem Wichser die Kehle herauszureißen. Doch sosehr er diesen Menschen auch töten wollte, er wusste, dass er sich hier nicht verwandeln konnte. Daher tat er das Nächstliegende.

Jayden donnerte dem Typen seine Faust ins Gesicht. Der Typ stolperte rückwärts und schüttelte den Kopf. Dann schlug er Jayden in den Bauch. Jayden fühlte keinen Schmerz, doch er gab dies vor, indem er sich vornüberbeugte, damit der Mensch keinen Verdacht schöpfte. Die anderen beiden College-Typen griffen Jaydens Arme und hielten ihn fest, während der erste Typ Jayden ins Gesicht schlug.

Jayden grinste, als ihm das Blut aus dem Mund tropfte. Unbeschreibliche Wut durchzog seine Adern und er sehnte sich danach, dem Typen alle Knochen einzeln zu brechen. „Jetzt schlag doch endlich mal richtig zu, du Pussy", forderte Jayden.

Der Kerl schaute Jayden fassungslos an.

Braxton zog den einen Typen von Jayden und schlug ihn so lange, bis er zu Boden ging. Der zweite Typ ließ daraufhin Jaydens Arm los, hob abwehrend die Hände und zog sich langsam zurück.

Jayden schaute den Kerl an, der es gewagt hatte, Haley anzufassen, und gab ein weiteres Wolfsknurren von sich.

ALLES WAR SO SCHNELL PASSIERT.

In einem Moment versuchten ein paar College-Typen sie und Kate anzumachen, im nächsten Moment sah sie Jayden über den Billardtisch hechten und einem der Typen hart ins Gesicht schlagen. Sie hatte nicht einmal Zeit gehabt zu schreien.

Kate zog sie zurück, als Braxton sich am Kampf beteiligte und einen Typen mit seinen tätowierten Armen bearbeitete.

Schnell versammelte sich die Menge und sie wusste, dass jeden Moment die Polizei aufkreuzen würde.

„Sie werden ihn umbringen." Endlich fand Haley die Worte und versuchte, Jayden zu stoppen.

„Warte, misch dich da nicht ein." Kate griff ihren Arm.

„Ich werde nicht zulassen, dass Jayden für mich ins Gefängnis geht." Haley schoss Kate einen wütenden Blick zu und riss sich von ihr los.

„Jayden, hör sofort auf!"

Seine Muskeln zogen sich unter ihrer Berührung zusammen, während er dem Typen brutal ins Gesicht schlug. Sie musste Jayden stoppen, bevor der ihn noch umbrachte.

„Jayden, bitte!" Sie sprang auf seinen Rücken, legte die Arme um seinen Hals und hoffte, seinen Wutausbruch durchdringen zu können. Sie hatte ihn noch nie so außer sich gesehen.

Haley presste ihren Mund in seinen Nacken und biss zu.

Jaydens Faust erstarrte in der Luft und er ließ das T-Shirt des Typen los.

Der blutige Kerl sackte zu Boden.

Haley rutschte von Jaydens Rücken, als die Menge verstummte.

Jayden drehte sich um und schaute sie an. Sie schnappte nach Luft, konnte es einfach nicht verhindern. Seine Lippe war gespalten und seine Wange begann blau zu werden. Doch das war es nicht, was sie ängstigte.

Es waren seine Augen. Sie hatten die Farbe gewechselt, waren gelb, strahlten Wut und tödliche Absichten aus.

Blutrausch.

Sie trat einen Schritt näher, sein stoßweiser Atem berührte ihr Gesicht. Sie schaute ihm in die Augen.

„Alles in Ordnung?" Sie berührte seine verletzte Wange mit ihren Fingerspitzen.

Er stieß ein Wolfsknurren aus, presste seinen Mund auf ihren. Er stieß seine Zunge in ihrem Mund, nahm sie in Besitz.

Sie stöhnte, klammerte sich an ihn und schmeckte das Blut auf seinen Lippen. Sie wehrte sich nicht, sondern wollte diesen Kuss.

„Ich höre schon die Sirenen, Leute. Wir müssen von hier verschwinden." Braxton stieß Jayden gegen die Schulter. „Ihr könnt euch zu Hause vergnügen."

Jayden ließ Haley los, sein Blick lag noch immer auf ihr, ruhig und unbewegt. Es schien, als würden sie schweigend miteinander kommunizieren.

„Lass uns gehen." Er zog an ihrer Hand, doch sie stemmte die Fersen in den Boden.

„Was ist?"

„Meine Handtasche." Sie entzog sich seinem Griff, riss ihre Tasche vom Tisch und schwang sie über ihre Schulter, bevor sie wieder seine Hand nahm.

Er eilte aus der Bar, die Menge teilte sich, um den Weg freizumachen. Haley bemerkte die anerkennenden Blicke, die Jayden und Braxton von den College-Studentinnen bekamen. In ihren Blicken lag eine Mischung aus Furcht und Lust.

Sie traten hinaus auf die Straße. Die kühle Frühlingsluft drang in ihre Lungen. Die Spannung zwischen ihnen schien sich allmählich zu legen.

Haley hoffte nur, dies würde nicht den Rest ihrer Nacht ruinieren.

JAYDEN KONNTE BEREITS SPÜREN, wie seine Lippe zu verheilen begann. Das war einer der Vorteile, ein Werwolf zu sein. Er erholte sich schnell von seinen Wunden.

Er warf schnell einen Blick auf Haley, die versuchte, auf ihren Stöckelschuhen mit ihm mitzuhalten.

Sofort verlangsamte er seine Schritte. Sie waren nun

einige Straßenblocks entfernt und es war nicht wahrscheinlich, dass sie jetzt noch erwischt würden.

Jayden war unsicher, was er zu ihr sagen sollte. Er hatte
die Angst in ihren Augen gesehen angesichts dessen, was er
soeben getan hatte und wie sehr er außer Kontrolle geraten
war.

Er würde sich allerdings nicht dafür entschuldigen, dass er
den Wichser nach allen Regeln der Kunst vermöbelt hatte. Sein
Gehirn hatte sofort auf Alpha-Modus geschaltet. Sein einziger
Wunsch war gewesen, dem Kerl die Kehle herauszureißen.

Doch das in einem Raum voller menschlicher Zeugen zu
tun, würde Barrett ganz sicher auf die Palme bringen. Also
hatte Jayden sich stattdessen für eine handfeste Schlägerei
entschieden.

„Warte mal, Jayden. Kate will hier kurz hineingehen", rief
Braxton von hinten.

Jayden hielt an, drehte sich jedoch nicht um.

„Wir sind gleich zurück." Aus dem Augenwinkel sah
Jayden, wie Braxton und Kate in den kleinen Eisladen
gingen. Er schaute auf seine Luminox-Uhr. Es war fast
Mitternacht und der verdammte Eisladen war noch offen.

Er schüttelte den Kopf und sah Haley an.

„Er hat das vielleicht nur gesagt, um uns ein paar ungestörte Momente zu geben." Er schaute weg.

„Du hast mir da drinnen ganz schön Angst eingejagt."

„Das wollte ich nicht. Doch als ich gesehen habe, wie
dieser Typ dich angefasst hat, sind mir die Sicherungen
durchgebrannt."

Er runzelte die Stirn und sah sie an.

„Ich hatte Angst, dass sie dich festnehmen und einsper-
ren." Ihre Stimme war wacklig und er zog sie in seine Arme.

Er küsste sie auf den Kopf und sie kuschelte sich an seine
Brust.

„Mach dir keine Sorgen, ich gehe nirgendwo hin. Du bist immer noch in Sicherheit. Ich verspreche, dass ich alles tun werde, um den Stalker zu fassen. Und dann bekommst du dein Leben zurück, Baby. Du bekommst deine Freiheit zurück."

Sie lehnte sich zurück und schaute ihm in die Augen. Verwirrte Gefühle zeigten sich auf ihren Gesichtszügen.

Sie nickte, stellte sich auf die Zehenspitzen und presste ihre Lippen auf seine.

Er wusste, dass es ein unschuldiger Kuss war, ein sanfter und beruhigender Kuss. Doch sobald sie ihn berührte, spürte Jayden, dass er mehr wollte.

Seine Lippen öffneten sich und er schob seine Zunge in ihren Mund, er küsste sich mit einem nahezu erdrückenden Bedürfnis.

Doch es war noch immer nicht genug.

Er griff ihre Hüften, presste sich gegen sie, rieb seinen Schwanz gegen ihren willigen Körper. Sie stöhnte und zog ihn näher.

Er würde in seiner Jeans kommen, genau hier, in der Öffentlichkeit.

Sie grub ihre Fingernägel in seine Kopfhaut, als ihr Kuss noch leidenschaftlicher wurde.

Er stieß ein Wolfsknurren aus, da sein Körper verlangte, sie in Besitz zu nehmen.

„Schon gut, Leute. Muss ich euch mit meinen eigenen Händen voneinander lösen?"

Jayden zog sich von Haley zurück und starrte Braxton an. Braxton schaute sie beide amüsiert an und leckte an seinem Schokoladeneis. Kate kicherte, als er ihr die Waffel zum Probieren hinhielt, sie im letzten Moment wegzog und sie mit geöffnetem Mund küsste.

„Du bist nicht besser als ich, Braxton!" Jayden zog Haley wieder an sich. „Und ihr habt euch tatsächlich ein Eis geholt."

„Klar, was dachtest du denn?"

Jayden schüttelte den Kopf und schaute Haley an, die das Eis beäugte. Seine Erektion presste gegen den Reißverschluss, als er sich ihren Mund um seine Eichel vorstellte.

Er nahm ihre Hand.

„Wo gehen wir hin?"

„Wir holen uns auch ein Eis."

„Es tut mir leid, dass wir unser Billardspiel nicht beenden konnten." Jayden umarmte sie, sobald sie ins Wohnzimmer gekommen waren. Sie schaute ihn an, genoss seine Wärme gegen ihren Körper.

„Das sagst du nur, weil ich dabei war, zu gewinnen."

Er lachte und schüttelte den Kopf. „Oh nein, Baby, ich lag mit meinem letzten Schuss vorne, erinnerst du dich?"

„Klar, aber vorher lag ich vorne. Also war ich eigentlich dabei zu gewinnen. Du hattest nur Glück."

„Das Wort Glück gibt es eigentlich beim Billard nicht. Entweder gewinnt oder verliert man. Und ich habe gewonnen."

Sie zog sich aus seiner Umarmung und stemmte die Hände in die Hüften. „Ich will ein weiteres Spiel."

Auf seinem Gesicht zeigte sich Belustigung.

Sie nickte. „Ja, ein weiteres Spiel. Und dann sehen wir, wer der wahre Gewinner ist."

„Du willst nur um deinen Teil des Deals herumkommen."

Sie trippelte nervös mit den Füßen und ihr Gesicht wurde heiß.

„Nein, darum geht es nicht."

„Das denke ich schon. Ich habe gewonnen. Ich habe den letzten Ball versenkt, bevor ich über den Billardtisch gehechtet bin."

„Das habe ich gar nicht gesehen." Ihr Mund klappte auf.

„Ich schon."

„Was ist, wenn ich dir nicht glaube?" Sie sah ihn mit leicht zusammengekniffenen Augen an.

Jayden begann zu lächeln und er zog sein Handy hervor.

„Okay, ich rufe Braxton an. Er wird dir sagen, wer gewonnen hat."

Sie war erledigt, sie wusste es.

Jayden hatte die Wette gewonnen, was bedeutete, dass sie ein nächtliches Bad im Springbrunnen auf dem Campus nehmen würde.

„Na gut. Willst du jetzt gleich zur Fontäne? Oder möchtest du lieber warten, bis die Kurse beginnen?" Sie zwang sich zu einem Lächeln.

Jayden lachte, seine tiefe Stimme hallte im Zimmer wider und sie fand sein Lachen wahnsinnig sexy.

„Nein, nicht sofort. Ich sage dir Bescheid, wenn ich meine Schulden eintreiben will." Sein Gesichtsausdruck wurde ernst und er machte einen Schritt auf sie zu. „Es gibt allerdings etwas anderes, mit dem wir uns die Zeit vertreiben können."

Ihr Slip wurde bei dieser verheißungsvollen Aussicht feucht. Der unmissverständlich lustvolle Blick in seinen Augen ließ ihr Herz wie wild schlagen und ihr Körper wurde heiß. Ihr Blick ging tiefer und die Beule gegen seinen Reißverschluss ließ sie fast aufstöhnen.

„Woran hattest du gedacht? Angeln?" Sie leckte über ihre Lippen.

„Rate noch einmal." Sein Blick wanderte ihren Körper entlang. Sie war froh, dass sie das hautenge Shirt trug, da es ihre Kurven betonte.

„Ich weiß nicht. Vielleicht ein Brettspiel."

Er schüttelte langsam den Kopf. „Etwas mit weniger Klamotten."

„Strip-Poker?"

„Das klingt reizvoll, doch ich weiß nicht, ob ich mich auf meine Karten konzentrieren könnte." Er begegnete ihrem Blick.

Sie streckte die Hand aus und glitt unter sein Button-up-Shirt. Ihre Finger strichen über die harten Muskeln und die weiche Haut.

„Dann kannst du dich vielleicht auf meine Hand konzentrieren." Ihre Fingernägel strichen seine Brust hinauf, kratzten über seine Brustwarzen. Sie spürte das Zittern seines Körpers wie ein kleines Erdbeben.

Er griff ihre Hand und presste sie auf sein Herz. Sie konnte es mit einem schnellen Rhythmus schlagen hören.

„Du solltest mich nicht so reizen." Seine andere Hand glitt um ihre Taille und er zog sie näher.

Wärme durchströmte ihren Körper und sie spürte Lust zwischen ihren Beinen. Sie wollte ihn verzweifelt.

Sein Mund fand ihren in glühender Leidenschaft, er tauchte sie ein in einen Pool voller Lust. Sie klammerte sich an ihn, ganz so, als fürchtete sie, von den Wellen ihrer Lust davongetragen zu werden.

Er stöhnte gegen ihren Mund und sie rieb ihr Becken gegen seine steinharte Erektion. Seine Hände glitten ihren Rücken hinunter, er umfasste ihren Hintern und hob sie hoch.

Sie wickelte ihre Beine um seine Taille.

„Ich kann deine Wärme auf meiner Haut spüren", murmelte er und knabberte leicht an ihrer zarten Haut.

„Tu es noch einmal. Beiß mich noch einmal." Jedes leichte Kratzen seiner Zähne verzehnfachte ihre Lust.

„Gefällt dir das, Baby?" Er knabberte erneut an ihrer Haut.

„Ja." Sie schlang ihre Beine enger um ihn, fühlte jeden sehnigen Muskel gegen ihre Schenkel. „Ich brauche dich, möchte dich in mir spüren."

Er verschlang ihren Mund mit einem leidenschaftlichen Kuss, während er sie in sein Schlafzimmer trug. Er legte sie auf das Bett und presste seinen Körper auf ihren. Dann rollte er von ihr herunter, doch sie versuchte, ihn zurückzuziehen.

„Ich muss dich nackt sehen", sagte er mit rauer Stimme. Er zog ihr das Top über den Kopf, ihre Jeans folgte. Dann lag sie nur in Unterwäsche und BH vor ihm.

„Rot." Seine Pupillen weiteten sich.

Sie schaute an sich hinunter zu ihrem feuerroten Tanga und BH. Sie hatte diese beiden Teile vor Monaten gekauft, jedoch nie angezogen. Sie hatte keinen Anlass gehabt. Nicht bis heute.

Haley sah Jayden in die Augen. Sie war so von Lust erfüllt, dass sie Angst hatte, nicht genug zu bekommen.

Sie nahm allen Mut zusammen und ließ ihre zitternden Hände zu ihren Brüsten gleiten und umfasste sie. Seine Augen folgten ihrer Bewegung aufmerksam wie ein Tier, das seine Beute verfolgt.

„Gefällt dir das?", flüsterte sie. Ihr Herzschlag klang wie das Wellenrauschen des Ozeans in ihren Ohren und sie befürchtete, wegen des Sauerstoffmangels im Zimmer in Ohnmacht zu fallen.

„Ja."

Er saß wie verzaubert und bewegungslos da.

„Jayden, zieh dich aus."

Er blinzelte und erhob sich vom Bett.

Er sah sie weiter an, während er sein Hemd aufknöpfte und es von seinen starken, breiten Schultern streifte. Als Nächstes schob er die Jeans über seine Hüften und stand schließlich nackt vor ihr.

Er war atemberaubend schön. Groß und breitschultrig wie ein Linebacker beim Football und dennoch schlank wie ein Model. In diesem Augenblick gehörte er nur ihr.

„Fass dich an." Seine Worte rissen sie aus ihrem Tagtraum.

Sie blinzelte und ihr Gesicht wurde bei seiner Aufforderung ganz heiß. Er griff nach seiner steinharten Erektion und begann, sich zu streicheln. Ihr Atem ging stoßweise und sie konnte sich vom Anblick seiner Hand, die langsam an seinem Schwanz entlangstrich, nicht losreißen.

Sie glitt mit einer Hand ihren Bauch hinab, bis sie den Spitzenbesatz ihres Tangas erreichte, und sah ihm dabei weiter in die Augen. Abgründiges Vergnügen erfüllte sie, als ihre Finger über ihren Kitzler strichen.

„Ja, genau so. Das ist verdammt scharf."

Ihr Atem ging stoßweise, als ihre andere Hand ihre harten Nippel umkreiste und sie reizte, bis sie vor Verlangen brannte. Sie drückte die harten Knospen zwischen ihren Fingerspitzen und stöhnte vor Lust.

Ein zufriedenes Seufzen glitt über Jaydens Lippen.

Flammende Begierde entzündete sich in seinen Augen. Er sah raubtierhaft, stark und wunderschön aus.

„Zeig mir, wie du dich berührst, wenn niemand dich sieht, Baby. Wenn du allein in deinem Bett bist, diesen süßen Tanga abgestreift hast und Erleichterung brauchst."

Sie schluckte. Er würde sie allein mit seiner Stimme und mit seinen eindringlichen Aufforderungen zum Kommen bringen.

Während ihre Finger der einen Hand an ihrem steifen Nippel zogen, glitt ihre andere Hand unter ihren Spitzentanga, die Feuchtigkeit benetzte ihre Fingerspitzen. Sie presste ihre Lippen zusammen, unterdrückte ein Stöhnen.

„Tu es nicht. Ich will jedes leise Stöhnen hören." Jayden kam näher.

Sie umkreiste ihren Kitzler und hielt inne, um nicht sofort zu kommen.

Sie zog ihre Hand aus dem Tanga und sah zu, wie Jayden

sich auf das Bett legte, sein Gesicht war nur wenige Zentimeter von ihrer Pussy entfernt.

Sie wollte ihn anbetteln, sie mit seinem Mund zum Kommen zu bringen. Sie wusste, dass er das tun würde. Doch da lag noch etwas anderes in seinen Augen, etwas Verruchtes.

Es ließ ihre nasse Pussy schmerzen. Sie würde ihm geben, was er wollte, wenn er ihr im Gegenzug das gab, wonach sie sich sehnte.

Sie griff zwischen ihre Brüste und hakte den BH auf. Sie streifte die Bänder von den Schultern und warf das Kleidungsstück zu Boden. Dann legte sie sich wieder hin und sah Jayden in die Augen.

Er glitt zwischen ihre Oberschenkel und presste seinen Mund auf die Innenseiten ihrer Schenkel.

„Nein, noch nicht. Du wolltest doch zuschauen, Jayden." Ihr Körper war von Sinnlichkeit erfüllt.

Sie umfasste ihre Nippel und drückte sie sanft zwischen den Fingern.

„Zeig mir, was sich gut für dich anfühlt, Baby." Jayden sah gespannt zu, während er sich selbst streichelte.

„Ich mag es, wenn dein Mund hart an meinen Nippeln saugt." Sie zupfte ihre Nippel zwischen ihren Fingerspitzen.

„Mmm, dir gefällt also mein Mund."

„Ja." Er begann, zwischen ihre Schenkel zu kriechen, doch sie hob einen ihrer Füße, an denen noch die roten Stöckelschuhe steckten, gegen seine Schulter und hielt ihn auf. Da erst bemerkte er, dass sie ihre Schuhe nicht ausgezogen hatte.

„Nein. Du wirst zusehen. Und wenn ich komme, dann wirst du mich mit deinem Mund noch einmal kommen lassen."

Seine erweiterten Pupillen sahen in ihre, dann wandte er seine Aufmerksamkeit ihren Händen zu. Seine Muskeln spannten sich an und er wusste, dass es ihm schwerfallen würde, sie nicht zu berühren.

Sie glitt mit ihren Fingerspitzen in ihren spitzenbesetzten Tanga, der Stoff verrutschte über ihrer Haut. Sie steckte ihre Finger zwischen ihre nassen, seidigen Falten und stöhnte.

„Ich will es sehen."

Haley zog ihre Finger heraus und spreizte die Schenkel. Sie wusste, wie verletzlich sie in dieser Position war.

Sie zog ihr seidenes Höschen zur Seite. Seine Kiefer spannte sich an.

„Berühre dich."

Seine tiefe, dunkle Stimme schickte Schauer durch ihren gesamten Körper. Sie strich mit ihren Fingern durch ihre Feuchtigkeit. Ein weiteres Stöhnen entkam ihren Lippen.

Sein Blick war auf ihre Finger geheftet und sein Atem ging schneller. Er war wie ein Raubtier, bereit, seine Beute zum Abendessen zu verspeisen.

Sie umkreiste ihren geschwollenen Kitzler mit zwei Fingern und atmete tief ein.

„Das ist so verdammt scharf." Jayden kam näher, spreizte ihre Schenkel mit seinen Schultern. Er küsste eines ihrer Knie und richtete seinen Blick dann wieder auf ihre Finger.

„Ist es das, was du nachts tust? Wenn du allein bist? Fasst du dich selbst an?" Die Muskeln in seinem Bizeps spannten sich an, als er seinen Schwanz intensiver streichelte.

Sie tat das, wenn sie an ihn dachte.

„Ja." Sie hatte schon mehrmals zuvor masturbiert, doch nie hatte es sich so erregend, so unanständig angefühlt.

„So wunderschön." Er hob ihren Fuß mit dem High Heel und legte sich ihr Bein über die Schulter. Sein Atem kitzelte ihre feuchte Mitte und sie wölbte sich seinem Mund entgegen.

„Jayden, bitte." Er legte seine Hand auf ihrem Bauch, drückte sie zurück auf das Bett.

„Sag mir, was du willst, Baby. Ich muss hören, wie du es sagst."

Sein Blick bohrte sich in ihren, dominant und männlich.

„Ich will, dass du mich hier, an dieser Stelle, küsst." Sie schaute ihn mit schweren Augenlidern an und rieb ihren Kitzler. Er zog ihre Hand weg und saugte ihre nassen Finger in seinen Mund. Während er die Feuchtigkeit von ihren Fingerspitzen leckte, sah er ihr in die Augen.

„Du schmeckst wie der Sommer, heiß und feucht." Er leckte jeden Tropfen von ihren Fingern. „Zeig mir, wo du meinen Mund willst."

Sie umfasst seinen Hinterkopf und zog ihn auf ihre Pussy. Seine Zunge leckte erst sorgfältig die nassen Falten, dann schob er sie tief in sie hinein.

„Ja." Sie wölbte sich seinem Gesicht entgegen. „Das fühlt sich so toll an."

„Ich könnte dich tagelang lecken und würde immer noch mehr wollen." Er reizte ihr zartes Fleisch mit seiner Zunge, langsam und gleichmäßig.

Sie wand sich unter seinem Mund, hielt seinen Kopf an ihre Pussy gedrückt. Allein das Gefühl seiner Zunge würde sie in Flammen aufgehen lassen.

Er schloss seinen Mund um ihren Kitzler und saugte fest. Haley explodierte in einem atemberaubenden Orgasmus, der sie Millionen kleiner Blitze sehen ließ.

Als das Zittern allmählich nachließ und sie wieder in ihren Körper, in das Hier und Jetzt, zurückkehrte, schaute sie zu Jayden.

Jayden grinste mit männlichem Stolz, als er hochkam und seine Erektion gegen sie presste.

Er streichelte ihre Pussy sanft mit seiner Hand.

„Das gehört mir."

KAPITEL 9

*J*ayden schaute Haley an, die wie ein Festessen vor ihm ausgebreitet lag. Sie hatte ihm etwas gegeben, was keine Frau sonst ihm gegeben hatte. Sie hatte sich ihm geöffnet, sich entblößt trotz ihrer Unerfahrenheit. Sie hatte sich selbst befriedigt und ihn dabei zuschauen lassen.

Noch nie zuvor hatte er eine Frau gebeten, dies zu tun.

Und es war besser als jede Fantasie, die er jemals hatte.

Ihre Hitze versengte ihn. Er spannte sämtliche Muskeln an, um sich zu beherrschen, nicht in ihren Körper einzutauchen. Jayden brauchte seine ganze Willenskraft, sich nicht tief in ihr zu vergraben.

Sie erwiderte seinen Blick mit ihren bezaubernden, halb geschlossenen blauen Augen. Es war der Blick einer Frau, die soeben gekommen war. Und doch war da noch mehr, eine Erwartung, dass sie alles von ihm wollte.

„Jetzt, Jayden."

Seine Nasenflügel bebten, als er sich mit ihrer Nässe benetzte.

Er stieß langsam in sie hinein, Zentimeter für Zentimeter.

Er biss die Zähne zusammen und zwang sich, seine Augen offenzuhalten, anstatt sie vor Vergnügen zu schließen.

„Beeil dich." Sie wölbte sich ihm entgegen, um ihn tiefer in sich aufzunehmen.

„Ich will dir nicht wehtun.

Sie griff seine Handgelenke. „Ich will dich. Ich will alles, den Schmerz und die Lust."

Jayden stöhnte und stieß bis zur Hälfte in sie.

Ihre Enge um seinen Schwanz ließ seine Hoden ganz steif werden.

Sie stöhnte leise und bewegte sich unter ihm, damit er sich noch tiefer in sie versenkte.

„Haley, du raubst mir den Verstand. Du wirst mich noch zum Kommen bringen, bevor ich überhaupt ganz in dir bin."

„Leg dich hin", kommandierte sie.

Er spannte den Kiefer an.

„Leg dich hin und lass mich oben sein."

Er hatte noch nie eine Frau oben sein lassen, er bevorzugte es, die Kontrolle zu haben. Er war ein verdammter Werwolf. Doch wie konnte er es ablehnen, wenn sie so wunderschön dalag mit ihrem blonden Haar auf dem Kissen und seinem Schwanz in ihr.

Er rollte sich auf den Rücken und nahm sie mit sich. Sie setzte sich rittlings auf ihn, presste sich nach unten, bis sein Schwanz zur Hälfte in ihr steckte. Er behielt seine Hände eng um ihre Taille, als sie versuchte, weiter auf seinem Schwanz herunterzurutschen.

Sie legte die Handflächen auf seine Brust und lehnte sich über ihn. Sie bedeckte seinen Mund mit einem glühenden Kuss. Er griff in ihr langes Haar und hielt sie gegen seinen Mund gefangen.

Als sie sich schließlich lösen konnte, hob sie ihre Hüften, bis nur noch seine Eichel in ihr steckte.

Dann senkte sie sich und vergrub seine Erektion vollständig in ihr.

Er verdrehte die Augen, während er um Kontrolle kämpfte.

„Bitte, Haley, langsam, ich halte es nicht mehr lange aus."

Sie hörte nicht auf ihn. Sie hob sich von seinem Schwanz und senkte sich erneut. Er biss die Zähne zusammen, um die Kontrolle zu behalten. Ihre Pussy war eng und mit jedem Heben und Senken steigerte sie seine Lust.

Er versuchte, seinen Atem zu kontrollieren, während sie ihn hart ritt, doch ihr lustvolles Stöhnen schickte ein Signal zu seinem Schwanz: zu kommen.

Er presste ihre Nippel zwischen seinen Fingern. Ihr Rhythmus wurde schneller, wilder, und er wusste, dass sie kurz davor war.

„Komm für mich, Haley. Komm auf meinem Schwanz", befahl er.

Mit weit aufgerissenen Augen ritt sie ihn weiter. Sie atmete tief ein und schrie seinen Namen. Ihre Pussy zog sich um ihn zusammen, drückte ihn wie eine seidige Faust. Er stieß nach oben, spritzte seine Erlösung in ihren willigen Körper.

Völlig verausgabt brach sie auf ihm zusammen. Er legte seine Arme um sie und hielt sie fest.

Sie passte zu ihm wie eine zweite Haut. So etwas hatte er noch nie mit jemandem erlebt.

Dann runzelte er die Stirn. Aber sie war jung und hatte das Leben noch nicht so ausgekostet wie er. Er hatte sich ausgetobt, sie noch nicht.

Er umarmte sie noch ein wenig fester beim Gedanken daran, dass ein anderer Mann sie berühren könnte.

Sie hob ihren Kopf. „Was ist? Mochtest du es nicht?"

Sie streichelte seine Wange.

Er erstarrte und schaute sie an, als wäre sie von allen guten Geistern verlassen. „Fragst du mich das im Ernst? Natürlich mochte ich das. Verdammt, ich fand es wahnsinnig toll! Allerdings lässt du mich wie einen alten Mann fühlen. Vielleicht brauche ich Viagra", kicherte er und rieb sich mit der Hand über das Gesicht.

„Nein, brauchst du nicht." Sie griff nach seinem Schwanz, der langsam wieder hart wurde. „Siehst du, du bist schon wieder bereit, loszulegen."

Er griff ihre Hand und hob sie an seine Wange. „Ja, aber du nicht."

Sie zog ihre Augenbraue hoch. „Das sehe ich anders."

„Baby, du warst bis vor Kurzem noch Jungfrau und ich war nicht besonders sanft mit dir. Du musst dich ausruhen."

Sie fing an zu argumentieren, doch er legte seinen Finger auf ihre Lippen.

„Bitte bleib einfach hier mit mir liegen. Nur für eine Weile."

Sie küsste ihn und legte ihren Kopf dann wieder auf seine Brust.

HALEY BLINZELTE, hob ihren Kopf von Jaydens warmer Brust und lächelte.

Nachts hatte er sie auf seine Seite gezogen und sie in seinen Armen gehalten.

„Bleib, es ist noch zu früh." Seine blonden Bartstoppeln rieben gegen ihre Wange, als er sie an sich zog.

Sie strich mit ihren Fingern über seine Lippe. „Ich muss duschen und dann mache ich Kaffee. Ich bringe dir eine Tasse."

„Na, wenn das so ist." Er lächelte und ließ sie los.

Sie glitt vom Bett und griff ihren Bademantel.

Beim Gedanken an ihre gemeinsame Nacht errötete sie.

Sie hatte Dinge getan, die sie sich nicht hatte vorstellen können.

Dennoch hatte sie diese Dinge sehr bereitwillig getan und Jayden dabei zuschauen lassen. Ein Schauer lief ihr über den Rücken bei dem Gedanken an seinen hungrigen Blick und wie er jede ihrer Bewegungen beobachtet hatte. Es war alles, was sie sich je erträumt hatte, doch sie wusste, dass das, was sie zusammen hatten, nicht von Dauer sein würde. Jayden war eher der Typ für eine Nacht.

Nach einer ausgiebigen Dusche stand Haley ungeduldig neben der Kaffeemaschine.

„Ich bin geschockt, dass Barrett keine moderne Kaffeemaschine besitzt", sagte sie laut. Sie fand es nervig darauf warten zu müssen, dass der ganze Kaffee gebrüht war, bevor sie sich eine Tasse einschenken konnte.

Sie hörte, wie die Dusche angestellt wurde, und lächelte. Sie stellte sich Jaydens nackten Körper unter dem Wasserstrahl vor und wie er seinen muskulösen Oberkörper einseifte. Sie starrte den Kaffee an und überlegte kurz, auf den Kaffee zu verzichten und stattdessen zu ihm unter die Dusche zu gehen.

Endlich war der Kaffee durchgelaufen, was die Maschine mit einem Piepen signalisierte. Sie seufzte und schenkte sich eine Tasse ein.

Sie ging mit ihrem Rucksack ins Wohnzimmer und ließ sich auf dem Sofa nieder. Sie nahm einen Schluck der heißen Flüssigkeit und stellte dann die Tasse auf dem Wohnzimmertisch ab.

Haley nahm ihr Notizbuch heraus. Bevor Jayden aus der Dusche kam, hatte sie noch einige Minuten Zeit und die wollte sie nutzen. Seit der Sache mit dem Stalker konnte sie sich kaum auf ihr Studium konzentrieren. Ihre Angst hatte sie so abgelenkt, dass sie mit dem Lehrstoff hinterher war und eine Menge nachzuholen hatte.

Nachdenklich wühlte sie in ihrem Rucksack nach einem Stift.

Als sie keinen finden konnte, ging sie in die Küche, um einen Stift aus ihrer Handtasche zu nehmen.

„Guten Morgen." Jayden trat hinter sie und küsste ihren Nacken.

„Guten Morgen." Sie lachte, da seine zärtliche Berührung sie kitzelte.

Jayden streichelte ihren Hintern und ging zur Kaffeemaschine.

Sie lächelte und griff in ihre Handtasche. Ihre Finger berührten etwas, das nass und klebrig war.

Was zum Teufel?!

Sie riss ihre Hand zurück. Furcht ergriff sie und ihr Herz stockte.

Ihre Fingerspitzen waren mit Blut bedeckt.

„Scheiße, was ist passiert?" Jaydens Kaffeetasse fiel klirrend zu Boden und zersprang. Er griff ein Handtuch und wickelte es um ihre Hand.

„Hast du dich geschnitten?"

Sie schüttelte den Kopf und rannte zur Spüle. „Nein, da ist etwas in meiner Handtasche." Sie hielt ihre Hand unter fließendes Wasser und rieb fieberhaft das Blut ab.

Jayden griff ihre Handtasche und öffnete sie. Seine Augen weiteten sich.

„Was ist es?"

Er schaute auf und ihre Blicke trafen sich.

„Verdammt, Jayden, sag mir, was es ist!"

„Ich glaube nicht, dass du das wirklich wissen willst."

Sie stellte den Wasserhahn ab und trocknete sich die Hände ab. „Zeig es mir."

Er schüttelte den Kopf, doch das ließ sie völlig unbeeindruckt. Sie hatte es satt, in Angst zu leben, keine Kontrolle zu haben und nicht selbstbestimmt leben zu können.

Sie riss ihm die Tasche aus der Hand und schaute hinein. Übelkeit stieg in ihr auf, als hätte sie saure Milch getrunken, und sie unterdrückte einen Würgereiz.

Sie schaute Jayden an. „Nimm es aus meiner Handtasche."

„Ich kann nicht, daran klebt vielleicht Beweismaterial."

„Ist mir scheißegal. Nimm es sofort raus!"

Er nahm ihr die Tasche ab und ging zur Spüle. Er nahm eine leere Mülltüte unter der Spüle hervor, griff vorsichtig in die Handtasche und zog ein aufgeschlitztes Ferkel heraus.

„Ich will das Recht für mich beanspruchen, diese Wichser zu töten, Barrett." Jayden sprach ruhig ins Telefon trotz der Wut, die durch seinen Körper tobte.

Er fühlte sich alles andere als ruhig.

Er würde dieses Arschloch umbringen und wenn es das Letzte war, was er in diesem Leben tat.

„Behalte die Nerven, Jayden. Ich muss wissen, ob der Stalker tatsächlich ins Haus gelangt ist oder ob er an ihre Handtasche gegangen ist, während sie draußen unterwegs war." Barretts Stimme klang ruhig und kontrolliert.

Jayden fuhr sich mit der Hand durchs Haar. „Nein, wenn er im Haus war, hätte ich das über die Sicherheitskameras mitbekommen. Das ist völlig unmöglich. Er muss ihr das Ferkel in die Handtasche gesteckt haben, als wir in der Bar waren."

„Gab es Gelegenheit, während du vielleicht kurz abgelenkt warst? Ich denke nicht, dass er es im Unterricht getan hat, das wäre ziemlich unappetitlich geworden."

Jaydens Eingeweide zogen sich zusammen. Er wusste ganz genau, wann der Stalker die Gelegenheit hatte, ungestört an Haleys Handtasche zu gelangen.

Und es war allein seine Schuld.

„Ähm, ja, letzte Nacht in der Bar. Ich habe mich mit einem Typen geprügelt, der sich an Haley herangemacht hatte."

„Dachtest du, er sei der Stalker? Hat er sie bedroht?"

Jayden knirschte mit den Zähnen. „Nicht genau."

„Wie dann?"

„Er hat sie angemacht, sie stand aber nicht auf ihn."

Es herrschte Stille.

„Du hast dich also mit einem notgeilen College-Knaben in einer Bar geprügelt, weil er Haley angemacht hat. Ein solches Verhalten ist aber nun mal so üblich für diese Kerle."

„So in der Art war es." Jayden presste die Worte hervor. „Können wir zurück zum Thema mit dem aufgeschlitzten Ferkel in ihrer Handtasche?"

„Selbstverständlich. Ich denke, dass der Stalker nicht zufällig ein Ferkel in ihre Tasche gesteckt hat statt einem Vogel, einer Ratte oder einer Katze."

„Wieso?" Jayden runzelte die Stirn.

„Weil sie an der Universität von Arkansas studiert, deren Maskottchen ein Razorback, ein Wildschwein, ist. Ich lasse das Ferkel untersuchen, ich bin sicher, dass es kein normales Schwein, sondern ein Razorback ist", murmelte Barrett.

„Der Ex-Freund scheidet aus. Und den Eltern traue ich das nicht zu, auch wenn sie Schwachköpfe sind."

„Genau. Ich denke, dass es jemand von hier ist. Jemand, der ihren Tagesablauf und ihre Gewohnheiten kennt."

„Und als du hergekommen bist und angefangen hast, mit ihr Zeit zu verbringen, hat ihn das auf die Barrikaden gebracht. Daher wird er zunehmend aggressiv und auch gefährlich. Er sieht dich als Bedrohung für das, was er als sein Eigentum betrachtet. Er denkt, dass Haley ihm gehört."

„Wenn er das denkt, dann ist er ein toter Mann", knurrte Jayden.

„Ich sehe das ebenso. Doch ich will, dass du vorsichtig bist. Er wird dich womöglich auch ins Visier nehmen. Ich denke, du könntest etwas Unterstützung gebrauchen."

„Tatsächlich sind uns neulich Kate und Braxton zufällig über den Weg gelaufen. Sie waren mit uns in der Bar, als ich mit dem Typen in Streit geraten bin."

„Ich rufe Braxton an. Wenn er Interesse hat, lasse ich ihn mit dir in Fayetteville arbeiten. Er hat ohnehin nach Informationen zur Aufnahme als Wächter gefragt. Das wäre also eine gute Gelegenheit für ihn. Ich werde zudem Zane, Lucien und Jaxon schicken. Sie werden noch heute hier sein. Sie werden sich im Hintergrund halten, es sei denn, du brauchst sie. Du wirst sie also nicht sehen."

„Danke, das weiß ich zu schätzen." Jayden seufzte. „Wir müssen diesen Kerl schnappen – und zwar bald. Ich weiß nicht, wie lange Haley das noch aushält."

„Mein Bauchgefühl sagt mir, dass es nicht mehr lange dauert, bis er übermütig wird und sich selbst zu erkennen gibt. Meiner Erfahrung nach mögen Typen wie er es nicht, wenn jemand in ihrem Revier aufkreuzt."

„Er ist verrückt und hat Wahnvorstellungen. Sollte er ein Werwolf sein, dann will ich diese Sache vor das Tribunal bringen, Barrett."

„Wenn dem so ist, werde ich dein Gesuch bewilligen", entgegnete Barrett.

„In der Zwischenzeit behältst du Haley im Auge und rufst an, wenn du noch irgendetwas brauchst."

„Das mache ich."

„Und tu mir einen Gefallen, Jayden. Ruf deine Großmutter an. Sie klebt mir die ganze Zeit am Arsch, um herauszufinden, wo du bist. Ganz gleich, wie oft ich ihr ich sage, dass dein Aufenthaltsort streng vertraulich ist: Sie ruft weiter an." Barrett klang eher besorgt als verärgert.

„Scheiße. Na gut, ich melde mich bei ihr. Vorzugsweise, wenn ich einen getrunken habe."

„Wie auch immer. Ruf sie einfach an."

BRAXTON FOLGTE JAYDEN hinaus auf die hintere Terrasse. Jayden hatte ihn angerufen, nachdem er Barrett auf den neuesten Stand der Dinge gebracht hatte.

„Wie geht es Haley?" Braxton verschränkte seine tätowierten Arme über der Brust und schaute über den Garten. Er mochte wie ein knallharter Rowdy aussehen mit seinen Tattoos und den blauen Haaren. Doch Jayden wusste, dass der Mann ein goldenes Herz hatte, wenn es darum ging, Frauen zu beschützen.

„Sie versucht, stark zu sein und sich zusammenzureißen." Jayden schüttelte den Kopf. „Aber ich kenne sie."

„Was hast du jetzt vor?" Braxton blickte weiter geradeaus und ließ Jayden reden.

„Haley im Auge behalten. Beobachten, wer wie auf sie reagiert, besonders dann, wenn sie unterwegs ist. Der Stalker wird versuchen, eine Gelegenheit zu finden, dicht an sie heranzukommen." Jayden drehte sich zu Braxton. „Verdammt, so ist er an ihre Handtasche in der Bar gekommen."

„Das ist nicht deine Schuld. Ich habe gesehen, wie der Typ sie angefasst hat. Ich hätte dasselbe in Kates Fall getan. So etwas geht einfach mal gar nicht."

Jayden nickte. „Ich brauche dich als Rückendeckung, wann immer wir das Haus verlassen. Vielleicht kannst du ihn erwischen, wenn er uns folgt."

„Alles klar." Braxton nickte in Richtung Haus, wo Kate

und Haley drinnen saßen und Kaffee tranken. „Kate fährt morgen nach Eureka Springs zurück. Sie erwartet Gäste und muss alles vorbereiten."

„Es sind aber nicht die verrückten Schriftstellerinnen, oder?" Jayden grinste.

„Doch, sie sind es tatsächlich." Braxton schaute ihn an. „Sie veranstalten eine weitere Konferenz und haben das Bella Luna gleich für eine ganze Woche gebucht. Wenn du der Ansicht bist, dass wir noch mehr Rückendeckung benötigen, könnten wir sie dazu rufen." Er lächelte.

Jayden schnaubte. „Vielleicht keine schlechte Idee. Ich wette, die Damen jagen dem Wichser eine Höllenangst ein." Jayden schüttelte den Kopf bei der Erinnerung daran, wie er die Ladys in Kates Bed & Breakfast kennengelernt hatte.

Jayden war nach Eureka Springs gefahren, um Braxton zu helfen, als dieser von den Killern gejagt wurde. Er hatte Waffen dabeigehabt und erwartet, ein paar Kehlen herauszureißen. Stattdessen war er auf sexbesessene Frauen gestoßen, die ihre Fantasien ausleben wollten. Alles für die Buchrecherche. Oder zumindest hatten sie dies als Vorwand genannt.

„Sag Kate, dass sie die Frauen in Bereitschaft halten soll." Jayden grinste und schaute sich den grünen Garten an. Es überraschte ihn, dass Barrett einen so gut gepflegten Garten mit bunten Blumenbeeten hatte.

„Mach dir keine Sorgen. Der Typ wird einen Fehler begehen. Es ist alles nur eine Frage der Zeit."

Jayden nickte zustimmend. Sicher, die Zeit würde es zeigen. Er hoffte nur, dass es dann nicht zu spät war.

„ICH WILL AUSGEHEN." Haley schaute von ihrem Notizbuch auf und in Richtung Jayden, der im Sessel saß.

„Das halte ich für keine gute Idee." Jayden schaute weiter

gebannt auf den Fernseher und nur hin und wieder auf sein Handy, ob eine Nachricht von Barrett eingegangen war.

Bislang hatte er keine einzige Nachricht erhalten.

Haley legte den Kopf schief. „Hat Barrett gesagt, dass ich das Haus nicht verlassen darf?"

„Nein, ich sage das."

Haley schmiss ihr Notizbuch auf das Sofa und verschränkte die Arme. „Nun, ich langweile mich aber. Und ich bekomme hier drinnen langsam einen Lagerkoller. Ich will nicht schon wieder ein Sandwich zum Abendessen."

„Dann bestelle dir eine Pizza."

„Was ist, wenn der Pizzabote den Stalker zum Haus führt?" Sie zog eine Augenbraue hoch.

„Dann treffe ich mich mit ihm ein paar Straßen weiter weg und hole die Pizza dort ab."

„Du lässt mich also allein und unbewacht zurück."

Jayden presste die Lippen zusammen und richtete die Fernbedienung auf den Fernseher. Er schaltete ihn ab und drehte sich langsam um.

„Bist du aus einem bestimmten Grund gereizt?" Er stand auf.

„Ich versuchte nicht, dich zu ärgern, Jayden. Ich bin nur frustriert." Sie seufzte.

Sein Gesichtsausdruck wurde sanft und er setzte sich neben sie.

„Es tut mir leid. Ich weiß, dass es schwierig sein muss."

„Es ist vier Uhr nachmittags. Können wir nicht wenigstens einen Spaziergang im Park machen? Irgendwas, um mal aus dem Haus zu kommen?"

Er öffnete seinen Mund und Haley wusste, dass er diskutieren würde. Doch er tat es nicht. „Lass mich Braxton anrufen."

„Wieso?"

„Ich will ihn als Rückendeckung. Er wird weit genug

hinter uns bleiben, um nicht aufzufallen. Vielleicht kann er sogar herausfinden, wer der Stalker ist."

„Hast du Braxton um Hilfe gebeten?" Kate hatte heute Morgen bei ihrem gemeinsamen Kaffeetrinken nichts erwähnt. Nach der Sache mit dem toten Ferkel waren Braxton und Kate innerhalb von 15 Minuten da gewesen.

„Barrett war es. Braxton wollte Wächter werden, seit er nach Arkansas gezogen ist. Und Barrett meinte, dies wäre eine gute Gelegenheit, in einzuarbeiten und zu sehen, ob er der Sache gewachsen ist und er gut zur Gruppe passt."

Sie nickte. Braxton wäre eine perfekte Ergänzung für die Wächter.

„Wieso machst du dich nicht fertig und ich rufe Braxton an?"

„Gut. Aber wo gehen wir hin? Ich muss wissen, was ich anziehen soll."

„Wie wäre es mit einem hübschen, aber bequemen Outfit?"

„Gut, das bekomme ich hin." Sie stand auf und er packte sie am Handgelenk.

„Ach so und bitte trag nicht diese roten Stöckelschuhe, Haley."

Sie sah ihn fragend an. „Falls wir rennen müssen?" Die Vorstellung, gejagt zu werden, schickte ihr einen Schauer über den Rücken.

„Nein. Ich kann mich nur nicht konzentrieren, wenn du diese verdammten Absätze trägst. Ich stelle mir dich dann immer nackt vor."

Die Sonne ging grade unter und das Nachtleben entfaltete sich. Wie in jeder Universitätsstadt war es auch hier am Wochenende besonders belebt, wenn Studenten und Besucher durch die Straßen zogen.

Jayden behielt Haley dicht bei sich, während er seinen Instinkt in Alarmbereitschaft behielt, falls etwas ungewöhnlich sein sollte. Doch mit der Menge an Studenten war es schwierig, etwas Ungewöhnliches auszumachen. Er musterte einen Typen mit einer großen Razorback-Kappe, der mit seinen Freunden an ihnen vorbeiging. Musik schallte durch die Straßen, Menschen aller Altersgruppen tummelten sich.

Jayden schaute sich um, ob Braxton sie im Auge behielt. Doch der Mann war unsichtbar, ein regelrechtes Chamäleon. Und das hieß schon etwas für einen 200 Pfund schweren Werwolf mit Sleeve-Tattoos und blauen Haaren.

Er nahm sich vor, Barrett mitzuteilen, dass Braxton sein vollstes Vertrauen als Wächter verdient hatte.

Er sah Haley an, die sich dicht an ihn kuschelte.

Ihre Seite war an ihn gepresst und seine Erektion erschwerte ihm das Gehen. Sie hatte einen Arm um seine Taille geschlungen, ihr Finger war in die Gürtelschlaufe seiner Jeans eingehakt.

Sie sah bezaubernd aus mit ihrem engen weißen Rock und der gelben Bluse. Sie trug mit Modeschmuck besetzte Stöckelschuhe, die bei jedem Schritt funkelten. Er selbst hatte das verdammte pinkfarbene Hemd angezogen, nur um sie glücklich zu machen.

„Was ist?" Sie hatte ihn dabei erwischt, wie er sie musterte.

„Ich hatte dich gebeten, keine Stöckelschuhe zu tragen."

„Das sind keine Stöckelschuhe, das sind Keilabsätze." Ihre Lippen zeigten ein hübsches Lächeln.

Er konnte nicht widerstehen. Er beugte seinen Kopf und küsste sie.

Anschließend hatten ihre Augen diesen besonderen Glanz. Sie sah genauso aus wie nach einem Orgasmus.

„Vielleicht hattest du recht und wir hätten einfach zu Hause bleiben sollen."

Ihre raue Stimme ließ seinen Schwanz noch härter werden.

„Dafür haben wir die ganze Nacht Zeit. Zuerst müssen wir etwas zu essen in deinen Bauch bekommen." Er nahm ihre Hand. „Du wirst deine ganze Energie brauchen."

Sie kicherte.

„WIR SIND DA." Er führte Haley die Stufen zu einem gemütlichen Restaurant hinauf. Er hatte Kate nach einem passenden Restaurant gefragt und sie hatte dieses piekfeine Restaurant empfohlen.

„Wow, das sieht wunderschön aus." Haley schaute sich das elegante Restaurant mit seiner dunklen Innenausstattung und der dezenten Beleuchtung an. Auf jedem Tisch lag eine Tischdecke und darauf stand eine Blumenvase mit frischen Frühlingsblumen in weiß, gelb und rosa.

Jayden zog den Stuhl vom Tisch, damit Haley Platz nehmen konnte, dann setzte er sich ihr gegenüber. Plötzlich wünschte er, er hätte sie in ein weniger vornehmes Restaurant geführt, damit er sich neben sie setzen konnte.

„Warst du hier schon einmal?"

„Nein." Er griff nach seinem Wasser.

Haley grinste. „Dana beschwert sich immer, dass ihr Freund sie nie hierhin einlädt. Sie wird wahnsinnig cifersüchtig sein, wenn ich ihr davon erzähle."

Jayden konnte nicht anders, er musste über ihre Begeisterung schmunzeln.

„Ich nehme an, du vermisst sie."

Sie zuckte die Achseln, Traurigkeit zeigte sich in ihren

Augen. „Ein wenig. Sie war die erste Freundin, die ich hier gefunden habe. Sie hat mich immer eingeladen, sie und Mark zum Abendessen zu begleiten, doch ich wollte nicht sie nicht stören." Haley schaute sich um und lehnte sich dann vor.

„Folgt Braxton uns noch immer?"

„Ja und er tarnt sich ziemlich gut, denn ich habe ich nicht gesehen, seit wir das Haus verlassen haben."

„Barrett wird sich freuen, das zu hören."

Die Bedienung kam mit ihrem Wein an den Tisch und nahm ihre Bestellungen auf.

Jayden griff über den Tisch nach ihrer Hand. „Wenn das alles vorbei ist, was hast du dann vor?"

„Ich habe früher davon geträumt, meine eigene Modelinie zu entwickeln. Ich liebe Kleider und alle bekannten Designer sind in New York oder Kalifornien. Warum also nicht eine Modelinie hier im Süden ins Leben rufen?"

„Das ist eine clevere Idee", sagte er ernsthaft.

„Ja, tatsächlich?" Sie nahm einen Schluck von dem gekühlten Weißwein.

„Auf jeden Fall. Viele Prominente machen in New Orleans oder Charleston Urlaub. Wenn die sich für deine Kleider interessieren, könntest du ganz groß rauskommen. Wenn du zudem einen Laden an der Küste eröffnest, würde das zur Wirtschaft beitragen. Seit dem Hurrikan Katrina und der Ölkatastrophe läuft es dort nämlich nicht gut. Du würdest quasi die Prominente des Südens sein."

Ihre blauen Augen leuchteten aufgeregt, doch dann schüttelte sie den Kopf. „Ich denke nicht, dass ich je wieder in Louisiana leben will."

„Es muss ja nicht New Orleans sein. Du könntest in Mississippi oder Alabama leben. Oder einfach hier in Arkansas bleiben."

Sie sah ihm in die Augen und er wusste, dass sie seine Idee abwog.

„Nun, wir werden sehen, was passiert, wenn all das hier vorbei ist. Es bringt nichts, Pläne zu schmieden, wenn die Zukunft doch so unsicher ist."

Er nahm ihre Hand. „Du wirst das alles hinter dir lassen. Hörst du? Ich werde nicht zulassen, dass er dir etwas antut. Eher würde ich sterben."

„Sag so etwas nicht, Jayden."

„Warum nicht? Es stimmt. Ich will nicht, dass du weiterhin Angst hast. Ich will, dass du an die Zukunft denkst."

Sie legte den Kopf schief. „Was ist mit dir? Was hast du vor, wenn das hier vorbei ist?"

Jayden zuckte die Achseln und schaute weg. Der Gedanke, sie nicht mehr jeden Tag zu sehen, rieb schmerzhaft über sein Herz wie ein rauer Kieselstein. „Ich weiß es nicht. Ich gehe wohl auf die nächste Mission, die Barrett mir zuteilt."

Sie nickte und zog ihre Hand weg. Er spürte die Distanz zwischen ihnen wie eine unsichtbare Bedrohung. Sie hatten keine gemeinsame Zukunft. Sie würde sich weiterentwickeln und großartige Dinge im Leben tun, während er weiterhin das Rudel beschützen würde. Verdammt, sie würde vermutlich einen Juristen heiraten und fünf Kinder bekommen.

Während seine Zukunft nichts weiter bereithielt, als das Beschützen des Rudels.

KAPITEL 10

*N*ach einem köstlichen Abendessen traten sie hinaus auf die Straße. Haley fühlte sich satt, glücklich und zufrieden. So hatte sie sich schon lange nicht gefühlt.

„Danke für das Abendessen." Sie lächelte ihn an. Wann immer sie ihn anschaute, machte ihr Herz einen Sprung. Er sah toll aus mit seinen strahlend blauen Augen und dem blonden Haar. Er sah jedoch besonders gut aus, wenn er sich nackt mit ihr im Bett bewegte, wenn ihre Körper vereint waren.

Musik schallte aus den Bars, während sie langsam die Straße entlangschlenderten. Auch wenn Jayden entspannt aussah, wusste sie, dass er sich nicht so fühlte. Er war ständig in Alarmbereitschaft, beurteilte die Lage, wägte Gefahren ab.

„Ich freue mich, dass ich dich schick ausführen durfte." Er beugte sich zu ihr und küsste leicht ihre Lippen.

Ihr Lächeln verblasste und sie machte ein finsteres Gesicht.

„Was ist los?"

„Nichts." Sie schüttelte den Kopf.

„Sag es mir."

Sie blieb stehen und drehte sich zu ihm.

„Ich habe nur gerade über das Ferkel nachgedacht."

Er zog sie zu einem Gebäude in eine ungestörte Ecke. „Was ist damit?"

Sie zuckte die Achseln. „Ich weiß nicht. Ich habe mich nur gefragt, wieso er diesmal keine Notiz hinterlassen hat."

„Weil seine Notizen wirkungslos sind. Stattdessen wollte er dich mit dem Ferkel einschüchtern."

Sie schüttelte den Kopf und legte schützend ihre Arme um sich.

„Ich weiß nicht. Vielleicht. Ich habe immer gedacht, dass seine Briefe mich einschüchtern sollten, deswegen hatte ich erwartet, einen bei dem Ferkel zu finden."

„Barrett hat deine Handtasche gründlich untersuchen lassen und es wurde nichts gefunden. Keine Notiz, keine Fingerabdrücke." Den Report hatte er von Barrett, kurz bevor sie das Haus verlassen hatten, erhalten.

„Er treibt es immer weiter, wird persönlicher. Komm näher." Sie griff nach seiner Hand und sie gingen weiter.

„Haley –"

Das Klingeln seines Handys ließ ihn innehalten. Er zog das Telefon aus der Hosentasche.

HALEY SAH, wie sich Jaydens Gesichtsausdruck von entspannt zu finster wechselte. Mit einer Geste bedeutete er ihr, dass es Barrett am anderen Ende war.

Sie ging einen Schritt weg und bewunderte die Schaufensterauslagen einer Boutique. Wer immer das Schaufenster gestaltet hatte, hatte tolle Arbeit geleistet und die Farben des Frühlings mit dem Outfit der Schaufensterpuppe abgestimmt.

„Hey, du bist das Mädchen!"

Haley drehte sich um, als sie die männliche Stimme hörte. Es waren zwei Studenten, gekleidet in Sweatshirts und Jeans. Sie schauten zwischen ihr und dem Display ihrer Handys hin und her.

„Wie bitte?"

„Du bist das Mädchen aus der Werbung." Die Typen sahen einander an und grinsten. „Also, wie viel?"

„Wie viel für was?" Ihre Eingeweide zogen sich zusammen. Sie schaute zu Jayden, doch der starrte auf den Boden. Offensichtlich hörte er aufmerksam zu, was Barrett ihm zu sagen hatte.

„Wie viel für eine Stunde?"

Haley drehte ihren Kopf schnell wieder zu den Typen, die plötzlich nur wenige Schritte von ihr entfernt standen. Sie ging rückwärts. Sie bekam eine Gänsehaut, da sie ihr viel zu nahe waren.

Jayden musste ihre Angst gespürt haben, denn er war plötzlich da und trat zwischen sie und die Kerle. Inzwischen waren noch mehr Studenten stehengeblieben und hatten ihre Handys hervorgezogen.

Sie sahen von Haley zurück auf ihre Displays.

„Was ist hier los?", fragte Jayden Haley.

„Ich habe keine Ahnung."

Die beiden Typen lachten und hielten ihre Handys vor sich. „Mann, hast du das gesehen? Hier steht, sie berechnet nach Stunde."

„Was zum Teufel hast du da grade gesagt?" Jayden stieß ein so lautes Wolfsknurren aus, dass sie dachte, er würde sich auf der Stelle vor allen verwandeln.

„Ich will wissen, wie viel sie nimmt?" Einer der College-Typen schaute über Jaydens Schulter und zwinkerte Haley zu.

Jayden schlug dem Kerl ins Gesicht, er fiel um wie ein nasser Sack.

„Ey, Mann, was sollte das denn? Er hat doch nur nach ihrem Preis gefragt! Es steht unter Freizeitmöglichkeiten auf der Facebook-Seite der Uni." Er hielt Jayden das Handy unter die Nase.

Jayden riss es ihm aus der Hand und Haley schaute über Jaydens Schulter.

Es war die Seite der Universität, die ein provokantes Bild von Haley in einer Sex-Anzeige zeigte. Das Blut wich aus ihrem Gesicht und Übelkeit stieg in ihr auf.

„Ich habe dieses Foto nie gemacht. Ich war nicht mehr auf Facebook, seit ich hierhergezogen bin", flüsterte sie.

„Ruf Braxton an, sofort." Jayden gab ihr sein Handy und sie suchte mit zitternden Fingern nach seiner Nummer.

„Braucht ihr ein bisschen Hilfe?" Braxton schob sich durch die Menge und stand plötzlich neben Haley. Er war aufgetaucht, noch bevor sie überhaupt die Nummer wählen konnte. „Ich habe euch beobachtet."

Jayden zeigte ihm die Sex-Anzeige und Braxtons Gesicht wurde ernst.

Jayden schaute die Menge an Studenten an, die sich inzwischen versammelt hatte und Haley anstarrte. „Das ist nicht Haley. Und sie hat das auch nicht auf Facebook gepostet. Ihr Benutzerkonto und das der Uni wurden gehackt. Und der nächste Wichser, der hierzu irgendwas sagt, dem reiße ich den Schwanz ab und stopfte ihn ihm in den Hals – und zwar sehr tief. Ihr sorgt also besser dafür, dass sich das herumspricht, alles klar?" Die Gruppe sah Jayden mit großen Augen an, nickte übereifrig und machte sich dann schleunigst davon.

„Ruf Barrett an. Jemand soll das Benutzerkonto der Uni und das von Haley überprüfen. Es sollte möglich sein, das zurückzuverfolgen und eventuell den Stalker zu finden."

Braxton behielt Haley zwischen sich und Jayden,

während er Barrett anrief. Jayden stand wie ein Schutzschild vor Haley und die Gruppe verteilte sich schnell.

Tränen brannten in ihren Augen und sie bemühte sich, nicht zu weinen. Nicht jetzt, nicht in der Öffentlichkeit. Sie wusste, dass der Stalker irgendwo in der Menge war und sie beobachtete, auf eine Reaktion wartete. Das war es, was er wollte. Eine Reaktion von ihr.

Diese Befriedigung würde sie ihm allerdings geben.

Jayden drehte sich um und schaute sie an. „Geht es dir gut?" Sie nickte nur, da sie ihrer Stimme nicht traute.

„Lass uns von hier verschwinden", sagte Braxton leise.

Jayden zog sie an seine muskulöse Brust und sie seufzte in seiner warmen, starken Umarmung. Ihre Beine drohten, nachzugeben.

Sie eilten zurück zu seinem Auto, Braxton war dicht hinter ihnen.

Das Bedürfnis, den Tränen freien Lauf zu lassen, war überwältigend. Doch es war nicht Angst, was sie aufregte. Es war Wut. Wut darüber, dass ein Fremder ihr die Kontrolle nahm.

„Verdammte Scheiße."

Jayden blieb ruckartig stehen und Haley stolperte fast gegen ihn. Sie folgte seinem Blick zum Auto.

„Oh mein Gott, Jayden." Ihr Magen drehte sich.

„Verfickte Scheiße." Braxton verlieh seinen Gedanken ebenfalls Ausdruck, während sie alle dort standen und Jaydens völlig demolierten schwarzen Mustang anstarrten.

Jedes Fenster war eingeschlagen, ebenso die Motorhaube und die Türen. Drei Reifen waren zerstochen und die schwarze Lackierung des Wagens war für alle gut sichtbar mit Worten wie *Schlampe* und *Hure* besprüht worden.

Jayden drehte Haley herum, zog sie an seine Brust und versperrte ihr die Sicht auf den Wagen.

Der Stalker versuchte nun offensichtlich, Jayden zu schaden.

Sie vergrub ihr Gesicht an seiner Brust und schluchzte.

Jayden machte der Polizei gegenüber seine Aussage, während er Haley im Auge behielt. Braxton stand einige Schritte entfernt und nickte ihm zu, versicherte ihm damit, dass Haley sicher sei.

Jayden war noch nie zuvor so nach Morden zumute wie in diesem Augenblick.

Er schaute auf seinen ruinierten Mustang. Er hatte den Wagen nicht einmal zwei Jahre und nun war er schrottreif. Doch was ihn am meisten aufwühlte, das war Haleys Gesicht. Sie sah vollkommen verängstigt aus.

Er kniff die Augen halb zusammen, als die Polizisten Fotos vom Schaden machten.

Er war sich nicht sicher, wer sie alarmiert hatte, doch er mochte es nicht, wenn sich Menschen in seine Angelegenheiten einmischten.

Ein lautes Brummen hallte über den fast leeren Parkplatz, es klang wie ein Achtzehntonner.

Ein übergroßer Truck, der eher einem Panzer ähnelte, kam rumpelnd vor ihnen zum Stehen. Er sah aus wie ein gigantisches Wohnmobil auf Steroiden mit seinen massiven Reifen und einer wuchtigen Karosse.

Die Fahrertür öffnete sich und Barrett Middleton stieg aus. Barrett nickte Braxton zu, bevor er schnurstracks zu Jayden ging.

„Ich bin so schnell hergekommen, wie ich konnte."

„Was verdammt noch mal ziemlich schnell ist." Jayden sah auf die Uhr.

„Ich war unterwegs, als du mich angerufen hast." Barrett warf Haley einen besorgten Blick zu. „Wie gehts ihr?"

„Sie ist völlig verängstigt. Abgesehen davon, dass ein geistesgestörter Typ ihr Briefe schreibt und ihr ein blutiges Ferkel in die Handtasche gesteckt hat, ist der Typ nun auch noch zum Cyber-Mobbing auf Facebook übergegangen. Jetzt denkt der gesamte Campus, dass sie als Prostituierte gebucht werden kann."

Barrett sah zu Jayden. „Ich habe Zane in ihr Benutzerkonto und in das der Universität schauen lassen. Er hat jetzt beide geblockt, um zu vermeiden, dass irgendjemand sich Zugang verschafft oder Dinge auf ihrer Seite postet. Ich habe zudem eine Warnung an die gesamte Studentenschaft geschickt, dass Haleys Benutzerkonto gehackt wurde. Und wenn jemand weiß, wer das getan hat, dann soll er die von mir angegebene Nummer anrufen."

Jayden nickte anerkennend. Hoffentlich würde dies die Mehrzahl der Studenten davon abhalten, Haley zu belästigen. Falls nicht, würde er ihnen die verdammten Köpfe abreißen.

„Wieso trägst du ein pinkfarbenes Hemd?" Barrett grinste spöttisch.

„Das ist nicht Pink, sondern Koralle." Jayden schüttelte den Kopf. Er hatte sich genau den richtigen Abend für einen Garderobenwechsel ausgesucht.

Jayden sah mit hochgezogenen Augenbrauen zu Barretts Fahrzeug. „Was zur Hölle ist denn das für ein Teil? Das gehört wohl zum Militär."

„Es ist ein Behemoth, ein Kampffahrzeug. Es kann als spezialisiertes Expeditionsfahrzeug überall auf der Welt eingesetzt werden. In der Wüste, im Dschungel, in den

Bergen, wo auch immer. Am wichtigsten ist allerdings, dass es Platz für meine Harley-Davidson hat."

„Und du hast die mitgebracht, weil –?"

„Weil ich ein bisschen Gesellschaft mitbringen musste und im Haus nicht genug Schlafzimmer habe." Barrett verstummte, gerade als das vertraute Donnern herannahender Motorräder den Parkplatz füllte.

Es ließ Jayden sehnsüchtig an seine Harley denken, insbesondere jetzt, wo sein Auto ein Schrotthaufen war.

Jayden folgte Barretts Blick, fünf Harleys kamen hinter dem Behemoth zum Stehen.

Sofort erkannte er seine Wächter-Kollegen Damon, Zane, Lucien und Jaxon. Und er sah einen weiteren Fahrer auf einer Harley Breakout. Er hätte schwören können, dass die fünfte Harley ihm gehört, wäre da nicht der bescheuerte Beiwagen.

Seine Eingeweide zogen sich zusammen, als die Person im Beiwagen Schutzbrille und Helm abnahm und graue Haare und ein faltiges Gesicht zum Vorschein kamen.

„Was zum Teufel macht Granny denn hier und wieso sitzt sie im Beiwagen?" Jayden starrte Barrett an und wartete auf Antwort.

Der Rudelführer seufzte leidvoll, bevor er sprach. „Sie wollte einfach nicht aufhören, mich nach deinem Verbleib zu nerven. Außerdem musste ich ja deine Harley herschaffen. Ich dachte, es wäre gut für Haley, wenn sie außer dir noch ein wenig Gesellschaft bekommt."

„Moment mal, das ist meine Harley?" Er drehte ruckartig seinen Kopf zurück zu dem Motorrad und ließ seinen Blick über den schlanken Rahmen gleiten.

„Ja."

„Und welcher Wächter fährt die Maschine?"

Barrett schnaubte.

Der Fahrer, ganz in Schwarz gekleidet, stellte den Motor

ab und stieg vom Motorrad. Jayden runzelte die Stirn. Der Vollvisierhelm gab die Identität nicht preis, doch er wusste sofort, dass die schlanke Gestalt kein Wächter sein konnte. Die Person war einfach zu dünn.

Der Helm wurde abgenommen und ein Schwall langer schwarze Haare kamen zum Vorschein.

„Ava?"

„Du siehst überrascht aus." Damon kam zu ihm, schüttelte ihm die Hand und wandte sich dann wieder Ava zu.

„Wann zum Teufel hat Ava denn Motorradfahren gelernt?"

„Offensichtlich fährt sie schon eine ganze Weile. Sie hat es nur nicht für nötig befunden, es mir zu sagen", knurrte Damon.

Ava kam und lächelte. Sie ließ die Schlüssel zum Motorrad in Jaydens Hand fallen. „Du kannst mir später danken."

„Wofür?"

„Dafür, dass ich deine Maschine hergebracht habe." Sie deutete auf das, was früher sein Auto war. „Sieht so aus, als brauchst du eine alternative Transportmöglichkeit."

„Mein Motorrad hat einen verdammten Beiwagen." Jayden konnte dem Konzept des Beiwagens einfach nichts abgewinnen.

„Wie hätte ich Granny denn sonst herbekommen sollen?" Ava überkreuzte die Arme, während Damon sie an sich zog.

„Sie hätte doch mit Barrett in diesem Ungetüm mitfahren können?" Jayden deutete mit dem Finger über seine Schulter.

„Das habe ich versucht ihr zu sagen." Barrett sah Jayden mit einem stechenden Blick an. „Dieser Frau fällt es extrem schwer, sich an Regeln zu halten."

„Wollt ihr alle nur dastehen und mich anstarren oder hilft mir einer aus diesem Ungetüm?", rief Granny vom Beiwagen her.

Ava eilte zurück zum Motorrad. „Entschuldige, Granny." Haley bot ihr ihre Hand und die ältere Frau nahm sie.

„Hetze mich nicht, ich bin eine alte Frau." Granny kletterte schwerfällig aus dem Beiwagen. Dann zerrte sie ihre weiße Plastikhandtasche heraus und schlang sie über ihre Schulter.

Jayden war geschockt, sie in Jeans und Lederjacke zu sehen. Er hatte sie noch in etwas anderem als in ihren Hawaiianischen Muumuus gesehen.

„Du bist nicht alt, Granny." Damon seufzte und schüttelte ungeduldig den Kopf.

Jayden neigte seinen Kopf zu den anderen Wächtern. „Ihr seid den ganzen Weg hierher mit Granny im Beiwagen gefahren? Wie lange hat das gedauert?"

„Wir sind am Nachmittag losgefahren. Wir hätten schon früher hier sein können, doch wir mussten an jedem Rastplatz anhalten, weil sie auf die Toilette musste. Sie hat eine Blase in Erdnussgröße, das schwöre ich dir."

Jayden starrte sein Motorrad an und schüttelte den Kopf. „Meine Haley hat einen verdammten Beiwagen."

Damon schlug ihm auf den Rücken. „Mach dir keine Sorgen, Kumpel. Der lässt sich abmontieren."

„Na, Gott sei es gedankt!"

„Jayden!" Granny stürmte auf ihn zu und zog ihn in eine heftige Umarmung. Dann schaute sie missbilligend zu seinem Auto.

„Was ist passiert?"

„Gar nichts."

„Ach, erzähl mir nichts. Dein Auto wurde völlig zerstört."

Granny schaute zu Barrett. „Ist er hier auf irgendeiner gefährlichen Mission?"

„Er ist immer auf einer Mission, Granny. Das ist Teil seines Jobs als Wächter." Barrett starrte Granny durchdringend an, doch Jayden wusste, dass sie vor ihrem neuen Rudelführer keine Angst hatte.

„Ich werde mit der Polizei sprechen", sagte Barrett und ging in Richtung der Polizisten, welche die Gruppe Biker misstrauisch beäugten.

Jayden wollte sagen, dass sie ihm keine Informationen geben würden, doch zu seiner Überraschung zog Barrett so etwas wie eine Plakette hervor und hielt sie einem der Polizisten unter die Nase.

Der Polizist richtete sich auf und brachte ihn sofort zum verantwortlichen Ermittler.

Jayden schüttelte den Kopf und nahm sich vor, Barrett später nach der Plakette zu fragen.

Zane, Jaxon und Lucien sicherten den Umkreis des Parkplatzes. Jayden wusste, dass sie versuchten, anhaltende Gerüche oder Spuren zu sichern, die der Stalker möglicherweise hinterlassen hatte.

„Warum hast du mich nicht angerufen?", fragte Granny.

Jayden verspürte Schuldgefühle. Granny war seine einzige lebende Verwandte und sie hatte ihn praktisch großgezogen. Er war sich nicht sicher, weshalb er sie nicht angerufen hatte. Seit dieser einen Nacht der Folter hatte er sich von allen zurückgezogen, denen er wichtig war. Er musste sie beschützen vor der Hölle, die er durchlebt hatte.

„Entschuldige, Granny. Diese Mission hat meine ganze Konzentration gefordert. Ich hätte dich anrufen sollen. Es tut mir leid."

Grannys mürrischer Blick wurde weich und sie schaute kurz über seine Schulter zu Haley.

„Bist du sicher? Hat Haley zufällig etwas damit zu tun, dass du anderweitig beschäftigt warst?"

Jayden schüttelte den Kopf.

„Wieso nicht? Ich sehe, wie sie dich anschaut."

„Sie ist zu jung für mich. Sie geht noch aufs College." Diese Worte blieben ihm fast im Hals stecken.

Granny legte den Kopf schief. „Und sie ist wahrscheinlich erwachsener als alle Frauen, mit denen ich dich je zusammen gesehen habe."

„Was?!" Jayden drehte ruckartig den Kopf zu ihr.

„Du hast mich gehört. Diese älteren Frauen waren dumm und einfach nicht gut genug für dich." Grannys Blick ruhte auf Haley. „Haley scheint bodenständig zu sein und zu wissen, was sie will. Offensichtlich hat sich dein Geschmack für Frauen endlich verbessert."

Jaydens Mund klappte auf. Er hatte erwartet, dass Granny ihm sagen würde, dass Haley zu jung für ihn sei und dass sie sich austoben müsse, bevor sie sich auf eine feste Beziehung einlassen könne.

Doch Granny überraschte ihn immer wieder.

Granny klopfte ihm auf die Schulter. „Ich will sie begrüßen." Ihre Mundwinkel verzogen sich zu einem Lächeln. „Oh und ich muss ihr sagen, dass ich ihre Bestellung dabeihabe." Bevor er noch irgendetwas zu seiner Sex-Spielzug verkaufenden Granny sagen konnte, schlenderte diese hinüber zu Haley und umarmte sie.

Braxton stand einige Schritte entfernt und überwachte sie wie eine Mutterhenne, nebenbei behielt er die Umgebung im Auge. Damon stand neben ihm mit ernstem Gesichtsausdruck und seinen verdammten Oakleys auf der Nase. Die beiden gaben das perfekte Paar ab. Braxton mit seinen blauen Haarspitzen übersät mit Tattoos und Damon mit Sonnenbrille, Lederjacke und einer langen Narbe auf dem Gesicht.

Die Menschen dachten vermutlich, dass sie Teil einer Biker-Gang waren.

Für Jayden waren es seine Brüder und er würde bereitwillig sein Leben für jeden von ihnen geben.

Er schaute zu Haley. Granny hatte ihren Arm um Haleys Schulter gelegt, während Ava irgendetwas sagte. Was auch immer es war, es ließ Haley ein wenig lächeln.

Haley begegnete seinem Blick. Hatte sie eine Ahnung, was sie ihm antat?

Seine Füße hatten die Kontrolle übernommen und gingen in ihre Richtung. Es war wie eine unsichtbare Kraft, die ihn zu ihr zog. „Bist du bereit, nach Hause zu fahren?"

In einer schützenden Geste wickelte sie die Arme um ihren Körper und sah zu den Polizisten. „Können wir schon los?"

„Barrett ist hier und wird sich um die Polizisten kümmern." Er nahm ihre Hand und zog sie in seine Arme. Es kümmerte ihn nicht, wer es sah, auch Barrett war ihm gleichgültig. In diesem Augenblick gab es niemanden sonst in ihrem Universum.

Haley nickte und schaute dann zu Granny und Ava. „Wo werdet ihr bleiben?"

„Bei euch natürlich." Granny lächelte breit.

„Ach wirklich?" Jayden erstarrte.

„Barrett sagte, wir können in seinem Haus bleiben." Granny schob ihre Handtasche hoch auf ihre Schulter.

„Ich glaube nicht, dass dort genug Platz ist", sagte Jayden ein wenig zu schnell.

„Natürlich ist genug Platz." Barrett tauchte wie aus dem Nichts auf und sprach über Jaydens Schulter. „Es gibt drei Schlafzimmer. Und Platz im Wohnmobil. Es ist keine schlechte Idee, noch mehr Leute zu Haleys Schutz zu haben."

Jayden öffnete dem Mund, doch was konnte er dem entgegensetzen?

„WAS ZUM TEUFEL ist mit meiner Tür passiert?" Barrett stand wütend vor dem Schlafzimmer, zu dem die Tür fehlte.

„Die Tür hat geklemmt", murmelte Jayden und sah weg.

„Das ist sehr merkwürdig. In der ganzen Zeit, in der ich hier wohne, hat diese Tür noch nie geklemmt." Barrett zog die Augenbrauen hoch.

Er wusste, wann seine Wächter logen.

„Das muss an der Luftfeuchtigkeit liegen."

„Es ist Frühling. Es existiert keinerlei Luftfeuchtigkeit. Selbst in Arkansas nicht."

„Ich werde ein paar Laken für das Sofa holen." Haley räusperte sich und versuchte, nicht zu lachen.

„Sie sind im Flurschrank." Barrett sah Jayden weiter an.

„Ich helfe ihr." Jayden folgte ihr schnell.

Es gefiel Barrett nicht, wenn seine Wächter ihr Privatleben mit der Mission vermischten. Die Dinge liefen dann oft aus dem Ruder, weil sie sich nicht voll konzentrierten.

„Sagst du mir, was hier läuft?"

„Es ist nur eine Tür. Ich bezahle sie."

„Ich rede nicht von der Tür. Ich rede von Haley und dir. Und was zwischen euch abläuft." Barrett hatte bei den Telefonaten mit Jayden gespürt, dass mehr zwischen den beiden war. Doch er hatte keine Beweise und ganz sicher Wichtigeres zu tun, als sich darüber Gedanken zu machen, ob Jayden versuchte, Haley ins Bett zu bekommen.

„Ich will nicht, dass Haley verletzt wird." Barrett sah ihn eindringlich an.

Jayden hob ruckartig den Kopf, sein Blick war wild. „Ich würde Haley nie verletzen."

„Ich rede nicht von physischen, sondern emotionalen Verletzungen. Ich will nicht, dass du ihr das Herz brichst. Sie ist jünger als du, Jayden."

„Mein Gott, glaubst du, dass ich nicht weiß, wie alt sie ist?" Er fuhr sich mit der Hand durchs Haar. „Ich bin sicher, dass, wenn alles vorbei ist, sie mit dem College weitermachen will. Sie wird ihre Freiheit haben und sich auf die Zukunft freuen."

Barrett sah Jayden prüfend an. Sein Wächter war in Aufruhr. Nachdem er aus der Gefangenschaft und von den Torturen gerettet worden war, hatte Jayden sich verändert. Seine unbeschwerte Art und sein sorgloses Leben gab es nicht mehr. Jayden mochte vielleicht der Hölle entkommen sein, doch seine Dämonen hatte er mitgenommen. Barrett war das gesamte Ausmaß von Jaydens Leiden als Folge dieser Nacht in Louisiana nicht bewusste gewesen.

„Weiß sie es?" Barrett sprach leise und ruhig. Auch wenn er wusste, dass jeder gewöhnlich Abstand hielt, wenn er mit einem seiner Männer sprach, wollte er nicht, dass die Frauen mithörten.

„Weiß sie was?"

„Was du für sie empfindest?"

Jaydens Gesichtsausdruck war unbezahlbar. Er sah aus, als wäre er mit der Hand in der Keksdose erwischt worden. In Haleys Keksdose, genauer gesagt.

Er öffnete den Mund, seine Worte überraschten Barrett.

„Sie weiß nicht, dass ich in sie verliebt bin." Er sah zur Seite, Schmerz lag in seinem Blick. Doch Barrett wusste, dass dies eine andere Art von Schmerz war als der, mit dem er in den letzten Monaten zu kämpfen gehabt hatte.

„Und warum nicht?" Barrett verschränkte die Arme. Es waren diese Momente, in denen er es am meisten hasste, Rudelführer von Arkansas zu sein. Er kam gut mit den Auseinandersetzungen, den Missionen und dem politischen Scheiß klar. Ging es jedoch um Herzensangelegenheiten, hatte er keinen blassen Schimmer. Und er hoffte, er würde das auch nie ergründen. Er hatte es zu seiner ganz persönlichen Mission gemacht, *keine* Frau zu finden.

„Ich weiß es nicht. Es ist so, wie du gesagt hast. Sie ist jung und sie hat sich noch nicht ausgelebt." Jayden zuckte die

Schultern. „Ich will sie nicht zwingen, sich einer Beziehung mit mir zu verpflichten, wenn sie noch nicht die ganze College-Erfahrung genossen hat."

Barrett schnaubte.

Jayden starrte ihn mit stechendem Blick an.

„Ich glaube nicht, dass sie an der *College-Erfahrung*, wie du es nennst, überhaupt interessiert ist."

„Was meinst du damit?"

„Damon hat mir von deiner Zeit am College erzählt und deiner ausführlichen Löffelliste."

„Ach ja?"

„Offenbar hast du vergessen, was auf deiner Liste stand."

„Nein, habe ich nicht."

Barrett seufzte und deutete vielsagend mit einem Finger, als er sprach. „Geh nur in Unterhosen zum College. Schlaf mit einem hässlichen Mädel. Betrunken zum Unterricht gehen. Einen flotten Dreier. In der Öffentlichkeit pinkeln." Barrett musste mit den Fingern der nächsten Hand weitermachen.

Damon stellte sich neben Barrett und führte die Liste fort. „Lass dir ein Tattoo stechen. Hab Sex im Klassenzimmer. Schlaf mit einer Streberin. Spiel Strip-Poker mit Mädels einer Studentenverbindung. Schlaf mit einer Professorin."

„Schon gut, es reicht." Jayden hielt abwehrend die Hände hoch.

„Ich kann mir nun wirklich nicht vorstellen, dass Haley daran interessiert ist, mit Mädels rumzumachen." Damon grinste hinter seinen Oakleys.

„Oder in der Öffentlichkeit irgendwo hinzupinkeln." Braxton nahm einen Schluck von dem Bier, das er sich aus dem Kühlschrank genommen hatte. „Sie könnte sich die Schuhe schmutzig machen, und sie trägt wirklich hübsche Schuhe."

Jayden riss Braxton das Bier aus der Hand und knurrte. Sie ließen ihn wie einen totalen Vollidioten dastehen.

„Ich habe das wohl etwas anders in Erinnerung." Er verzog das Gesicht und vermied es, ihnen in die Augen zu sehen.

„Ich bin überrascht, dass du dich überhaupt an irgendetwas erinnerst. Du warst ja die Hälfte der Zeit betrunken." Damon konnte es nicht lassen, nochmals seinen Senf dazuzugeben.

Jayden schoss ihm einen wütenden Blick zu. Er wollte den Mund öffnen, doch was sollte er schon sagen?

„Das ist es nicht, was ich mir für sie wünsche." Jayden knirschte mit den Zähnen.

„Sehr gut, denn auch ich wünsche mir das nicht." Alle Männer drehten sich um. Haley stand mit verschränkten Armen im Flur und tappte mit dem Fuß auf dem Dielenfußboden. „Aber ich danke dir, Jayden, dass du versuchst, Entscheidungen über mein Leben zu treffen."

„Haley, ich wollte nicht –"

Sie machte auf dem Absatz kehrt und marschierte davon.

„Schön, dass wir das klargestellt haben." Damon schlug ihm auf den Hinterkopf und ging davon. Die anderen Männer schienen den Anstand zu haben, Jayden vorerst in Ruhe zu lassen, und folgten Damon.

Jayden fuhr sich mit der Hand über sein Gesicht.

Er eilte in die Küche und traf dort auf Ava, die Eiscreme direkt aus der Familienpackung aß.

„Wo ist Haley?"

„Sie ist da lang gegangen." Ava deutete mit dem Löffel in Richtung der hinteren Terrassentür.

„Möchtest du eine kleine Schüssel?" Jayden grinste. „Es stehen welche im Schrank."

„Danke, aber ich habe vor, alles aufzuessen. Kein Grund also, Geschirr schmutzig zu machen." Sie zwinkerte ihm zu.

Kopfschüttelnd ging Jayden durch die Hintertür. Sein Herz wurde schwer, als er Haley nicht sofort sah. Dann schaute er zu den Bäumen im hinteren Bereich des Gartens und sah sie dort auf einem Stuhl sitzen, ihre Knie waren hochgezogen bis zum Kinn.

„Hey." Er steckte die Hände in die Hosentaschen und ging auf sie zu.

„Selber hey." Er konnte an ihrer Stimme hören, dass sie sauer auf ihn war.

„Kann ich mich setzen?" Jayden wartete, bis sie nickte, und setzte sich dann neben sie. Er stand gleich wieder auf, drehte den Stuhl so, dass er sie anschauen konnte, und setzte sich dann erneut.

„Ich entschuldige mich, wenn du dachtest, dass ich dir zu sagen versuche, wie du dein Leben führen sollst. Das war nie meine Absicht."

Sie schaute ihm in die Augen. Selbst in der Dunkelheit konnte er ihre blauen Augen sehen.

Es ließ seinen Schwanz hart werden.

„Was war dann deine Absicht?"

„Dir die Freiheit im College zu geben." Gott, allein diese Worte verursachten ihm Übelkeit. Er stellte sich vor, wie Haley in den Armen eines anderen Typen lachte, ihn küsste und andere Dinge mit ihm tat, die er sich nicht vorstellen wollte.

„Und das bedeutet, dass ich mir keinen Schwanz entgehen lassen sollte."

Jayden stand plötzlich auf, seine Hände waren zu Fäusten

geballt. Ohne nachzudenken riss er sie wutentbrannt von ihrem Stuhl hoch.

„Ist es das, was du willst, Jayden?" Sie sah ihn mit zusammengekniffenen Augen an. „Würdest du dich besser fühlen, wenn ich mit einem anderen Typen ficke?"

„Ich bringe jeden verdammten Hurensohn um, der dich anfasst." Er zog sie an sich, presste seine Lippen auf ihren Mund und stieß seine Zunge zwischen ihre Lippen.

Sie stöhnte gegen seine Lippen und er küsste sie noch leidenschaftlicher.

Verdammt, er konnte weder von ihrem Duft noch ihrem Geschmack genug bekommen.

Er leckte ihre sensible Stelle am Hals und fühlte, wie ihre Hand unter sein Hemd glitt. Ihre warmen Handflächen drückten gegen seine Bauchmuskeln. Er liebte ihre Hände und wie sie sich auf seiner Haut anfühlten, eindringlich und fordernd.

„Sag mir, was du willst, Jayden", flüsterte sie gegen sein Ohr. Ihr heißer Atem versengte ihn, brannte bis hinab in seine Seele.

„Du weißt, was ich will." Er wollte keine Zeit mit Worten verschwenden.

Er wollte sie.

Er wollte sie nackt. Und er wollte in ihr sein.

„Sag es, ich muss hören, wie du es mir sagst." Sie biss zärtlich in sein Ohr.

Er stöhnte und schob seine Hand in den Bund ihres Rocks. Sie war bereits feucht. Für ihn.

Sein Herzschlag dröhnte in seinen Ohren und er konnte seinen stoßweisen Atem hören.

„Ich will dich."

KAPITEL 11

*H*aley wölbte Jayden ihren Unterleib entgegen, sie brauchte mehr als nur seine Finger, sie brauchte ihn, voll und ganz.

„Jayden", murmelte sie gegen seine Lippen, als er sie erneut küsste. „Ich brauche dich. Jetzt."

Jayden starrte sie in der Dunkelheit an, seine Augen von Lust und Besitzgier erfüllt. Er sah gefährlich, todbringend, aus und sie liebte es. Sie liebte ihn.

Ihr Herz bebte angesichts ihrer stillen Offenbarung gegenüber sich selbst.

Sie griff mit ihrer Hand nach unten und umfasste seinen Schwanz durch die Jeans.

„Verdammt, Haley", stieß er hervor.

Sie liebte es, wie er auf ihre Berührungen reagierte. Und wie ihr Körper auf seinen reagierte. Mit ihm fühlte sich alles richtig an, so perfekt.

„Wo werde ich schlafen?" Grannys Stimme schrillte über die Terrasse. Die alte Dame hatte die Tür geöffnet und das Licht angemacht.

Haley erstarrte.

Jayden fluchte.

„Na, da seid ihr ja. Ich habe euch bereits überall gesucht."

Haley lächelte Granny über Jaydens Schulter hinweg an. Gott sei Dank stand Jayden mit dem Rücken zu Granny, sodass ihr der Blick auf das Zelt in seiner Hose erspart blieb.

„Du kannst im Zimmer neben dem Bad schlafen", rief Jayden ihr zu. Seine Augen waren geschlossen und sein Kiefer angespannt. Haley wusste, dass er seine Erektion zu beruhigen versuchte.

„Ist es das Zimmer mit der fehlenden Tür? Dort kann ich nicht schlafen. Das ist Haleys Zimmer. Wenn ich dort übernachte, wo wird sie dann schlafen?"

„Sie kann in meinem Bett schlafen", sagte Jayden scharf.

„Auf gar keinen Fall. Nicht, solange ich im Haus bin. Ihr beide seid keine offiziellen Gefährten." Granny verschränkte die Arme.

Haley nahm langsam ihre Hand von seiner Erektion und er stöhnte.

„Ich bin erwachsen, Granny", warnte Jayden.

„Und ihr seid kein Paar."

„Granny …" Jaydens Stimme klang drohend.

Haley strich ihre Kleidung glatt. Sie wollte nicht, dass die beiden ihretwegen in einen Streit gerieten.

„Es ist schon in Ordnung", flüsterte sie, bevor sie ging. Sie wusste, dass er sich nicht umdrehen konnte. Noch nicht.

Haley lächelte Granny an. „Ich werde in meinem Zimmer schlafen, Granny. Mach dir keine Sorgen."

„Braves Mädchen." Granny tätschelte ihren Arm.

„Komm mit hinein und ich zeige dir, was ich dir mitgebracht habe."

„Du hast mir etwas mitgebracht?" Haley runzelte nachdenklich die Stirn und ging durch die Tür ins Haus.

„Es ist deine Bestellung von der Party." Granny führte sie

in das dritte Schlafzimmer, in welchem ein kleiner Reise-koffer auf dem Bett lag.

„Meine Bestellung?" Plötzlich dämmerte es ihr. „Ach so, diese Bestellung!" Sie beeilte sich, die Tür zu schließen. Ihr Gesicht wurde vor Verlegenheit knallrot.

Heilige Scheiße.

Sie war so eine Idiotin.

„Lass uns ein wenig miteinander reden." Granny setzte sich und bedeutete ihr, sich dazuzusetzen. Haley hoffte, Granny würde kein Gespräch über Sex anfangen. Das traute sie der alten Dame ohne Weiteres zu.

„Ich sehe, dass ihr euch nähergekommen seid." Grannys Augen glitzerten.

„Nun, er hatte den Auftrag, mich zu beschützen." Ihr Hals war rau wie Sandpapier und sie versuchte zu schlucken.

Granny tätschelte ihren Arm. „Du hast ihm nicht gesagt, dass du ihn liebst, nicht wahr?"

Haley drehte ruckartig den Kopf und schaute in Grannys alte Augen. Ihr Gesicht wurde heiß und sie verlagerte ihr Gewicht auf dem Bett.

„Jayden hat viel durchgemacht seit der Nacht in Loui-siana, als er so übel zugerichtet wurde." Grannys Augen schauten traurig. „Ich habe ihn noch nie so physisch und psychisch kaputt gesehen. Doch er wollte nicht, dass ich mir seinetwegen Sorgen mache. Nicht mein Jayden. Selbst mit seinem geschundenen Körper hat er sich tapfer gehalten."

Haley Herz brach für Granny und Jayden. Sie wollte die roten Werwölfe umbringen, die für seine Verletzungen verantwortlich waren.

„Doch seit er hier bei dir ist, hat er sich verändert. Es geht ihm besser. Du hast ihn auf eine Art und Weise gesund werden lassen, wie es sonst niemandem gelungen wäre." Granny legte den Kopf schief.

„Ich habe allerdings gehört, dass Jayden eher der Typ für

eine Nacht ist und sich nicht auf eine Frau festlegt", sagte Haley. Sie wollte nicht teilen. Sie wollte alles oder nichts.

„Ich würde nicht allen Gerüchten glauben, Haley. Jayden mag sich ein wenig ausgetobt haben. Doch ich denke, dass er bereit ist, sich festzulegen. Aber, jetzt genug davon. Lass uns über das Geschäftliche reden." Granny lächelte, zog eine schwarze Tüte hervor und reichte sie ihr.

„Na los. Schau hinein. Ich muss wissen, ob es dir gefällt."

Sie griff in die Tüte und zog einen zwanzig Zentimeter langen Vibrator mit gebogener Spitze heraus. Er hatte eine neongrüne Farbe.

„Ist es die richtige Farbe? Ich hätte schwören können, dass du eisblau bestellt hattest."

Haley biss sich auf die Lippe und versuchte, nicht laut zu prusten. Diese ganze Situation war einfach zum Totlachen.

„Schalte ihn an, um zu sehen, ob er funktioniert."

„Hier und jetzt?"

„Ja, denn sollte das Teil kaputt sein, kann ich es gleich zurückschicken. Du würdest dich wundern, wie viele Frauen versuchen, Produkte zurückzugeben, die sie bereits ausprobiert haben." Granny schüttelte ihren grauhaarigen Kopf. „Die Leute haben heutzutage einfach keine Manieren mehr."

Ein Kichern entwich Haleys Lippen.

Grannys Blick war auf den grünen Vibrator geheftet, sie wartete darauf, dass Haley ihn einschaltete.

Haley schloss ihre Augen und drückte den Knopf. Der Vibrator begann ordnungsgemäß zu vibrieren.

„Granny, ich bin kein Kind mehr." Jayden stürmte durch die Tür und erstarrte. Sein Blick fiel auf Haleys Hand und seine Augen weiteten sich vor Entsetzen.

Ohne ein weiteres Wort drehte er sich um, eilte aus dem Zimmer und warf die Tür hinter sich zu.

Haley schaute zu Granny. Ihre Lippen zuckten.

Schließlich brachen beide Frauen in hysterisches Gelächter aus.

JAYDEN LIEF DIREKT in Barrett hinein, als er den Flur entlang stürmte. Das Bild von Granny, Haley und einem Vibrator war für immer in sein Gehirn eingebrannt. Genau solche Bilder waren die reinste Folter.

„Sorry, Barrett."

Barrett musterte Jayden und griff dann dessen Arm, als er weitereilen wollte.

„Ich muss dir etwas mitteilen."

„Um was geht es?" Er sah seinen Rudelführer prüfend an, seine Instinkte wurden in Alarmbereitschaft versetzt.

„Ich habe die Untersuchungsergebnisse von dem Ferkel in Haleys Handtasche."

„Und?"

„Es wurde seziert und man hat eine Notiz im Innern gefunden."

„Was?! Wie zur Hölle konnte ich das übersehen?"

Barrett schüttelte den Kopf. „Durch das Blut und die ganze Sauerei was es schwer zu erkennen. Tatsächlich gab es innere Nähte. Ohne absichtlich danach zu suchen, konnte man es also gar nicht sehen."

Jayden seufzte. Er hatte Haley gegenüber versagt, indem er dieses wichtige Beweisstück übersehen hatte.

„Was stand auf dem Zettel?" Er musste es wissen. Barretts ernstem Blick nach zu urteilen, würde ihm die Antwort nicht gefallen.

„Da stand: *Ich werde dich ficken und dann ausweiden.*"

„Was für ein gottverdammter Bastard." Jayden fluchte und sein Körper zitterte. Er verspürte den dringenden Wunsch, sich zu verwandeln.

„Immer schön ruhig bleiben, Jayden." Barrett knurrte warnend.

„Ich will ihn töten."

„Ich weiß. Und wenn er ein Werwolf sein sollte, bekommst du deine Chance."

„Es ist mir scheißegal, ob der Wichser ein Werwolf ist oder nicht. Ich werde ihn umbringen."

Ein ohrenbetäubendes Wolfsknurren entwich aus Barretts Kehle, es schien direkt aus seiner Seele zu kommen. Das Fenster vibrierte, als wäre soeben ein Jet in Überschallgeschwindigkeit vorbei gedonnert.

„Du wirst dich mir nicht widersetzen. Du stehst unter meinem Kommando und das solltest du nicht vergessen! Habe ich mich klar und deutlich ausgedrückt?" Barrett starrte ihn eindringlich an, seine Augenfarbe schien sich in ein blutdürstiges Gelb zu verwandeln, bevor sie wieder in das natürliche Smaragdgrün wechselte.

Alle kamen in den Flur gerannt, die Männer mit ihren 45ern im Anschlag und die Frauen mit vor Angst geweiteten Augen.

„Ich habe verstanden." Jayden erwiderte Barretts Blick und nickte kurz.

Barrett weigerte sich, wegzusehen. Er starrte Jayden solange an, bis dieser schließlich zu Boden schaute.

Er schaute Barretts Stiefeln hinterher, bis sie um die Ecke ins Wohnzimmer verschwanden. Jayden hob den Kopf und sah die Gruppe an, die sich versammelt hatte.

„Es ist spät und jeder sollte ins Bett gehen. Es war ein langer Tag. Wir werden uns morgen früh wieder zusammenfinden."

HALEY SETZTE sich im Bett auf und schaute auf die Uhr.

Ein Uhr nachts.

Sie hatte sich in den letzten zwei Stunden hin und her gewälzt. Sie warf die Bettdecke zurück und ging auf Zehenspitzen ins Wohnzimmer.

Sie erstarrte, als sie Braxton auf dem Sofa ausgestreckt sah, seine Füße hingen über die Kante. Es würde also heute Nacht kein Fernsehen für sie geben.

Sie seufzte und ging wieder den Flur zurück in Richtung ihres Zimmers. Vielleicht konnte sie ein Buch lesen, bis sie eindöste. Sie blieb vor Jaydens Zimmer stehen. Bevor sie zu Bett gegangen waren, hatte jeder sein Zimmer zugeteilt bekommen. Jayden schlief im Hauptschlafzimmer, Granny und sie jeweils in einem der Gästezimmer. Ava und Damon schliefen im Schlafzimmer des gigantischen Wohnwagens und Braxton schlief auf dem Sofa. Barrett hatte niemandem mitgeteilt, wo er schlief.

Ihre Gedanken gingen wieder zu Jayden. Dies war die erste Nacht, seitdem sie zusammen waren, in der sie nicht das Bett teilten.

Sie griff nach dem Türknauf. Unsicherheit kam in ihr auf, als sie die Tür öffnete.

„Komm her." Jaydens Stimme war ein raues Flüstern.

Ihr Herz wurde warm beim Klang seiner Stimme und sie schloss die Tür hinter sich ab.

„Kannst du nicht schlafen?", flüsterte sie, während sie unter seine Decke schlüpfte.

„Nicht ohne dich." Er zog sie an seine Brust, küsste sie und entflammte die Lust in ihr.

Sie hörte ein Stöhnen und bemerkte, dass es von ihr kam. Doch das war ihr egal.

„Wir müssen leise sein." Jayden legte seine Hand leicht auf ihren Mund. Sie streckte die Zunge heraus und begann, seine Finger zu lecken.

„Warte." Er strich mit dem Handrücken über ihren Wangenknochen. „Ich möchte, dass wir uns Zeit lassen."

Sie brauchte es nicht langsam. Sie wollte Jayden sofort und überall an und in ihrem Körper spüren.

„Ich will deinen Körper ganz langsam genießen." Seine Stimme klang so sehnsuchtsvoll, dass es sie schmerzte.

Sie zog sich nur ein wenig zurück, sodass ihre Augen sich an die Dunkelheit gewöhnen konnten. Seine blauen Augen zeigten dasselbe Verlangen, was auch sie verspürte.

Sie drückte ihre Lippen auf seine, schmiegte sich an seine Wärme. Ihre Nippel pressten sich durch ihr dünnes Baumwoll-Shirt gegen ihn. Seine Hand glitt ihren Rücken hinauf, bis seine Fingerspitzen ihren Nacken umfassten.

Sie schlang ihre Beine um seine Oberschenkel, sie brauchte ihn noch dichter an ihrem Körper. Sie ließ ihre Finger über seine muskulösen Schultern gleiten und er schob sie mit einem schnellen Griff unter seinen Körper.

Sein Körper presste sich gegen ihren, seine Erektion drückte gegen ihren Bauch. Jayden war nackt und sie bedauerte, dass sie noch ihre Pyjama-Hose anhatte.

Seine Hand glitt über ihren Brustkorb bis hinunter zu ihrem flachen Bauch. Seine Finger griffen den Saum ihres T-Shirts und zogen es über ihren Kopf. Es war dunkel, zu dunkel für Menschen, doch sie waren Werwölfe und konnten nachts sehen.

Sein Blick lag auf ihren Brüsten und sein Atem ging schneller. Seine Erektion zuckte gegen ihren Bauch und sie wand sich unter ihm.

„Du bist so verdammt wunderschön." Er umfasste ihre Brüste, drehte ihre Nippel zwischen seinen Fingern.

„Magst du das?"

Ihre Augen weiteten sich und sie wölbte ihr Becken gegen seine Erektion. Ihr Körper flehte nach Erlösung.

„Schh", flüsterte er und beugte seinen Mund über einen Nippel, leckte und saugte daran.

„Oh, Gott." Haley stöhnte. Das Gefühl war so intensiv, dass sie sich nicht zurückhalten konnte.

„Ich will sehen, wie du kommst. Jetzt sofort." Er legte seinen Mund um den anderen Nippel und saugte.

Haley wand sich unter ihm und umfasst seinen angespannten Hintern.

„Jayden." Sie bäumte sich auf, rieb sich gegen ihn, während er ihre Nippel zwischen seinen Fingern drückte.

Sie öffnete ihre Augen einen spaltbreit und sah ihn an. Sein lustvoller Blick bohrte sich in sie.

„Ich liebe es zu hören, wie du meinen Namen sagst."

Sie glitt mit ihren Händen seinen nackten Rücken hinauf, ihre Fingernägel strichen über seine Haut.

„Ich brauche dich in mir, Jayden, jetzt."

„Zuerst will ich dich mit meinem Mund kommen lassen." Er presste seine Handfläche zwischen ihre feuchten Schenkel.

Sie stöhnte.

„Dann will ich dich kommen lassen, während ich tief in deiner engen Pussy vergraben bin."

Er küsste ihr Kinn und wanderte dann ihren Körper hinab.

„Und wenn ich damit fertig bin, fange ich wieder von vorn an."

Sie zitterte, als sein Mund ihren Kitzler umschloss.

Jayden hielt Wort in dieser Sache.

Am nächsten Tag verbrachte Jayden die meiste Zeit mit Barrett und Damon im Behemoth. Sie versuchten nachzuverfolgen, wer Haleys Facebook-Konto gehackt hatte. Wer auch immer es getan hatte, war schlau und hatte hunderte falscher Konten eingerichtet. Es war wie ein verdammter Familienstammbaum. Wann immer sie dachten, sie hätten ihn, stellte es sich am Ende als jemand anderes heraus.

Und sie hatten erst die Hälfte der in Frage kommenden Personen durchgesehen.

Dazu kam, dass die nationale DNA-Datenbank der USA, CODIS, immer noch keine Übereinstimmung für die Samen auf Haleys Brief gefunden hatte. Barrett meinte, dies könnte bis zu einer Woche dauern.

Jayden wusste, dass sie keine Woche hatten. Er lehnte sich zurück und fuhr sich mit der Hand über das Gesicht. Visionen, wie Haley nackt unter ihm lag, gingen ihm durch den Kopf. Er hatte ihr in der vergangenen Nacht nicht viel Schlaf gegönnt und er hatte aufgehört zu zählen, wie oft sie sich geliebt hatten. Irgendwann in den frühen Morgenstunden waren sie in einen friedlichen Schlaf gefallen.

„Woher weißt du, dass er uns nicht hierher gefolgt ist?"

Damon schaute über Barretts Schulter auf den hochmodernen Monitor.

„Weil Jayden nie auf dem direkten Weg hierhergekommen ist. Er hat jedes Mal eine andere Route genommen. Außerdem habe ich an beiden Enden der Straße Kameras auf den Straßenlichtern angebracht. Wann immer ein fremdes Auto hier vorbeifährt, wird es automatisch registriert und überprüft." Barrett drehte sich in seinem Stuhl um und betrachtete Damon.

„Was ist los mit dir?"

„Was soll mit mir sein?" Trotz der Oakleys wusste jeder, dass Damon finster dreinblickte.

„Du bist irgendwie anders."

„Nein, bin ich nicht." Damon überkreuzte die Arme.

„Ich glaube, er hat ein bisschen Gewicht zugelegte." Jayden zog eine Augenbraue hoch.

„Nein, das ist es nicht." Braxton schüttelte den Kopf. „Ich glaube, er hat was machen lassen, vielleicht Botox."

„Ich habe kein verdammtes Botox machen lassen. Der Scheiß ist was für Frauen." Damon knirschte mit den Zähnen.

„Du siehst irgendwie entspannter aus." Barrett sah ihn prüfend an.

„Ja, verdammt, er ist entspannter. Das liegt an dem ganzen Sex mit Ava. Er sollte so entspannt sein, dass er buchstäblich dahinschweben sollte."

„Halt die Schnauze", knurrte Damon.

„Klingt ganz so, als hättest du das Territorium im Griff." Jayden grinste.

„Sei vorsichtig, Damon. Ava könnte dich wie ein Schoß-hündchen zähmen. Und was soll ich dann mit dir anstellen?" Barrett schlug ihm auf den Rücken und verließ den giganti-schen Wohnwagen.

HALEY GING um die Ecke im Flur und stieß gegen eine Betonwand aus Muskeln namens Damon.

„Tut mir leid." Schnell trat sie einen Schritt zurück und legte eine Hand auf ihr Herz, bevor sie um ihn herum ging.

Er griff ihren Arm.

Sie schaute in das Spiegelbild seiner Sonnenbrille.

„Kann ich dich etwas fragen?" Er sprach leise und ließ ihren Arm los. Dann sah er sich um und vergewisserte sich, dass niemand in der Nähe war.

„Klar, leg los." Was würde Damon sie fragen wollen? Sie hatten sich bislang nur ein einziges Mal unterhalten, damals, als sie in das Gebäude der Wächter gegangen war, um Barrett aufzusuchen.

„Mache ich dir Angst?"

Ihre Augen wurden groß und sie lachte ein wenig. Er verzog keine Miene, sondern war völlig ernst.

„Na ja, wenn ich dich nicht kennen würde, fände ich dich womöglich etwas einschüchternd." Sie zuckte mit den Schultern.

„Worüber redet ihr?" Ava kam in die Küche und ging direkt zum Kühlschrank. Sie begutachtete den gesamten Inhalt und nahm schließlich etwas Käse heraus. Dafür, dass sie so schlank war, aß sie eine Menge.

„Nichts." Damon richtete sich auf und küsste seine Gefährtin, bevor er in Richtung Wohnzimmer ging.

Ava schaute Haley nachdenklich an. „Er benimmt sich merkwürdig. Was hat er zu dir gesagt?"

Haley zögerte.

„Komm schon. Ich bin seine Gefährtin und daher musst du es mir sagen." Ava verschränkte die Arme.

„Na gut. Er hat mich gefragt, ob er mir Angst macht. Ich hoffe, ich habe nicht diesen Eindruck vermittelt. Ich meine, Damon hat mich dazu überredet, mit Barrett zu sprechen, als ich anfing diese Briefe zu bekommen."

„Nein, es liegt nicht an dir." Ava entspannte sich sichtlich. „Ich habe gehört, dass die anderen Jungs ihn damit aufziehen, dass er weniger knallhart als sonst wirkt, seit wir ein Paar sind." Sie steckte die Scheibe Käse in den Mund und kaute. „Ich glaube, sie verwechseln knallhart mit glücklich sein." Sie zuckte die Achseln. „Ich glaube, Damon will nicht, dass ihn irgendjemand für eine Pussy hält."

„Das ist das Letzte, was ich denken würde." Haley senkte die Stimme. „Als er mich gefragt hat, dachte ich, er spielt auf seine Narbe an."

Ava nickte. „Ich denke, dass er inzwischen etwas selbstbewusster damit umgeht. Ich habe ihm gesagt, dass mir seine Narbe gefällt. Er sieht wie ein scharfer Pirat damit aus."

Sie legte den Kopf schief und schaute in den leeren Flur, durch den Damon verschwunden war. „Ich frage mich, ob sie Piratenkostüme in seiner Größe anfertigen?"

„Ich bin nicht sicher." Haley schnaubte. „Möglicherweise. Schließlich ist er gebaut wie ein Stripper. Es gibt sicher einen Laden, der so etwas näht. Es ist ja nicht so, dass Großmütter derartige Kostüme schneidern."

„Was machen Großmütter, Liebes?" Granny kam in die Küche, sie trug ein Hawaiianisches Muumuu, das mit gelben Narzissen verziert war.

„Sag mal, Granny, bietet deine Sexspielzeug-Linie auch Kostüme für Männer?"

Ava wandte ihre Aufmerksamkeit der alten Dame zu.

„Ja, natürlich. Was brauchst du?" Granny nahm eine Weintraube aus der Obstschüssel auf der Kücheninsel und steckte sie in den Mund.

„Hast du ein Piratenkostüm? In Damons Größe?"

Granny legte nachdenklich einen Finger auf die Lippen. „Hmm, ich weiß, dass wir auf jeden Fall ein Polizisten-Kostüm haben. Oh, warte, wir haben ein Blackbeard-Kostüm. Blackbeard ist der Schrecken der Meere. Geht das auch?"

Avas Augen leuchteten und sie nickte langsam. „Ja, ich denke, das passt genauso gut."

„KOMMT ESSEN, so lange es noch heiß ist", rief Granny aus der Küche. Jayden wartete, bis er und Haley allein waren, dann zog er sie in den Waschraum.

„Was machst du?" Er schnitt ihr die Worte mit einem Kuss ab.

Er hatte sich den ganzen Tag danach gesehnt, er musste sie berühren und küssen, ohne dass jeder zuschaute. Er hatte den Tag damit zugebracht, mit Barrett mögliche Verdächtige durchzugehen und Zugänge zu Haleys Facebook-Konto zu löschen. Und noch immer mussten sie auf die Ergebnisse von CODIS warten.

Er lehnte sich zurück und schaute ihr in die Augen. „Ich habe dich vermisst."

„Ich war doch den ganzen Tag hier", murmelte sie.

„Mir hat gefehlt, mit dir allein zu sein. Ich wusste nicht, wie viele Freiheiten wir hatten, bevor alle hier aufgekreuzt sind."

„Wir können immer noch Zeit miteinander verbringen." Sie strich mit der Hand über seine Brust.

„Ja, aber ich kann dich nicht einfach im Flur nackt ausziehen." Ihre Augen weiteten sich vor Erregung. „Aber ich kann immer in dein Schlafzimmer schleichen." Sie biss leicht auf seine Unterlippe.

„Und ich kann mich ganz früh ins Badezimmer schleichen und die Tür verschließen, sodass niemand uns stört." Er wurde hart.

Jayden schaute auf die Uhr und überlegte, ob er sie schnell gegen die Wand nehmen konnte, bevor jemand sie suchen kam.

„Ich glaube nicht, dass genug Zeit ist." Sie zwinkerte, da sie seinen Gedanken erraten konnte.

„Ich muss mit dir reden, wenn das alles hier vorbei ist." Er stieß den Atem aus und legte seinen Kopf gegen ihre Stirn.

„Wir können jetzt reden."

Er schüttelte den Kopf. Nein, er musste ihr eine Wahlmöglichkeit geben. Und im Moment, wo ihre Sicherheit auf dem Spiel stand, fühlte sie sich vielleicht unter Druck, die sichere Variante zu wählen.

„Später. Ich verspreche es." Er küsste sie erneut.

Die Tür flog auf und Braxton steckte den Kopf hinein. „Ihr müsst ins Esszimmer kommen, bevor Granny sich auf die Suche nach euch macht." Er schaute sie beide von Kopf bis Fuß an und begegnete dann Jaydens Blick. „Wenigstens hast du deine Hose an und sie kann dir in der Hinsicht keinen Vorwurf machen."

Haley lachte laut auf, während Jayden seinen Freund böse anstarrte.

Grannys typisches Schlurfen auf dem Holzfußboden erklang und Jayden drückte sich an Braxton vorbei, bevor die alte Dame etwas sagen konnte.

Es gab ein Festessen, bestehend aus Brathähnchen, Kartoffelbrei, Maisauflauf, Früchtesalat und Apfelkuchen.

Haley konnte sich nicht erinnern, ein Abendessen jemals so sehr genossen zu haben.

Die Abendessen mit ihrer Familie waren formale Anlässe, jeder Gang wurde zur festgelegten Zeit serviert.

Nicht so hier.

Hier wurden sämtliche Gerichte auf einmal aufgetragen und jeder reichte die Schüsseln herum. Und an diesem Tischen lachten und redeten alle miteinander und hörten sich gegenseitig zu.

Es unterschied sich komplett von dem, was sie mit ihren Eltern erlebt hatte. Und nirgends hatte sie sich mehr zu Hause gefühlt als hier.

Fast alle waren mit dem Essen fertig, als Barretts Telefon klingelte. Er verließ den Tisch, um dranzugehen.

„Damon, was ist mit Barrett?" Braxton nickte in Richtung des leeren Stuhls.

„Was meinst du?" Damon zog ein weiteres Stück Hühnchen auf seinen randvollen Teller.

„Niemand weiß viel über Barrett. Gewöhnlich erbt der Rudelführer seinen Titel vom Vater. Doch soweit ich weiß, stammt Barrett nicht einmal aus Arkansas. Und er ist noch nicht lange hier."

Damon zuckte die Achseln, seine Sonnenbrille verdeckte seine Gesichtszüge. „Ich weiß es nicht. Vielleicht hat er den Job bekommen, indem er den alten Rudelmeister umgebracht hat, weil dieser zu viele Fragen gestellt hat." Er deutete mit der Gabel auf Braxton.

Haley grinste.

„Ich habe mich das ebenfalls gefragt." Ava schaute Damon an. „Alle Wächter sprechen in den höchsten Tönen von Barrett, doch niemand spricht über seine Familie."

„Das liegt daran, dass seine Familie aus South Carolina stammt." Granny schenkte sich eine Tasse Kaffee ein und hob die Tasse an den Mund.

Jeder drehte sich zu Granny und starrte sie an.

„Was ist?" Granny zuckte die Achseln.

„Woher weißt du das?" Jayden sah Granny aufmerksam an.

„Ich lebe schon länger als irgendeiner von euch und da knüpfte man jede Menge Kontakte." Sie nahm einen Schluck Kaffee.

„Also, was hat ihn hierher verschlagen?" Braxton lehnte sich vor, um Granny am Ende des Tisches sehen zu können.

„Woher soll ich das wissen?"

„Du bist doch diejenige mit den ganzen Kontakten." Jayden grinste.

„Gut möglich. Aber ich bin keine Klatschtante."

„Komm schon, Granny, sag es uns." Ava schmollte.

„Vielleicht hat er in South Carolina einen Werwolf umgebracht und ist zur Strafe aus dem Staat ausgewiesen worden", schlug Braxton vor.

„Wenn er jemanden umgebracht hat, dann hätte man die

Killer auf ihn angesetzt, du Idiot." Jayden sah Braxton zweifelnd an.

Braxton schüttelte den Kopf. „Nicht wenn seine Familie Verbindungen hatte und alles verschleiern konnte."

„Warum würden sie ihm dann die Position des Rudelführers anbieten und ihm die Verantwortung für einen Haufen Werwölfe übertragen?" Jayden nahm einen Schluck von seinem Bier.

„Vielleicht um jeden an der Nase herumzuführen." Damon zuckte die Achseln. „Der letzte Ort, an dem du einen Mörder unterbringen würdest, ist mitten in einem Rudel. Es ist, als würde man einen Alkoholiker in einen Schnapsladen schicken."

Haley sah sich am Tisch um und bemerkte die ernsten Gesichter. Sie begegnete Avas Blick und Ava zwinkerte ihr zu. Sie war amüsiert über die wilden Ideen der Männer.

Haley meldete sich zu Wort. „Vielleicht wurde ihm in South Carolina das Herz gebrochen."

Alle Augen sahen sie an.

„Entschuldige, was hast du grade gesagt?" Damon nahm seine Sonnenbrille ab. Seine blauen Augen schauten sie ungläubig an.

„Das klingt gut, Haley." Ava lehnte sich vor, ihre Augen leuchteten erwartungsvoll. „Erzähl weiter, ich will mehr von deiner Theorie hören."

„Möglicherweise wurde sein Herz gebrochen von der einzigen Frau, die er jemals geliebt hat. Womöglich ist sie bei einem tragischen Unglück ums Leben gekommen", überlegte Braxton, interessiert an ihrer Theorie.

„Ich weiß es nicht." Sie schob die Lippen vor und durchdachte ihre Idee. „Vielleicht ist sie bei einem Surf-Unfall getötet worden, als ein Hai sie gefressen hat."

„Was ist dann passiert?" Granny stellte ihre Kaffeetasse ab und schenkte Haley ihre ganze Aufmerksamkeit.

Haley sah zu Jayden, der sie angrinste. Er forderte sie auf, weiterzusprechen.

„Vielleicht hat er alles beobachtet und ist ihr hinterher. Es gelang ihm, mit dem Hai zu ringen und ihn an den Strand zu ziehen. Dann hat er den Hai aufgeschnitten in der Hoffnung, sie noch lebend zu finden."

Damon runzelte die Stirn und schüttelte den Kopf. „Haie tun so etwas nicht. Sie beißen und zerkauen ihre Opfer." Er nahm wieder seine Gabel in die Hand, offensichtlich verlor er das Interesse an der Geschichte.

„Es könnte ein Werwolf-Hai gewesen sein." Jeder sah sie an, als wäre sie von allen guten Geistern verlassen.

„Lasst uns einfach so tun, als gäbe es sie." Haley seufzte.

„Mach weiter." Jayden lächelte. Ihm gefiel ihre Geschichte.

„Nach ihrem entsetzlichen Tod konnte er es nicht länger ertragen, in der Nähe des Ozeans zu sein. Also ging er zum Rudelführer von Arkansas, der ihm einen Job als Wächter gab und ihn nach seinem Tod zum Rudelführer machte."

„Du hast eine blühende Fantasie, Haley." Braxton lachte auf.

„Das hat sie, in der Tat." Absolute Stille machte sich breit, als sich alle zu Barrett umdrehten, der in der Tür stand.

KAPITEL 12

„ *T*olles Abendessen, Granny." Braxton sprang vom Tisch auf und flüchtete.

Damon und Ava folgten Braxton sofort.

Haley hielt den Atem an. Ihre kleine Geschichte war nicht ernst gemeint, sie hatte nur ein wenig Spaß gemacht. Barrett hatte ihr geholfen, als sie Hilfe besonders nötig hatte. Sie wollte ihm auf keinen Fall den Eindruck vermitteln, dass sie sich über ihn lustig machte.

„Da ich für euch gekocht habe, kann ich euch wohl das Aufräumen überlassen." Selbst Granny huschte so schnell aus dem Zimmer, dass Haley schwindelig wurde.

Jayden rutschte mit seinem Stuhl zurück und stand auf.

Ihr Herz raste in ihrer Brust. Würde er sie jetzt auch allein lassen?

„Wie lange stehst du dort schon?", fragte Jayden.

„Ich muss mit Haley sprechen. Allein." Barretts Stimme war leise und ruhig und das gefiel Haley ganz und gar nicht.

„Barrett, sie hat es nicht ernst gemeint." Jayden stellte sich vor Haley.

„Schon gut Jayden." Haley stand auf und nickte ihm zu.

Sein Gesicht war grimmig, ihr Krieger stand für sie ein. „Ich will nicht, dass er dir eine Strafpredigt hält, nur weil du dir beim Abendessen eine bescheuerte Geschichte ausgedacht hast."

„Darum geht es nicht." Barrett hielt seinen Blick auf Haley gerichtet. „Ich muss mit dir über deine Eltern sprechen."

Eine Welle von Übelkeit traf Haley. Für einen Moment hatte sie das Gefühl, dass ihr Herz stehenblieb.

„Geht es ihnen gut? Hat der Stalker ihnen etwas angetan?"

„Es geht ihnen gut. Soweit wir wissen, hat der Stalker sie nie kontaktiert. Es geht um etwas anderes."

Barrett warf Jayden einen vielsagenden Blick zu. „Um etwas, das ich gern allein mit Haley besprechen würde."

„Willst du, dass ich bleibe?" Jayden nahm ihre Hand.

„Ich denke, das schaffe ich allein." Sie sah in seinen Augen, dass er verletzt war. „Ich muss lernen, mich meinen Ängsten allein zu stellen."

Er nickte und warf Barrett einen letzten Blick zu, bevor er den Raum verließ.

Sie wartete darauf, dass Barrett zu sprechen begann.

Barrett zog einen Stuhl für sie heran und sie setzte sich. Sie fand es merkwürdig, dass ihm trotz seines Rufes als unerbittlicher Arkansas-Rudelführer eine gewisse Eleganz anhaftete.

Barrett ließ seine große Gestalt in den Stuhl am Ende des Tisches nieder.

„Du beginnst mir Angst zu machen." Haley lachte nervös.

„Deine Eltern haben mich kontaktiert. Sie verlangen, dich zu sehen."

Er sah sie mit ernstem Blick an.

„Was?" Ihr stockte der Atem. Sich mit ihren Eltern zu befassen war das Letzte, was sie derzeit brauchte.

„Sie haben nicht gesagt, warum. Nur, dass es dringend sei."

Barrett machte ein finsteres Gesicht und schaute zur Seite. „Ich habe Nein gesagt."

Haley drehte ruckartig den Kopf in Barretts Richtung.

„Du hast *was* getan?"

„Ich kann sie hier nicht gebrauchen, mitten in der gegenwärtigen Situation."

Haley wollte aufspringen und Barrett umarmen. Doch irgendetwas an seiner Körperhaltung sagte ihr, dass diese Unterhaltung noch nicht beendet war.

„Dann sind sie zum Rudelführer von Louisiana und haben ihm gesagt, dass ich ihnen verbiete, dich zu sehen. Er hat einige seiner Wächter vorbeigeschickt und die Lage checken lassen. Dann sind sie zu ihm zurück und haben ihm mitgeteilt, dass du in meinem Haus bist. Sie wissen, wo du dich aufhältst."

„Wann werden sie hier sein?" Haley spürte, wie ihr das Blut aus dem Gesicht wich. Sie wollte ihre Eltern nicht sehen, um keinen Preis. Nicht nach allem, was sie ihr angetan hatten.

„In zwei Tagen." Barrett schaute zur Seite und Haley runzelte nachdenklich die Stirn. Die Fahrt hierher dauerte lange, doch sicher nicht zwei Tage. Sie schienen es doch nicht so eilig zu haben, sie zu sehen.

„Ich lasse sie in Little Rock einen Zwischenstopp einlegen und einige Papiere ausfüllen. Das sollte etwas dauern. Ich dachte, du brauchst ein wenig Zeit, dich innerlich auf sie vorzubereiten." Haley schaute auf, als Barrett sich erhob. „Ich sage dir Bescheid, wenn sie in der Nähe sind."

Sie nickte, seine Rücksichtnahme berührte sie. Er bereitete sie auf die Ankunft ihrer Eltern vor. Er hatte an ihre Gefühle gedacht, ganz entgegen ihrer Eltern.

Sie räusperte sich, bevor er durch die Tür verschwand.

„Barrett?"

Er drehte sich um und richtete seinen unnahbaren Blick auf sie.

„Danke."

Er nickte ihr zu. „Oh – und noch etwas, Haley. Damon hat recht. Haie schlucken Menschen nicht im Ganzen herunter."

JAYDEN BALLTE die Fäuste und starrte in den schwarzen Nachthimmel. Er hatte auf der Terrasse auf Haleys Rückkehr gewartet. Die Neuigkeiten, die sie ihm mitteilte, trafen ihn völlig unerwartet. Haleys Eltern kamen, um sie zu sehen. Das gefiel ihm nicht. Doch es ging nicht darum, wie er das fand, sondern wie Haley sich damit fühlte.

„Wenigstens hat Barrett mir einige Tage gegeben, damit ich mich vorbereiten kann."

„Du musst sie nicht sehen."

Haley hob das Kinn. „Nein, das muss ich nicht. Ich wünschte, ich könnte sagen, dass es mir egal ist, ob ich je wieder mit ihnen spreche. Doch irgendetwas in meinem Inneren möchte glauben, dass sie herkommen, um die Dinge wieder geradezubiegen. Vielleicht haben sie bemerkt, dass sie falsch lagen, und wollen sich bei mir entschuldigen und mich wieder mit nach Hause nehmen."

Jayden erstarrte. Würden ihre Eltern sie mit nach Louisiana nehmen? Er hatte das Gefühl, als hätte ihm jemand mit einem Baseball-Schläger in den Magen geschlagen. Würde Haley das tun? Nach Louisiana zurückkehren?

„Vielleicht haben sie mich einfach nur vermisst." Ihre hoffnungsvolle Stimme tat ihm in der Brust weh.

Er zog sie in seine Arme und sie schmolz ihm förmlich entgegen. Er liebte es, wie perfekt sie sich an ihn schmiegte, es war, als wären sie füreinander geschaffen. Er küsste ihr Haar und atmete ihren weichen, femininen Duft ein.

„Jayden, bleibst du bei mir, wenn ich meine Eltern sehen?"

„Das werde ich, wenn du möchtest."

„Ich möchte es." Sie legte ihre Arme enger um ihn.

„Ich werde bei dir sein, direkt an deiner Seite."

Die Tür zur Terrasse öffnete sich und Ava streckte den Kopf heraus. „Hey, alles klar bei euch?"

„Ja." Haley löste sich aus Jaydens Umarmung.

„Alle haben sich Sorgen gemacht. Wir dachten, dass Barrett ein ernstes Wort mit dir redet, weil wir am Tisch über ihn gesprochen haben."

„Nein, alles ist in Ordnung", antwortete Jayden.

Ava trat hinaus auf die Terrasse und seufzte. „Gut. Dann kann Jayden jetzt vielleicht mal nachsehen, was in dem verdammten Wohnwagen vor sich geht."

„Weshalb siehst du nicht selbst nach?"

„Weil sie mich nicht hereinlassen." Ava verschränkte die Arme. „Barrett sagte, dass es nur für Wächter bestimmt ist und dass, wenn ich versehentlich etwas von dem vertraulichen Zeug zu sehen bekomme, er mich umbringen muss." Sie zog eine Augenbraue hoch. „Ehrlich gesagt, glaube ich, dass sie Pornos gucken." Haley kicherte.

„Schon gut, ich sehe mal nach." Er küsste Haley und ging zur Tür.

„Hey und sag Damon, dass er recht hatte. Haie verschlucken Menschen nicht im Ganzen", rief Haley ihm nach, gerade als er nach der Türklinke griff.

Jayden lachte. „Das werde ich tun."

„ICH WUSSTE GAR NICHT, dass Barrett ein Haus in Fayetteville besitzt." Ava ließ sich in einen der Adirondack-Sessel auf der Terrasse fallen.

„Ich weiß." Haley setzte sich und schaute hinauf zu den Sternen. „Er hat einen gemütlichen Garten."

„Alles sieht sehr gemütlich aus, das habe ich von Barrett nicht erwartet. Ich hätte gedacht, dass er eine Eigentumswohnung hat, alles aus rostfreiem Stahl, und eine Innenarchitektur mit klaren Linien."

Haley lachte.

„Wie geht es dir denn so?" Ava schaute nach oben, der gesamte, nachtschwarze Himmel war mit Sternen übersät.

„Es wird mir deutlich besser gehen, wenn dieser Stalker gefasst ist. Dann kann ich in mein normales Leben zurückkehren."

„Ich wollte eigentlich wissen, wie es dir seit Oktober geht, seit deiner Entführung."

Haley sah Ava an, die nicht länger nach Sternschnuppen Ausschau zu halten schien, sondern stattdessen sie anschaute.

„Okay. Ich hatte keine Zeit darüber nachzudenken, seit das mit dem Stalker angefangen hat." Das war die Wahrheit.

„Es ist, als hätte ich ein Martyrium gegen ein anders eingetauscht." Haley schaute zurück zu Ava. „Weißt du, ich hatte nie die Gelegenheit, mich bei dir zu bedanken."

„Mir danken? Wofür denn?"

„Dafür, dass du geholfen hast, mich zu finden. Nachdem ich gerettet und von einem der Arkansas-Wächter befragt wurde, erfuhr ich, dass *du* den Lippenstift gefunden hattest, den ich als Spur hinterlassen hatte. Du brachtest Damon und Jayden dazu, zurück zur Tankstelle zu fahren, um herauszufinden, ob jemand sich an mich und meinen Entführer erinnerte. Gott sei Dank erinnerte sich der Angestellte tatsächlich an uns."

Ava zuckte die Achseln. „Ich dachte, vielleicht finde ich

als Frau eine Spur, die ein Mann eher übersieht. Es war clever von dir, den Lippenstift mit diesem Namen als Hinweis auf deine Entführer zu wählen."

„Ich hatte nur Glück. Ich meine, wie viele weibliche Werwölfe verwenden tatsächlich die Farbe *Tödliches Rot* und tragen den Lippenstift dann auch noch bei sich?"

„Ich habe nie erfahren, wie Davon Jenkins es geschafft hat, dich zu entführen." Avas Stimme war sanft, aber nachdrücklich. Haley hatte nie über diese Nacht gesprochen und ihre Eltern waren an schmutzigen Details erst recht nicht interessiert. Doch die Arkansas-Werwölfe waren besser als ihre Familie. Sie wussten, wie man miteinander umging. Sie waren eine Familie, von der sie schnell ein Teil geworden war.

„Du musst nicht darüber sprechen, wenn du nicht willst."

Haley lächelte. „Weißt du, es würde mir anschließend wahrscheinlich besser gehen."

Haley lehnte sich in ihrem Sessel zurück und schaute in den Himmel. „Ich war auf dem Weg zu meinem Freund. Ich hatte zu Hause noch schnell ein paar Klamotten zusammengepackt und war unterwegs zum LSU-Campus. Es war zwar schon spät, doch mir machte die Fahrt nichts aus. Ich hielt an der Tankstelle und musste drinnen bezahlen, weil der Kreditkartenautomat draußen nicht funktionierte. Glücklicherweise hatte ich Bargeld dabei."

„Der Angestellte sagte, Davon Jenkins hätte dich nach Geld gefragt, aber du hast abgelehnt."

„Das tat ich. Ich wusste, dass er ein roter Wolf war, weil er den typischen Gestank verbreitete. Ich wollte ihn nicht in meiner Nähe, weil ich wusste, dass mein Freund völlig ausgeflippt wäre, wenn der Geruch von einem anderen Werwolf, vor allem einem roten Wolf, an mir haftet."

„War dein Freund sehr eifersüchtig?"

„Nein, ihm ging es vor allem um das äußere Erscheinungsbild und darum, was andere dachten." Haley schüttelte den Kopf. „Jedenfalls, nachdem Jenkins ohne zu bezahlen verschwand, war ich ziemlich erleichtert, dass er weg war. Sein ekelhafter Blick hatte mir Schauer über den Rücken laufen lassen." Haley zitterte bei der Erinnerung.

„Ich bin zurück in mein Auto und habe alle Türen verriegelt. Als ich dann weiterfuhr, ging nach einigen Meilen die Servolenkung kaputt. Ich fuhr an den Straßenrand und wartete darauf, dass jemand anhält und mir hilft. Und in dem Moment hält Jenkins mit seinem Truck hinter mir. Später erfuhr ich, dass Jenkins die Kabel für die Servolenkung durchgeschnitten hatte. Er packte mich und warf mich zu Boden. Ich trat ihm zwischen die Beine und konnte entkommen, doch er erholte sich schnell und warf sich erneut auf mich. Ich erinnere mich, dass ich auf dem Bauch landete und mir die Luft aus den Lungen gepresst wurde. Es war kein Verkehr und ich betete, dass wenigstens ein einziges Auto vorbeikommen möge. Ich dachte, dass dies ihn abschrecken und er mich gehen lassen würde. Dann packte er mich bei den Knöcheln und zog mich zu seinem Truck. Ich erinnerte mich an den Lippenstift und schaffte es, ihn aufrecht in den Straßenboden zu drücken, und hoffte, jemand würde ihn finden." Haley drehte sich zu Ava. „Und du hast ihn gefunden. Ich schuldige dir ein großes Dankeschön."

„Nein, du musst Jayden danken." Ava schüttelte den Kopf. „Wir wussten nicht, dass er dich gefunden hatte. Er ist der Held."

Haley schaute wieder zu den Sternen und nickte. „Ja, er ist mein Held. Mehr, als er es je wissen wird."

„WARUM BIST du so schlecht gelaunt?" Damon sah Jayden an, als dieser sich Kaffee einschenkte. „Und warum zum Teufel hat Barrett diese Steinzeit-Kaffeemaschine?" Damon fluchte, als er die Kanne hervorzog, die Maschine jedoch weiterlief und der Kaffee sich auf der Arbeitsfläche verteilte.

„Barrett ist ein Geizkragen und ich bin nicht schlecht gelaunt." Jayden starrte ihn wütend an. Na ja, vielleicht war er nicht besonders gut gelaunt, aber das konnte er nun auch nicht ändern.

„Er hat dicke Eier, weil Granny ihn und Haley letzte Nacht im Bett erwischt hat." Braxton nahm einen Karton Orangensaft aus dem Kühlschrank und trank direkt aus der Packung. „Und er ist wahrscheinlich deswegen so schlecht gelaunt, weil sie ihn erwischt hat, bevor er die Sache beenden konnte, wenn du verstehst, was ich meine."

„Verpiss dich." Jayden starrte erst Braxton und dann Damon wütend an.

Damon hielt abwehrend die Hände hoch und grinste. „Schau mich nicht so an. Ich hatte Glück heute Morgen. Schon zwei Mal."

Jayden fuhr sich mit der Hand über das Gesicht. Er war gereizt und frustriert. Sehr frustriert.

„Ich weiß, dass Granny dieses Sex-Spielzeug für Männer hat. Es ist eine künstliche Vagina. Vielleicht hat sie es mitgebracht und lässt es dich benutzen." Damons Lippen verzogen sich zu einem fast unmerklichen Lächeln.

Braxton sah hinüber zu Damon. „Im Ernst? Wer zur Hölle würde so etwas wollen?"

„Jemand, der in Not ist. In der Not tut es jeder Hafen, wie

man so schön sagt." Damon schnaubte.

Jayden knurrte.

„Was ist hier los?" Barrett kam in die Küche und ging schnurstracks zur Kaffeemaschine.

„So einiges." Damon starrte auf Jaydens Schritt und Jayden zeigte ihm den Mittelfinger.

„Wir haben uns gefragt, wieso du eine Kaffeemaschine hast, die aussieht, als wäre sie dir direkt von Jesus vererbt worden. Und wir haben uns über die künstliche Pussy unterhalten, die Granny vertickt, und darüber, dass Jayden eine braucht." Braxton griff einen der Donuts vom Teller, die Ava am Morgen von der Bäckerei geholt hatte.

Barrett drehte sich um und starrte alle drei mit Abscheu an. „Ich habe nicht das geringste Interesse, mich darüber zu unterhalten, warum Jayden eine künstliche Vagina braucht. Die Kaffeemaschine funktioniert einwandfrei, weshalb soll ich sie also ersetzen? Und jetzt werde ich zu meinem Wohnwagen gehen und versuchen zu vergessen, dass wir diese Unterhaltung überhaupt geführt haben." Barrett schnappte sich zwei Donuts vom Teller.

„Und esst ja nicht alle verdammten Donuts auf", rief er beim Hinausgehen über die Schulter.

„Das Folgende habe ich herausgefunden." Barrett lehnte sich in seinem Behemoth im Sessel zurück und schaute die anderen Wächter an. Es war fast Abend und er hatte den ganzen verdammten Tag am Computer verbracht, seine Kontakte spielen lassen und versucht, das Netz um den Stalker enger zu ziehen.

Damon verschränkte die Arme über seiner breiten Brust, Barrett lehnte gegen den Tisch, an dem einer der Computermonitore aufgestellt war. Zane stemmte die Hände in die Hüften und schaute von Zeit zu Zeit wütend zu Jayden.

Jayden ignorierte Zane, stützte seine Ellenbogen auf die Knie und wartete darauf, dass Barrett anfing zu sprechen. Lucien war draußen, er patrouillierte als Jogger die nächtliche Straße.

„Der Hacker von Haleys Facebook-Konto und dem der Universität wurde zu einer Kleinstadt nahe Shreveport in Louisiana zurückverfolgt."

„Es könnte also jemand sein, den Haley kennt, wie beispielsweise ihr Ex-Freund." Braxton verschränkte seine tätowierten Arme.

„Nein. Er ist es nicht." Barett schüttelte den Kopf. „Ich habe jemanden dorthin geschickt. Das Gebäude ist leer und es gibt keine offizielle Urkunde. Es ist eine verlassene Ruine, die der Bank gehört. Wir vermuten, dass, wer immer es auch ist, er nachts mit einem Laptop und einem Wi-Fi-Stick dort hingeht. So hackt er sich dann in ihren Computer."

Jayden schaute aus dem Fenster. „Es wird langsam dunkel. Wir sollten jemanden dort haben, der auf ihn wartet."

Barrett nickte frustriert, denn er hatte bereits jemanden geschickt. Wann würden sie anfangen, ihm zu vertrauen? Er war schon zu lange dabei, als dass sein Können noch immer in Frage gestellt werden sollte.

„Ich habe Jaxon den Auftrag gegeben. Er ist bereits dort."

Jayden nickte.

„Was ist mit CODIS? Haben wir schon eine Übereinstimmung von der Gendatenbank erhalten?" Damon verschränkte die Arme und lehnte seine Hüfte gegen die Arbeitsfläche vor einem der vier Computer des Behemoths.

„Noch nicht. Doch ich habe das Gefühl, dass wir dicht dran sind." Barrett schaute alle seine Männer der Reihe nach an. „Und wenn diese Sache sich erfolgreich dem Ende neigt, dann will ich keinen Ärger."

„Wovon redest du?" Damon runzelte die Stirn.

„Ich will, dass alles ohne Probleme verläuft." Barrett hielt

Jaydens Blick stand. „Mir scheint, dass es in letzter Zeit alles andere als reibungslos verläuft."

„Ich finde, unsere Missionen laufen immer glatt, ich habe keine Ahnung, wovon du redest." Damon schüttelte den Kopf.

„Ich rede davon, dass wir auf der Suche nach Jayden in eine Massenschlägerei in einem Stripclub geraten sind, die *du* angezettelt hast. Noch dazu warst du wie Spartakus gekleidet."

Braxton lachte.

Barrett sah ihn scharf an und Braxton wurde sofort wieder ernst.

„Braxton, du hast fast die Thorn-Crown-Kapelle in Eureka Springs in Trümmer gelegt." Jayden schnaubte.

Barrett schaute ihn an. „Und du? Ich will mir bei Gott nicht ausmalen, was du anstellen wirst." Barrett stand auf. Er brauchte ganz plötzlich einen Drink. Einen Drink mit hohem Alkoholgehalt.

„Zane, geh und hilf Lucien." Barrett schaute seinem Wächter in die Augen.

Zane nickte und verließ schweigend den Wohnwagen.

„Braxton, behalte den Computer im Auge, falls wir eine Nachricht von CODIS erhalten. Ich verschwinde eine Weile ins Haus."

Braxton kicherte.

Damon warf ihm einen bösen Blick zu. „Worüber lachst du denn?"

„Ich habe nur grade an dich in dem Spartakus-Kostüm

gedacht. Wo hattest du das eigentlich her?"

„Es gehört ihm. Granny hat es mir geliehen." Damon zeigte mit dem Daumen auf Jayden.

„Ja, und das will ich wiederhaben. Weißt du, wie viel das verdammte Teil gekostet hat?" Jayden drehte sich in seinem Chefsessel.

Damon rieb sich den Nacken und schaute weg.

Jayden sah in eindringlich an. „Du hast es noch, oder?"

„Ja."

„Kann ich es dann endlich zurückhaben?"

„Komm schon, Kumpel. Ava gefällt das Kostüm wirklich gut." Damon verzog das Gesicht.

„Was?"

„Ava mag das Kostüm sehr."

„Alter, sie lässt dich das im Bett tragen?" Braxton wurde ernst.

Damon schien unbehaglich zu sein und er verlagerte sein Gewicht. „Nicht die ganze Zeit."

Jayden sah Braxton an und beide brachen beim Anblick von Damons leidvollem Gesicht in brüllendes Gelächter aus.

„Lässt sie dich den Gladiator-Sklaven spielen und ist sie dabei die Prinzessin?" Jayden zog vielsagend eine Augenbraue hoch.

Damon erstarrte.

„Ach du Scheiße. So läuft das tatsächlich. Es ist dein voller Ernst."

Jayden konnte nicht anders, aber er war ein wenig neidisch. Vielleicht konnte er Haley dazu überreden, hin und wieder eine heiße Schulmädchenuniform zu tragen.

Jayden drehte seinen Kopf in Richtung Braxton. „Stehen du und Kate auf Rollenspiele?"

„Noch nicht." Braxton klang überaus interessiert, auf neuen Pfaden zu wandeln. „Wo mag sich wohl der nächstgelegene Kostümverleih in Eureka Springs befinden?"

„Du kannst online bestellen."

Beide schauten zu Damon.

„Lässt du sie das Rotkäppchen-Kostüm aus dem Stripclub tragen?"

„Manchmal." Ein leichtes Lächeln umspielte Damons Mundwinkel.

„Das war ein höllisch heißes Outfit." Braxton nickte anerkennend.

Damon knurrte. „Ihr beiden Wichser vergesst besser ganz schnell, wie sie in dem Kostüm aussah, oder ich kratze euch die Augen aus."

Jayden hielt abwehrend die Hände hoch. „Immer locker, Damon. Braxton ist offiziell verpartnert und ich …"

„Ja, was ist mit Haley und dir?" Braxton, der neugierige Bastard, lenkte das Gespräch wieder auf Jayden.

„Ich weiß es nicht. Außerdem haben wir uns grade über Damons Kostüm unterhalten, nicht über meine Beiziehung."

„Oh, es ist also eine Beziehung." Damon grinste.

„Wirst du dich offiziell mit ihr verpaaren?", fragte Braxton.

„Über was für Kostüme sprecht ihr Jungs?"

Granny steckte ihren grauhaarigen Kopf in den Wohnwagen. Die alte Dame war wie eine Katze. Trotz ihres Alters konnte sie sich an einen heranschleichen. Bevor man es bemerkte, war sie bereits da. Jeder schien plötzlich wahnsinnig beschäftigt mit etwas, das die volle Aufmerksamkeit erforderte.

Die Tür wurde zugeknallt und jeder schaute auf. Barrett stand dort, er hielt seinen Kaffeebecher halb an die Lippen. Er sah sie stirnrunzelnd an. „Worüber unterhaltet ihr Mädels euch oder will ich das gar nicht wissen?"

„Wir haben darüber gesprochen, ob Jayden sich mit Haley verpartnern wird", sagte Damon.

Jayden starrte den Werwolf an.

„Ich dachte, ihr sprecht über Sex-Kostüme für Rollenspiele." Granny zuckte die Achseln. „Zumindest haben mich die Ladys danach gefragt. Sie wollten sogar einen Katalog sehen."

Damon blinzelte. „Du hast Kostüme?"

„Ich will verdammt sein", murmelte Barrett, stieß die Tür des Wohnwagens auf und ging wieder zurück ins Haus.

DIE DÄMMERUNG WURDE SCHNELL zur Nacht. Haley starrte Jayden an, während er sie darüber informierte, wie sie das Konto nach Louisiana zurückverfolgen konnten, mit welchem ihr eigenes Facebook-Konto gehackt worden war.

Aus irgendeinem Grund hatte sie nie erwartet, dass der Stalker tatsächlich aus ihrem Heimatstaat stammte und womöglich jemand war, den sie kannte.

Es fühlte sich einfach nicht richtig an.

„Aber das Gebäude ist verlassen und steht mit niemandem in Verbindung." Jayden schüttelte den Kopf. „Es gehört der Bank. Barrett überprüft alle Bankangestellten, um zu sehen, ob irgendetwas verdächtig ist."

Sie nickte und schaute dann weg. „Ich weiß nicht, Jayden. Ich glaube, ich habe nie wirklich in Betracht gezogen, dass es jemand sein kann, den ich kenne."

„Stalker kennen ihr Opfer gewöhnlich. Es könnte jemand sein, dessen Bitte um ein Date du abgelehnt hast, oder jemand aus der Highschool, der damals auf dich stand."

„Ich hatte keine Dates in der Highschool." Ihr Magen verkrampfte sich, als sie an ihre Kindheit zurückdachte. „Meine Eltern waren mehr daran interessiert, dass ich genügend Punkte habe und es an die LSU schaffe." Sie versuchte sich an jemanden zu erinnern, der sie um ein Date gebeten hatte, doch ihr fiel niemand ein.

„Vielleicht war jemand in dich verliebt, ohne dass du

davon wusstest. Stalker sind gewöhnlich diejenigen, die man am wenigsten erwartet."

Jayden griff nach ihrer Hand. Sein Daumen streichelte in kleinen Kreisen über ihre Handfläche.

Jetzt liefen Schauer ganz anderer Art über ihren Rücken. Nur Jayden konnte sie mit einer einzigen Berührung alle ihre Sorgen vergessen lassen.

Sie grinste.

„Was ist?" Ein leichtes Lächeln umspielte seine Mundwinkel.

Sie trat dicht an ihn heran und ließ ihre Hände über seine muskulösen Arme bis hinauf zu seinen starken Schultern gleiten. „Ich habe nur grade daran gedacht, dass ich dich trotz des ganzen Dramas auf der Stelle vernaschen möchte."

Seine Augenbrauen schossen hoch. „Tatsächlich? Hier draußen auf der Terrasse?"

Sie schaute hinter ihn und dann wieder in seine Augen. „Gegen die Wand in der dunklen Ecke, nur für den Fall, dass jemand nach draußen kommt."

„Das klingt ganz nach meinem Geschmack."

„Und dann vielleicht –" Haley erstarrte und neigte den Kopf.

„Was ist los?" Jayden sah sich nach versteckten Gefahren um.

„Das war ja merkwürdig. Ich dachte, ich höre die Stimme meiner Mutter." Sie schaute Jayden an. „Doch das kann nicht sein, denn Barrett meinte, dass sie nicht vor morgen in Fayetteville ankommen. Wir werden sie in der Stadt treffen, da sie die Adresse des Hauses nicht kennen."

„Lass uns nachsehen." Jayden ging ins Haus und sie folgte dicht hinter ihm.

Als sie zur Küche kamen, blieb Jayden ruckartig stehen, wodurch Haley zwangsläufig gegen seinen Rücken prallte.

„Ich verlange, meine Tochter zu sehen." Die Stimme ihrer Mutter hallte durch die Küche.

Haley schaute an Jayden vorbei. Ihre Eltern standen dort mit dem Rücken zu ihr. Sie waren gekleidet, als wären sie auf dem Weg in die Oper, und wandten sich an den Rudelführer von Arkansas. Braxton und Damon standen mit einer abwehrenden Körperhaltung neben Barrett.

Jayden griff hinter sich und hielt sie fest.

„Sie befinden sich jetzt in meinem Territorium, Lady. Und ich empfehle Ihnen dringend, dass Sie die Finger aus meinem Gesicht nehmen." Barretts Stimme war gleichmäßig, doch sie hatte einen wütenden Unterton.

„Wissen Sie, wer wir sind?" Ihr Vater, John Stanley Guthrie III, schob seine Brust heraus und ging auf Barrett zu.

Barrett sah auf ihren Vater hinab und Haley war erstaunt über den Größenunterschied. Sie wusste, dass Barett groß war, doch erst jetzt wurde ihr das deutlich.

„Ich weiß, wer Sie sind. Und damit wir uns gleich richtig verstehen: Das bedeutet hier einen Scheiß. Hier in Arkansas bin ich der Rudelführer. Hier bin ich das Gesetz. Und hier haben Sie keinerlei Machtbefugnis." Barrett knurrte ihn an.

Haley schnappte nach Luft. Sie bezweifelte, dass irgendwer jemals so zu ihren Eltern gesprochen hatte.

Alle drehten sich um. Erst jetzt bemerkten ihre Eltern, dass sie dort stand.

Ihre Augen wurden groß und Haley erwartete, dass ihre Eltern auf sie zulaufen und sie in die Arme schließen würden. Sie erwartete, dass sie sie um Verzeihung bitten und ihr sagen würden, wie sehr sie sie vermissten hatten.

„Was hast du getan, Haley?" Ihre Mutter sah sie voller Verachtung an. Haley machte einen Satz zurück, als ob sie geschlagen worden wäre.

„Reicht es nicht, dass du dich mit diesem roten Wolf ruiniert hast? Musstest du dich noch öffentlich auf Facebook als Hure anpreisen und so unserem Familiennamen Schande bringen, nur um dich an uns zu rächen?" Ihr Vater bekam ein rotes Gesicht und seine schmalen Augen vermittelten ihr das Gefühl, sie würde einen Fremden anblicken.

Plötzlich herrschte Stille. Granny und Ava standen mit offenen Mündern neben dem Kühlschrank. Barrett und seine Wächter standen daneben mit gefletschten Zähnen und knurrten.

Und dann war da noch Jayden. Ein langsames, qualvolles Knurren erhob sich tief aus seiner Kehle. Ihre Eltern sprangen zurück, ihre Augen weiteten sich vor Angst oder ob der Tatsache, dass sie tatsächlich von jemandem ange-knurrt wurden.

„Sie sind die erbärmlichsten Eltern, die mir je unterge-kommen sind." Jayden zeigte auf sie.

Haleys Eltern klappte der Mund auf. Sie hielt die Luft an.

„Ihre Tochter wurde entführt und dennoch beschuldigten Sie sie. Und nachdem sie sicher und unversehrt zu Ihnen zurückgebracht wurde, waren Sie verzweifelt, weil Sie dach-ten, die Leute würden annehmen, dass sie vergewaltigt wurde und so Ihr Ruf ruiniert ist." Jayden trat einen Schritt näher.

„Und jetzt, wo ein Stalker ihr Facebook-Konto gehackt hat und Lügen verbreitet, beschuldigen Sie sie noch immer. Sie beide sind erbärmlich. Und wenn Sie es noch einmal wagen, ein verletzendes Wort zu oder über Haley zu sagen oder sie auch nur schief von der Seite ansehen, dann, Gott helfe mir, werde ich Ihr Leben beenden und niemand wird jemals erfahren, was Ihnen zugestoßen ist."

Ihr Vater wandte sich mit einem Schmunzeln an Barrett. „Ihr Wächter hat mich soeben bedroht. Ich bestehe auf sofor-tige Disziplin und darauf, dass er umgehend von seiner Posi-tion entfernt wird."

„Sie werden eine formale Beschwerde einreichen

müssen", sagte Barrett scharf. „Doch bevor ich mein Urteil hierzu fälle, werde ich berücksichtigen, dass Sie meinen Befehl ignoriert haben, in Little Rock die notwendigen Papiere auszufüllen und ein Treffen mit Haley zu beantragen. Ich werde zudem berücksichtigen, dass Sie sich meinen Anweisungen für ein Treffen in der Stadt am morgigen Tag widersetzt haben. Und dann werde ich dafür sorgen, dass ich mir mit ihrer Beschwerde den Arsch abwische."

Ava prustete und schlug sich mit der Hand auf den Mund.

Haleys Mutter starrte sie an, war jedoch klug genug, kein Wort von sich zu geben.

Haley unterdrückte ein Lächeln. Noch nie zuvor hatte sie ihre Eltern so nervös gesehen. Gewöhnlich waren ihre Eltern diejenigen, die andere Menschen einschüchterten, und nun saßen sie endlich einmal selbst auf dem heißen Stuhl.

„Wenn Sie nun wissen wollen, ob Haley bereit ist, sich mit Ihnen zu unterhalten, so schlage ich vor, dass Sie Haley freundlich fragen. Anderenfalls schlage ich vor, dass Sie sich verdammt noch mal aus meinem Haus verpissen." Barrett trat dicht vor Haleys Vater, sollte dieser es wagen zu widersprechen.

„Aber …" Ihr Vater beging den Fehler, seinen arroganten Mund zu öffnen.

„Und Damon und Braxton werden Ihnen gern den Weg zur Tür zeigen." Barrett lächelte, seine blendend weißen Zähne ähnelten einem Hai-Gebiss. Braxton und Damon traten vor.

„Barrett, es ist schon in Ordnung. Ich werde mir anhören, was sie zu sagen haben."

Haley spürte Jaydens Hand beschützend im Rücken. Sie lächelte ihn an.

„Und was immer sie zu sagen haben, es kann hier vor allen Anwesenden geäußert werden."

231

„*I*ch denke, wir besprechen uns lieber privat, Haley." Ihre Mutter hob das Kinn.

Haley schüttelte den Kopf. „Nein, Mutter. Dies sind meine Freunde und sie sind eine bessere Familie für mich, als ihr beide es je wart. Deswegen schlage ich vor, dass ihr mir sagt, was ihr wollt, damit ihr dann wieder verschwinden könnt." Es tat ihr in der Brust weh, wie schlimm sich die Dinge zwischen ihnen entwickelt hatten.

„Du bist uns eine Erklärung schuldig, was es mit dieser Facebook-Sache auf sich hat", befahl ihr Vater.

„Was gibt es da zu erklären? Jemand hat es auf mich abgesehen und mein Facebook-Konto gehackt."

Ihr Vater sah erstaunt aus. Er sah sich im Raum um und nickte dann in Richtung Jayden.

„Er hat etwas von einem Stalker gesagt. Wovon redet er?" Die Wangenmuskeln ihres Vaters zuckten und sie wusste, dass er alle Geduld aufbringen musste, um seine Zunge unter Kontrolle zu halten. Ihr Vater war kein geduldiger Mann, auch war er es gewohnt, dass die Leute Haltung annahmen, wenn er etwas wollte, beziehungsweise anordnete.

„Als ich hierhergezogen bin, bekam ich plötzlich anonyme Briefe. Sie fingen harmlos an, wurden aber zunehmend aggressiv. Dann bin ich zu Barrett gegangen, da er mein neuer Rudelführer ist, und bat um Hilfe." Sie schaute zu Barrett, der noch immer in dominanter Körperhaltung dastand. Sollten ihre Eltern ihr auch nur ein Haar krümmen, würde er eingreifen, dessen war sie sich sicher. Wenn Jayden ihm nicht zuvorkam.

„Ich verstehe." Ihr Vater zeigte keinerlei Emotion.

„Warum erzählen Sie mir nicht, wie Sie an meine Adresse gelangt sind?" Barrett starrte ihren Vater an, der anfing zu blinzeln.

„Der Rudelführer von Louisiana hat sie mir gegeben. Er sagte, er hätte sich hier einst aufgehalten, als die LSU in Arkansas gespielt hat."

Barretts Augen blitzten auf, sie waren gelblich und leuchteten vor Blutdurst. Er war ganz offensichtlich überrascht, dass der Rudelführer von Louisiana diese Information herausgegeben hatte. Haley wusste, dass, welche Information auch immer zwischen den Staaten und den jeweiligen Alpha-Tieren ausgetauscht wurde, diese streng vertraulich waren. Doch sie wusste auch, dass der Louisiana-Rudelführer ziemlich manipulativ war, wenn er etwas wollte.

„Ich verstehe. Sagen Sie, wie viel Geld mussten Sie ihm zahlen, um an diese Information zu kommen?"

Ihr Vater bekam ein rotes Gesicht. Sie wusste sofort, dass ihr Vater sich schuldig gemacht hatte, indem er den Rudelführer bestochen hatte.

„Es tut mir leid, Barrett", flüsterte sie. Noch nie hatte sie sich so dafür geschämt, mit ihren Eltern verwand zu sein.

„Du musst dich nicht entschuldigen, Haley. Deine Eltern haben dich in ernsthafte Gefahr gebracht dadurch, dass sie hierhergekommen sind. Und wenn sie den Stalker hierhergeführt haben, werde ich sie als Rudelführer von Arkansas nach meinen Regeln bestrafen."

Haleys Magen verkrampfte sich.

„Was meinen Sie damit, wir hätten Haley in Gefahr gebracht? So etwas würden wir niemals absichtlich tun." Ihre Mutter legte eine zitternde Hand auf ihre Brust, ihre Diamantringe funkelten im Licht.

„Mach dir keine Sorgen. Ich bezweifele nicht, dass der Stalker weiß, dass meine Eltern mich enterbt haben. Er würde nie erwarten, dass sie herkommen, um mich zu sehen." Sie spürte, wie Jayden von hinten näher an sie herantrat.

„Was auch immer ihr auf Facebook gesehen habt, ich versichere euch, dass ich es *nicht* gepostet habe. Ihr könnt also euren High-Society-Freunden sagen, dass mein Facebook-Konto gehackt wurde."

„Nun, was hattest du nach der Episode im Oktober, als du ruiniert wurdest, denn erwartet?" Die Stimme ihres Vaters brach ab.

DAS GENÜGTE. Jayden hatte sich viel zu lange gezwungen, ruhig zu bleiben und sich den Schwachsinn ihrer Eltern anzuhören. Er hätte sie zum Schweigen bringen sollen, als er sie das erste Mal sah.

„Ruiniert?" Jayden zitterte vor Wut am ganzen Körper. „So sehen Sie Ihre Tochter? Sie sind so von dem geblendet, was andere Leute denken mögen. Haley ist nicht ruiniert."

„Jayden, es ist schon in Ordnung." Sie berührte seinen Arm und schaute ihn an. Doch er wusste es besser. Es war nicht in Ordnung. Haley wurde von ihren Eltern erdrückt. Es ärgerte ihn maßlos.

„Nein, Baby, es ist *nicht* in Ordnung." Jayden sah auf und

bemerkte, wie sie ihn mit sanften Augen ansah. Sein Blick fiel auf ihre Eltern.

„Was im Oktober passiert ist, war nicht ihre Schuld. Sie war entführt und gegen ihren Willen festgehalten worden. Und sie wurde gerettet und unversehrt zu Ihnen zurückgebracht."

„Sie war nicht unversehrt." Ihre Mutter presste die Lippen zu einer schmalen Linie zusammen.

„Tatsächlich war ich das, denn Jayden kam herein, bevor mich der rote Werwolf vergewaltigen konnte. Jayden hat ihn getötet."

„Aber …" Zum ersten Mal fehlten ihrer Mutter die Worte.

„Warum hast du das nicht gesagt?" Die Stimme ihres Vaters klang streng.

„Ihr habt mir keine Chance gegeben. Ich habe es versucht, doch ihr sagtet beide, dass ihr nichts hören wollt. Da wusste ich, dass ich für euch gestorben bin." Ihre Stimme zitterte.

„Haley, das bedeutet, dass du Anthony immer noch heiraten kannst. Und du kannst nach Hause nach Louisiana kommen." Das Gesicht ihrer Mutter hellte sich vor Erleichterung auf.

„Ja. Pack deine Sachen und wir fahren sofort los. Morgen rufe ich als Erstes den Dekan an und lasse deine Unterlagen zurück zum LSU-College schicken."

Haley versteifte sich. Und dann stieß sie Jaydens Hände weg und ging direkt auf ihre Eltern zu.

„Ihr macht Witze, nicht wahr?"

„Nein. Du kannst nach Hause kommen." Ihre Mutter lächelte.

„Ich sage euch, was ihr tun könnt. Ihr könnt in euer Auto steigen und verschwinden. Und macht euch nicht die Mühe, je wieder Kontakt mit mir aufzunehmen. Solltet ihr das tun, spreche ich mit Barrett und lasse ihn ein Kontaktverbot erwirken, damit ihr den Staat Arkansas nie wieder betreten dürft."

„Haley Guthrie, wage es nicht, so mit uns zu sprechen. Wir sind deine Eltern", schnauzte ihr Vater.

Sie schüttelte den Kopf, ihr Gesicht war bleich, in ihren Augen zeigte sich Zweifel.

„Nein, seid ihr nicht. Nicht mehr." Sie ging an ihnen vorbei, Barrett und seine Wächter teilten sich und ließen sie ins Wohnzimmer gehen.

„Tu das nicht Haley. Es gibt keine zweite Chance", rief ihre Mutter verzweifelt.

Haley drehte sich um, alle Augen lagen auf ihr. Sie schaute ihre Mutter direkt an.

„Du hast völlig recht, Mutter."

Es brach das komplette Chaos aus, als Haley zur Haustür herausging.

Jayden drohte damit, Haleys Vater zu verprügeln. Braxton versuchte, Jayden außer Schlagweite zu halten. Und Damon sah aus, als wäre er bereit, nach Jayden selbst zuzuschlagen. Selbst Granny und Ava schlossen sich zusammen und sagten Haleys Mutter, was für eine bemitleidenswerte Mutter sie abgab.

Barrett stieß den Atem aus, grade als sein Telefon klingelte. Er griff danach und ging ins Wohnzimmer, um den Anruf entgegenzunehmen.

„Warte, ich verstehe kein einziges verdammtes Wort." Barrett ging auf die Terrasse.

„Alles klar. Was hast du für mich?" Barrett hörte gespannt zu, was Jaxon ihm mitzuteilen hatte. Er machte ein finsteres Gesicht, als er die erhaltenen Informationen wiederholte.

Dann beendete er das Gespräch.

Er rannte ins Haus und brüllte. Alles wurde still.

„Damon, sieh nach, ob wir eine Übereinstimmung von CODIS erhalten haben", befahl Barrett.

Damon eilte ohne ein Wort nach draußen.

„Was ist los? Was stimmt nicht?" Jayden drehte sich zu Barrett um.

„Jaxon hat angerufen. Sie haben ein Foto von jemandem, der heute Morgen versucht hat, in das Gebäude einzudringen, von dem aus Haleys Facebook-Konto gehackt wurde."

„Und?"

„Jaxon lässt grade das Autokennzeichen überprüfen." Barrett sah sich im Zimmer um. „Wo ist Haley?"

„Ich glaube, sie ist zur Hintertür hinaus." Jayden wurde bleich. „Nein. Ich bin ja grade von dort hereingekommen." Jayden lief aus der Vordertür. Einige Augenblicke später kam Damon in die Küche, er hielt einen Zettel in der Hand.

„CODIS hat einen Treffer." Damon hielt das Papier hoch.

Barrett schnappte das Papier und sah es an. Er blinzelte.

„Du scheinst ihn zu kennen, Barrett?" Braxton rückte näher. „Das ist völlig unmöglich." Barrett schüttelte den Kopf.

„Wer ist es?" Damon sah auf das Foto.

„Es ist der Kerl, der versucht hat, Haley zu vergewaltigen." Barrett sah auf.

„Aber Jayden hat doch gesagt, dass er ihn umgebracht hat."

Jayden kam zurück ins Haus gerannt. „Sie ist weg."

Jayden sah die anderen an. „Was ist? Gab es eine Übereinstimmung?"

Barrett nickte und hielt das Bild des mutmaßlichen Vergewaltigers hoch.

Jaydens Augen weiteten sich und er schüttelte den Kopf. „Das kann nicht sein. Ich habe ihn getötet. Ich habe ihm das Genick gebrochen."

HEISSE TRÄNEN LIEFEN Haley über die Wangen, als sie die Straße entlanglief. Sie musste Abstand bringen zwischen sich und all den Schmerz, den ihre Eltern ihr zugefügt hatten.

Sie fühlte sich gedemütigt und beschämt und wollte sich vor allem und jedem verstecken. Sie drehte sich um und war leicht enttäuscht darüber, dass Jayden ihr nicht folgte.

Sie ging langsamer und legte die Hände auf ihren Bauch.

Dann ging sie um die Straßenecke.

„Haley!"

Sie erstarrte, als ein Truck neben ihr hielt.

„Mark, was machst du denn hier?" Sie ging zu seinem Wagenfenster.

„Hey, alles klar mit dir?" Seine besorgte Stimme half ihr, sich ein wenig zu entspannen.

„Ja, ich gehe nur spazieren." Sie wischte sich die Tränen ab und schaute zur Seite. „Was tust du hier?"

„Dana hat versucht dich anzurufen. Sie muss dringend mit dir sprechen."

„Was ist passiert?" Ihr Magen zog sich zusammen.

„Sie wollte es mir nicht sagen. Sie will nur mit dir sprechen."

„Na gut. Lass mich schnell zurück zum Haus gehen und allen Bescheid sagen, wo ich hinfahre." Sie trat einen Schritt vom Truck zurück.

„Hüpf rein und ich fahre dich, anschließend bringe ich dich zu Dana." Er griff über den Beifahrersitz des Trucks und öffnete die Tür für sie.

„Na gut." Haley kletterte in den Truck.

Mark fuhr die Straße entlang und bog rechts auf die Hauptstraße. Er lächelte sie verlegen an. „Ich habe versprochen ein paar Blumen beim Blumenladen abzuholen, bevor sie schließen. Ich bringe dich danach nach Hause."

Haley runzelte die Stirn.

„Es ist nur ein kleiner Umweg, versprochen."

„Okay, aber beeile dich."

JAYDEN NAHM sein Handy und wählte Haleys Nummer. Er betete, dass sie es bei sich trug.

Ava kam ins Wohnzimmer, sie hielt ein klingelndes Handy in der Hand.

„Es gehört Haley, sie hat es nicht mitgenommen." Jayden legte auf und schob das Handy zurück in seine Jeans.

Barrett kam zur Vordertür herein mit Damon und Zane auf den Fersen. „Ich habe das Überwachungsvideo von beiden Straßenkameras angesehen. Sieht so aus, als wäre Haley zu einem Mann in einen Truck eingestiegen."

Jayden schnaubte. „Verdammt! Wie sah er denn aus?"

„Schwer zu sagen, er trug eine Baseball-Kappe und sein Gesicht war verdeckt", sagte Damon.

Haleys Telefon klingelte. Jeder schaute zu Ava. Sie schaute auf das Display. „Es ist Dana."

„Gib es mir." Jayden nahm den Anruf entgegen.

„Dana."

„Jayden, wieso gehst du an Haleys Handy?" Dana sprach mit zittriger Stimme.

„Weil sie nicht hier ist. Ist sie bei dir, Dana?" Jayden wusste, dass seine Stimme ziemlich scharf klang, doch es war ihm egal. Er musste Haley finden.

Dana atmete tief ein. „Nein, deswegen rufe ich ja an. Ich muss wirklich dringend mit ihr sprechen. Mark hat mir heute etwas sehr Verstörendes erzählt und ich ..." Ihre Stimme brach ab und sie schluchzte jämmerlich.

„Was? Was ist denn? Dana, das hier ist ernst. Ich muss es wirklich wissen." Jayden wusste, dass alle Augen im Raum auf ihm lagen.

„Mark hat mit mir Schluss gemacht."

Jayden unterdrückte den Wunsch, die Augen zu verdrehen. Haley wurde vermisst und dieses Mädel regte sich über eine zerbrochene Beziehung auf. „Tut mir leid, dass zu hören."

„Ich weiß! Er sagte, es gäbe jemand anderen." Dana startete wieder sie Wasserwerke.

„Dana …"

„Er sagte, er sei in Haley verliebt. Hat er dir gegenüber je etwas erwähnt? Ich verstehe einfach nicht, wie das passieren konnte."

Jayden schnappte sich das Foto von der Übereinstimmung von CODIS.

„Dana, wie heißt dein Freund?"

„Du meinst meinen Ex-Freund!"

„Der Name, Dana, wie ist sein Name?"

„Mark Boulland."

Jayden fiel das Handy aus der Hand. Jemand musste es aufgefangen haben, bevor es auf dem Boden aufschlug, denn ihm war vage bewusst, dass Ava mit Dana sprach.

Alles, was er sehen konnte, war der Name unten auf dem weißen Blatt Papier. Mark Boulland.

„SCHEIßE. Er hatte sich in Sichtweite versteckt. Die ganze verdammte Zeit. Er studiert an der gleichen Universität wie Haley, trotzdem war er mir nicht aufgefallen."

Jayden verfrachtete jede verfügbare Waffe in dem Wohnmobil. Der Plan war, sich in einen Wolf zu verwandeln und Haleys Duft aufzuspüren, während das Wohnmobil folgte. Sobald sie wieder Menschengestalt angenommen hatten, würden sie die Waffen anlegen.

„Soziopathen sind gewöhnlich clever. Wir übersehen sie die ganze Zeit. Mach dir keine Vorwürfe deswegen." Damon schlug ihm auf den Rücken, während sie in das Wohnmobil gingen und Satellitenbilder auf Updates überprüften, um herauszufinden, wo Haley sein könnte.

Ava kam hinzu. „Okay, Folgendes habe ich herausgefunden: Dana sagte, Mark besitzt eine Hütte am See. Sie war nur einmal dort und sie liegt ziemlich isoliert. Hier ist die Adresse." Sie reichte sie Braxton, der sie in das Navigationssystem eingab. Die Adresse erschien.

„Ich habe sie auch gebeten, mich zu benachrichtigen, wenn Mark sie anruft." Ava steckte das Handy zurück in die Hosentasche.

„Ich positioniere alle unsere Satelliten in einem Umkreis von 100 Meilen neu." Barrett gab eine Art Code in die Tastatur des Computers ein und automatisch erschienen Luftbilder auf dem Bildschirm.

„Wir haben Satelliten?", murmelte Braxton Damon zu.

„Offensichtlich." Damon nickte anerkennend.

„Gib mir einfach die Koordinaten." Jayden ballte wütend die Hände zu Fäusten.

„Einen Augenblick." Barrett sah einige Bilder durch, während Damon die Adressen abglich.

„Komm schon!" Jayden kniff leicht die Augen zusammen und versuchte, den Computer zu zwingen, sich verdammt noch mal zu beeilen.

„Ich habe gesagt, dass du warten sollst. Wenn du in das falsche Haus eindringst, verschwendest du nur Zeit, die wir für Haley benötigen." Barrett sah ihn durchdringend an.

Jayden knirschte mit den Zähnen.

Barrett hatte recht. Er wusste es. Jayden wollte Haley sicher und unbeschadet nach Hause holen, nur das zählte im Moment für ihn.

HALEY RUTSCHE UNBEHAGLICH auf dem Vordersitz des verwahrlosten Ford-Trucks hin und her. Zuerst war ihr der

Geruch nicht aufgefallen, doch inzwischen konnte sie den himmelschreienden Gestank nicht länger ignorieren.

„Ich wusste gar nicht, dass du einen Truck hast, Mark. Ich habe dich immer nur den Prius fahren sehen." Sie schluckte und versuchte, nur durch den Mund zu atmen. Vielleicht hatte er ein Stinktier überfahren.

Marks Wange zuckte und er starrte weiter geradeaus. Er fuhr weiter die Straße entlang und bog dann plötzlich auf den Highway.

„Hey, du hast die Abfahrt zum Floristen verpasst." Haley drehte sich um, die Lichter der Stadt verschwanden in der Ferne.

Er schüttelte den Kopf. „Planänderung."

Angst kletterte ihr hoch wie die kalten Finger eines Skeletts. Sie drehte sich zu Mark und sah ihn an. „Na gut, aber wir müssen immer noch zu Jayden und ihm sagen, wo ich hinfahre. Du kannst die nächste Abfahrt da vorne nehmen."

Als Mark sie jetzt ansah, waren seinen Augen leer und ausdruckslos. „Nein. Ich bringe dich nicht zu Jayden. Du gehörst mir. Du hast schon immer mir gehört."

Haleys Magen verkrampfte sich, sie wurde von Todesangst erfasst. Sie packte den Türgriff und zog.

Klick.

Sie erstarrte. Das unverkennbare Geräusch einer geladenen Waffe ließ alle ihre Muskeln anspannen.

„Tu das nicht, kleine Haley. Ich habe keine Lust, dich zu töten, bevor wir unsere gemeinsame Zeit hatten."

„Beeile dich." Jayden stand neben Braxton, während dieser das gigantische Wohnmobil auf Nebenstraßen zur Hütte manövrierte. Die großen Reifen des Behemoths hatten auf dem unebenen Gelände keine Schwierigkeiten.

„Ich fahre so schnell es geht. Die Straße wird immer schmaler", sagte Barrett zwischen zusammengebissenen Zähnen.

„Ich gehe raus." Jayden rannte zur Hintertür, wurde jedoch von Barretts massiver Hand festgehalten. Er starrte Barrett an. „Du wirst mich nicht aufhalten."

„Das hatte ich nicht beabsichtigt. Laut der Satellitenbilder befinden wir uns nur eine Meile von der Hütte entfernt." Barrett sah Jayden mit leicht zusammengekniffenen Augen an.

„Ich habe keine Ahnung, was uns erwartet, also müssen wir Vorsicht walten lassen."

„Ich will die Führung übernehmen." Jaydens Herz raste in seiner Brust, er fühlte sich wie ein Tiger, der aus einem Käfig auszubrechen versuchte.

Barrett nickte kurz. Das Wohnmobil kam ruckartig zum Stehen.

„Wir sind offiziell von der Straße runter." Braxton sicherte den Behemoth und kam mit den restlichen Werwölfen in den hinteren Teil.

„Ich will, dass sich jeder bewaffnet."

„Aber ich kann schneller dort hingelangen, wenn ich mich verwandle." Jayden schüttelte den Kopf, energisch bereit, alles Notwendige zu tun, um zu Haley zu gelangen.

„Wenn du dich verwandelst, kannst du keine Waffen tragen."

„Ich habe eine Idee." Er ging zu einem großen Seesack und zog etwas heraus, das wie ein Anschnallgurt aussah.

„Das hat Ava für mich gemacht. Es ist eine Pistolentasche. Sobald Jayden sich verwandelt, ziehe ich ihm die Pistolentasche mit seiner Waffe an. Sobald er zur Hütte kommt, kann er wieder Menschengestalt annehmen und die Waffe verwenden." Damon zuckte mit den Schultern.

„Und er wird nackt wie am Tag seiner Geburt sein." Braxton schaute finster.

Jayden öffnete die Tür des Wohnmobils und eilte nach draußen, dabei entledigte er sich seiner Kleidung. „Lasst uns loslegen." Er schloss die Augen und rief seinen inneren Wolf. Seine Muskeln weiteten sich und seine Sehnen wurden länger, Haare begannen seinen gesamten Körper zu bedecken.

Schließlich öffnete Jayden die Augen und knurrte. Dann ging er zu Damon.

„Okay, Jayden. Vergiss nicht, sobald du dich zurück in einen Menschen verwandelst, passt die Pistolentasche nicht mehr und wird herunterfallen. Und denk daran, dich wieder zu verwandeln, *bevor* du den Stalker angreifst." Damon legte die Pistolentasche um seinen Wolfskörper und steckte eine 45er Sig Sauer hinein.

„Die Koordinaten führen eine halbe Meile durch den Wald." Barrett legte eine Hand auf Jaydens Nacken, um sicherzugehen, dass er ihm zuhörte.

„Wir werden direkt hinter dir sein, bewaffnet. Du musst warten, bis wir dort sind. Schätze einfach die Situation ab und schicke mir eine SMS." Barrett griff Jaydens Handy aus der auf dem Boden liegenden Jeans und steckte es sicher in die Pistolentasche.

„Haben wir uns verstanden, Jayden? Du unternimmst kein taktisches Manöver, bis ich es sage."

Barrett starrte ihn an.

Jayden nickte kurz.

Er würde Barretts Zorn später zu spüren bekommen, wenn sein Rudelführer entdeckte, dass er gelogen hatte.

HALEY GING LANGSAM zur Tür der Hütte. Sie wusste, dass

Mark, sobald er sie nach drinnen geschafft hatte, sie vergewaltigen würde.

Und Gott weiß, was sonst noch.

Sie musste Zeit schinden. Ganz sicher war Jayden inzwischen auf der Suche nach ihr.

„Beweg dich." Er stieß ihr die metallene Waffe in den Rücken und knurrte. „Bring mich nicht dazu, auf dich zu schießen und dich hineinzuzerren."

Sie schnappte nach Luft.

Er lachte leise, das Geräusch kroch wie der Tod über ihre Haut.

„Ich kann an vielen Stellen auf dich schießen, Haley, und ich würde noch immer meinen Spaß mit dir haben können."

Er griff um sie herum, drehte den Türknauf und schubste sie in die Hütte.

Ihr Fuß verfing sich im Teppich und sie stolperte zu Boden. Er machte das Licht an und erhellte den engen Raum.

Die Hütte bestand aus einem einzigen rustikal eingerichteten Raum. Die Küche lag hinter ihr, zur Linken befand sich der Wohnbereich mit einem ausgesessenen, aber ranzigen Sofa und einem Kamin an der Wand. Stufen an der anderen Wand deuteten auf eine zweite Ebene hin.

Er folgte ihrem Blick zur zweiten Ebene und schaute dann zurück zu ihr. „Ganz recht, das Schlafzimmer befindet sich da oben und wir werden dort eine Menge Zeit verbringen."

„Warum machst du das? Was ist mit Dana? Ihr solltet doch verlobt sein." Haley stand auf und ließ Mark nicht aus den Augen.

„Wegen der Sache, die im Oktober passiert ist." Er legte den Kopf schief.

„Wie hast du davon erfahren?" Heilige Scheiße. Gehörte er zu den Entführern? Ihr brach der kalte Angstschweiß aus.

Sein Gesicht schaute grimmig. „Ich wusste von der Entführung. Tatsächlich hatte mir mein Bruder erzählt, dass sie vorhatten, dich zu entführen, und sie wollten mich dabeihaben." Er schüttelte den Kopf. „Doch ich habe Nein gesagt. Und dann kommt Jayden daher. Der Wichser hat meinen Bruder getötet. Hat ihm das Genick gebrochen." Marks Augen wurden gelb und er fletschte die Zähne. Haley fühlte, wie ihr das Blut aus dem Gesicht wich. Es traf sie wie ein Blitzschlag. Marks Gestank, sein Gesicht, das ihr nur allzu bekannt vorkam. Sie hatte nur einen kurzen Blick auf ihren potenziellen Vergewaltiger werfen können, bevor Jayden hereingekommen war und ihn umbrachte. Es war dunkel gewesen und sie hatte solche Angst gehabt, dass sie nicht genauer hingeschaut hatte.

„Er war dein Bruder?"

„Ja." Mark starrte sie an. „Mein Zwilling."

„Aber wie hast du, ich meine, ich hätte dich erkannt an deinem –"

„Meinen Geruch?" Er lachte bissig. „Ich habe meinen Geruch getarnt die wenigen Male, die ich in deiner Gegenwart war."

„Doch hätte Dana deinen Geruch nicht erkennen müssen?" Rote Werwölfe hatten einen sehr ausgeprägten Körpergeruch.

„Du wärst überrascht, wie viel eine verzweifelte Frau übersieht." Mark zog die Augenbrauen hoch. „Außerdem habe ich dafür gesorgt, viel Zeit in der Leichenhalle zu verbringen. Formaldehyd überdeckt einfach jeden Geruch, den du dir nur vorstellen kannst." Haley spürte einen Kloß im Hals und schluckte.

„Aber du wolltest doch Arzt werden, Mark. Und Ärzte helfen anderen. Sie verletzen sie nicht. Du hast immer noch Zeit. Lass mich einfach gehen."

Mark schaute sie amüsiert an. „Wie niedlich. Du hast dir das in deinem kleinen hübschen Kopf schon alles ausgemalt."

Seine Belustigung verblasste. „So einfach ist das nicht. Das ist es nie. Ich bin dir gefolgt, nachdem du die LSU verlassen hattest. Es schien die Leere zu füllen, die mein Bruder hinterlassen hatte. Ich habe dich wirklich geliebt, Haley."

„Habe."

Sie schluckte.

„Das änderte sich, als Jayden auf der Bildfläche erschien. Wenn du einfach die Klappen gehalten hättest, dann hätte ich dir näherkommen können, dich das fühlen lassen, was ich selbst empfand. Ich wusste, dass du unberührt warst, noch immer Jungfrau." Sein Blick wurde hart. „Doch du musstest es Barrett sagen. Und der beauftragte ausgerechnet den Mörder meines Bruders damit, dich zu bewachen."

Mark schaute auf, seine Wangenmuskeln zuckten. „Weißt du, wie sehr es mich schmerzte, dich mit ihm zu sehen? Mit demjenigen, der meinen Bruder umgebracht hat?"

„Mark, bitte …" Haley ging einen Schritt zurück, ihre Gedanken überschlugen sich. Sie hatte keine Zeit mehr, sie musste sich aus dieser misslichen Lage selbst befreien.

„Wenn du nur gewartet hättest. Aber nein, du hast seinen Lügen geglaubt und dich von ihm berühren lassen." Seine eine Hand umklammerte die Waffe, die andere Hand schlug rhythmisch gegen seinen Oberschenkel.

„Du hättest nicht so eine verdammte Hure sein sollen, Haley. Vielleicht hätte ich dich dann weiter lieben können. Doch jetzt lässt du mir keine andere Wahl. Nachdem ich dich gefickt habe, werde ich dich in kleinen Stücken an Jayden zurückschicken."

KAPITEL 14

*J*ayden verwandelte sich zurück in einen Menschen, sobald die Hütte in Sicht kam. Er zog die Waffe und rief Barrett an, während er auf die Hütte zu rannte.

„Ich bin da." Er legte auf. Er hatte das Protokoll gebrochen, indem er Barretts Befehl, auf ihn zu warten, missachtet hatte. Er würde sich später mit den Konsequenzen beschäftigen.

Wenn es ein Später gab.

Der Gestank von rotem Wolf stach in seiner Nase, als er an dem schrottreifen Truck vorbeilief.

Er hörte Haleys Stimme und hielt den Atem an, als er auf die Terrasse sprang und sich gegen die Tür warf. Holz zersplitterte krachend, als er direkt durch die Tür brach.

Mark drehte sich erschrocken um und richtete die Waffe auf Jayden.

Jayden sprang auf ihn und beide gingen zu Boden.

Jaydens Waffe schlitterte über den Fußboden, Haley schrie und dann löste sich ein Schuss. Jayden festigte seinen

Griff um Marks Hand, bis dieser losließ, und stieß die Waffe quer durch den Raum.

Er sah auf, um sich zu vergewissern, dass Haley nicht von der Kugel getroffen worden war. Sie erwiderte seinen Blick, Entsetzen lag in ihren Augen und ihr Gesicht war bleich.

„Haley, geht es dir gut? Oder wurdest du getroffen?" Er wollte zu ihr, konnte Mark jedoch nicht loslassen.

Er sah Mark ins Gesicht und erwartete, ihn in seinen letzten Atemzügen zu sehen, stattdessen grinste Mark ihn an.

Jayden schaute finster.

„Wie fühlt sich das an?" Mark schlug Jayden mit der Faust in den Bauch. Starke Schmerzen fraßen sich wie Feuer durch ihn hindurch. Jayden schaute an sich hinunter, sah das Blut auf seinem Bauch.

Er war von der Kugel getroffen worden.

Jayden hielt sein Stöhnen zurück und umfasst Mark noch fester.

„Haley, verschwinde von hier. Sofort!" Jayden brüllte. Er musste dafür sorgen, dass sie in Sicherheit war.

Mark grinste und steckte seinen Finger in die Schusswunde. Jayden griff seinen Arm, doch seine Hand war glitschig vom Blut und er entglitt seinem Griff. Mark bäumte sich auf und schubste Jayden von sich, dann stand er auf.

Jayden hielt sich den Bauch und stand auf, schob sich dann zwischen Mark und Haley.

Mark lachte. „Perfekt. Du kannst mir zuschauen, während ich sie ficke und dann umbringe. Wie findest du das, Arschloch?"

Wildes Knurren erfüllte plötzlich die Hütte und brachte die Fensterscheiben zum Vibrieren.

Jayden dachte zuerst, dass Barrett hinter ihm aufgetaucht war, doch ein Blitz von zierlichem, grauem Fell ließ ihn diesen Gedanken umgehend wieder verwerfen.

Unsägliche Wut durchströmte Haley in dem Moment, als Jayden von Marks Kugel getroffen wurde. Sie hatte es satt, Angst zu haben, nicht so zu leben, wie sie es wollte, und keine Risiken einzugehen.

Jetzt war Schluss.

Sie verwandelte sich in eine Wölfin und nahm die Macht und Kontrolle wieder an sich.

Und dann sprang sie. Sie nutzte ihr gesamtes Gewicht, Mark zurückzustoßen. Sein Kopf traf mit einem dumpfen Schlag auf dem Boden auf.

Sie beugte sich hinab und versenkte ihre Reißzähne zwischen seinen Beinen.

Mark schrie auf und versuchte, sie abzuschütteln. Doch sie ließ einfach nicht los. Ihre Kiefer waren verkeilt. Blut sickerte in ihr Maul und schürte ihren Blutdurst.

Wenn Jayden starb, dann würde auch Mark sterben.

Barrett eilte an den Wächtern vorbei, grade als Jayden das Telefonat beendet hatte. Er wusste, was Jayden vorhatte, und das könnte ihn verdammt noch mal umbringen.

Barrett rannte mit gezogener Waffe in die Hütte und blieb abrupt stehen. Damon war direkt hinter ihm mit Braxton auf den Fersen. Der Stalker schrie jämmerlich, während Haley ihre Zähne in seinem Gemächt vergrub.

„Großer Gott", murmelte Braxton und wurde um etliches blasser.

Barretts Blick fiel auf Jayden, der auf dem Boden lag, Blut sammelte sich in einer Lache unter ihm.

„Braxton, hol den Verbandskasten." Barrett eilte zu Jayden. Er zog sein schwarzes T-Shirt über den Kopf und presste es gegen die Schusswunde.

„Was ist mit Haley?"

„Ich denke, Haley geht es gut", schnauzte Barrett.

„Geh schon!"

Damon ließ sich auf der anderen Seite neben Jayden nieder und Barrett konnte die Sorge in seinem Gesicht sehen. Die beiden waren wie Brüder zusammen aufgewachsen, bevor das Schicksal sie auf unterschiedliche Pfade geschickt hatte. Doch wie das Leben so spielte, hatte sie einander wiedergefunden.

„Jayden, verdammt, komm nicht auf die Idee, zu sterben." Damon setzte seine Oakleys ab und nahm Jaydens Hand. „Wenn du das tust, dann werde ich für Haley ein Date mit Jaxon organisieren."

Jaydens Augen öffneten sich einen Spalt und er verzog das Gesicht zu einer Grimasse. „Dann reiße ich dir die verdammte Kehle auf, Wolf."

Barrett stieß einen Seufzer aus. „Kommt schon, Kinder. Nachher ist noch genug Zeit, um zu streiten."

„Was ist mit Haley? Geht es ihr gut? Ist sie verletzt?" Jayden machte einen schwachen Versuch, sich aufzusetzen, doch Barrett drückte ihn sanft zurück auf den Boden.

„Ihr geht es gut. Inzwischen hat sie Marks Schwanz vermutlich ganz abgebissen."

Damon grinste.

„Ach, verflucht. Holt sie von ihm herunter." Jaydens bleiches Gesicht verzog sich vor Ekel.

„Sie weiß nicht, wo er den vorher stecken gehabt hat."

Damon schaute zu Barrett. Barrett nickt zustimmend.

„Haley, ist schon gut. Du kannst ihn jetzt loslassen." Damons Stimme war ruhig und Barrett war jedes Mal aufs Neue überrascht, dass ein aggressiver Kämpfer wie Damon so gelassen sprechen konnte.

Haley hatte sich noch immer in Marks Geschlechtsteile verbissen. Barrett hatte fast Mitleid mit dem Kerl.

Fast.

„Haley, Jayden braucht dich." Barrett sah sie eindringlich

an, während er noch immer sein T-Shirt auf Jaydens blutende Wunde presste.

Ihre Wolfsaugen trafen seinen Blick und hielten ihm stand. Sie blinzelte und öffnete den Kiefer. Sie trottete hinüber zu Jayden und setzte sich neben ihn. Dann legte sie ihren Kopf an seinen Hals und winselte.

Jayden lächelte und streichelte ihren Kopf, seine Augen öffneten sich.

„Du siehst immer noch scharf aus, Süße." Er hustete und ein wenig Blut spritzte aus seinem Mund.

Barrett knirschte mit den Zähnen. „Ich muss dich auf die andere Seite rollen und nachsehen, ob die Kugel noch in der Wunde steckt, Jayden."

Barrett wartete nicht darauf, ob Jayden ihn verstand. Er hatte keine Zeit.

Damon hockte sich neben Haley und legte seine Arme um Jayden. Er wartete auf Barretts Signal und drehte Jayden dann auf die Seite.

Jayden stöhnte und Haley winselte.

Barrett zerriss Jaydens T-Shirt und zog angesichts des Anblicks, der sich ihm bot, eine Grimasse.

Barrett sah Damon an.

„Verdammte Scheiße." Damon fluchte.

Barrett griff in seine Pistolentasche und zog ein Messer heraus. Es war zwar nicht steril, doch Jayden würde sich von dem Schnitt erholen. Doch wenn die Kugel steckenbliebe, würde er langsam sterben.

„Haley, verwandle dich. Du musst Jayden helfen, während ich die Kugel entferne." Barrett sah sie mit zusammengekniffenen Augen an.

Als Haley in die Ecke der Hütte trottete und sich wieder in Menschengestalt verwandelte, wandte Barrett seinen Blick ab. Als sie an Jaydens Seite zurückkehrte, hatte sie eine Decke um ihren nackten Körper gewickelt.

„Bist du bereit?" Barrett sah ihr in die Augen.

„Ja." Sie lehnte sich hinab zu Jayden, ihr Gesicht war nur wenige Zentimeter von seinem entfernt. „Das hier wird wehtun. Schrei, wenn du willst, okay?" Jayden kicherte. „Ich werde keinen Laut von mir geben."

Barrett knirschte mit den Zähnen. Was er nun tun musste, würde erhebliche Schmerzen verursachen. Barrett schaute Damon an. „Haben wir irgendwelche Schmerzmittel? Alkohol?"

Damon schüttelte den Kopf.

Braxton stürmte mit dem Verbandskasten herein. „Was brauchst du?"

„Ist da Morphium drin?"

„Ja, hier." Braxton nahm eine Spritze und ein kleines Fläschchen heraus. Er zog etwas von der Flüssigkeit mit der Spritze auf und reichte sie Barrett.

„Gib du es ihm", befahl Barrett.

Braxton stieß Jayden die Spritze ihn den Oberschenkel und verabreichte ihm das Schmerzmittel.

„Ich muss die Kugel herausbekommen, Jayden. Versuche, so ruhig wie möglich zu bleiben."

„Ich bewege mich keinen Zentimeter, mein Alpha."

Jaydens Stimme klang nahezu ehrfürchtig.

Barrett wusste, dass Jayden sich nicht rühren würde, ganz gleich, wie stark die Schmerzen auch sein mochten.

Barrett besann sich einen Augenblick und setzte dann das Messer an. Jaydens Körper würde die Schmerzmittel aufgrund seines hohen Stoffwechsels schnell verwerten, daher musste er umgehend handeln. Er betete, dass das Mittel zumindest den Einschnitt des Messers abschwächen würde.

Er schnitt in den unteren Bereich des Rückens und Jayden zuckte unter seinen Händen, dennoch schrie er nicht auf. Barrett konnte die Kugel fühlen und verschwendete keine Zeit. Er stieß die Klinge noch ein wenig tiefer in den Rücken seines Wächters. Als er die Kugel schließlich hervorgeholt hatte, presste er eine Mullbinde auf die Wunde. Nachdem er den Verbandsmull befestigt hatte, drehte er Jayden zusammen mit Braxtons Hilfe um.

Jaydens Gesicht war blasser als er es je gesehen hatte, und Barrett fürchtete, das Jayden vielleicht zu viel Blut verloren hatte.

„Wird er sich wieder ganz erholen?" Haley schaute Barrett mit Tränen in den Augen an.

„Ja." Er hoffte, dass diese Antwort keine Lüge war.

Jayden öffnete seine Augen.

Nein, dies war kein Traum. Er hatte gehofft, dass der Schmerz, den er verspürte, Teil eines Albtraums war.

„Hey, du bist ja wach."

Er drehte den Kopf in Richtung Haleys Stimme. Sie lehnte sich über sein Bett.

„Hey du." Er hob seine Hand und umfasste ihre Wange.

„Wie fühlst du dich?" Ihre Augen waren rotgeweint.

„Als ob ich angeschossen wurde."

Sie lächelte ein wenig. „Das wurdest du."

Jayden verzog das Gesicht. „Ich erinnere mich an Barrett, der die Kugel herausgeholt hat."

Haley nickte. „Er hat ziemlich gute Arbeit geleistet. Der Arzt sagte, dass du innerhalb weniger Wochen vollständig verheilt sein wirst."

Jayden runzelte die Stirn. „Wie lange war ich bewusstlos?"

„Nur einen Tag lang."

„Wo ist Mark?" Wut rauschte durch seine Adern.

Sie schaute zur Seite.

„Was? Was ist denn? Ist er etwa davongekommen?" Jayden richtete sich auf und zog eine Grimasse, als sein Rücken schmerzte.

„Nein. Er geht nirgendwo hin." Haley biss sich auf die Lippe. „Er muss sich von der Operation erholen." Jayden machte ein fragendes Gesicht.

„Sagen wir einfach, er hat ein Ei weniger." Haley stieß den Atem aus.

„Du hast ihm die Eier abgebissen." Jayden erstarrte.

„Nur eines. Das andere hat er noch."

„Aha. Hast du dir den Mund ausgewaschen?"

Haley lachte. „Na klar."

„Gut, dann komm und küss mich."

KAPITEL 15

„*B*ist du soweit?" Jayden verschränkte die Arme und lehnte sich gegen die Küchentür. Vier Wochen waren vergangen, seit er angeschossen worden war, und es hatte nur eine Woche gedauert, bis er richtig verheilt war. Haley war an seiner Seite geblieben und hatte sich geweigert, ihn auch nur für eine Minute aus den Augen zu lassen. Auch zum College war sie erst dann gegangen, als er wieder völlig gesund war.

„Ich bin fast fertig," rief Haley ihm aus dem Badezimmer zu. Barrett ließ Haley bis zum Semesterende in seinem Haus bleiben. Nachdem Dana herausgefunden hatte, wer ihr Verlobter tatsächlich war, war sie verzweifelt. Mark hatte ihr wirklich etwas bedeutet und dann fand sie heraus, dass er ein Psychopath war, der ihre beste Freundin vergewaltigen und umbringen wollte. Dana hatte Haley gebeten, wieder zu ihr ins Studentenwohnheim zu ziehen, doch Haley brauchte mehr Zeit. Sie beide brauchten mehr Zeit.

„Hör auf, es hinauszuzögern", rief Jayden ihr zu.

„Wer zögert hier was hinaus?" Haley kam aus dem Badezimmer, sie trug ein enges T-Shirt, das jede ihrer weiblichen Kurven zur Geltung brachte, dazu Biker-Boots.

Jaydens Mund wurde trocken und er richtete sich auf.

„Ich bin soweit." Sie stemmte die Hände in die Hüften und grinste schelmisch.

„Dann lass uns losfahren." Jayden öffnete die Haustür und ließ sie zuerst hinausgehen.

Die leichte Sommerbrise wehte durch ihr Haar und trug ihren Geruch zu ihm, ließ seinen Schwanz hart werden. Seit der Stalker gefasst und vor das Tribunal gebracht worden war, hatten sie kaum Zeit zusammen verbracht. Vor dem Tribunal wurde Mark für schuldig befunden und zum Tode verurteilt. Jayden wurde von Barrett als Scharfrichter vorgesehen.

Sie hatte nicht gefragt, wie Mark gestorben war. Er hoffte, sie würde ihn nie fragen. Sollte sie fragen, würde er ihr erzählen, dass sie beiden in einem Raum allein gelassen worden waren, wo sie sich in Wölfe verwandelt hatten. Jayden hatte Mark zuerst angreifen lassen. Er wusste, dass er beim ersten Geschmack von Blut nicht würde aufhören können. Er hatte Mark all den Schmerz und das Leiden spüren lassen, was er Haley zugefügt hatte. Er zerfleischte ihn, bis niemand mehr hätte sagen können, was für ein Tier er gewesen war.

Haley schaute zu seinem Motorrad und dann zurück zu Jayden. „Bist du sicher, dass es okay ist?"

„Völlig in Ordnung." Er reichte ihr einen Helm und sie setzte ihn auf.

„Ich habe nie zuvor auf einer Harley-Davidson gesessen."

„Das ist nicht irgendeine Harley, es ist eine Harley Break-out", korrigierte Jayden sie. Sie sah traumhaft aus, wie sie in ihren engen Jeans neben seinem Motorrad stand. Er wollte ihr fast sagen, dass sie die ganze Sache abblasen, wieder ins Haus gehen und sich lieben sollten.

„Ich bin bereit." Sie schenkte ihm ein strahlendes Lächeln.

Er setzte sich rittlings auf sein Motorrad und wartete, bis sie sich hinter ihn gesetzt hatte. Sie legte ihre Arme um seine Hüfte und er konnte sich ein Lächeln nicht verkneifen. Sie fühlte sich verdammt noch mal perfekt an. Der Motor erwachte zum Leben und er fuhr auf die Straße. Sobald sie den Highway erreichten, beschleunigte er. Er wünschte, er könnte weiterfahren, bis ihnen das Benzin ausging. Doch er wusste, dass sie eine Sache zu erledigen hatten.

Er nahm die nächste Abfahrt und fuhr in Richtung der Universität. Das Semester war beendet, doch die Sommerkurse waren in vollem Gang, selbst zu dieser Tageszeit. Er verlangsamte die Geschwindigkeit, als er die Straße zum College entlangfuhr. Er hielt an und fuhr rückwärts in eine Parklücke.

Sie stieg von seinem Motorrad und lächelte.

„Für jemanden, der eine Wette verloren hat, siehst du wahnsinnig glücklich aus."

Er schmunzelte und zog zwei Handtücher aus den Seitentaschen an seinem Motorrad.

„Vielleicht ist das meine neue Sicht auf das Leben." Sie lächelte und begann, ihre Schuhe auszuziehen.

„Hast du von deinen Eltern gehört?" Er schnürte seine Motorradstiefel auf und zog sie aus.

„Das habe ich. Sie wollen, dass ich zurück nach Hause komme." Jaydens Herz schien für einen Schlag auszusetzen und er schaute zur Seite. „Und was willst du?"

„Ich habe ihnen gesagt, dass ich bereits zu Hause bin."

Er drehte seinen Kopf und schaute ihr in die Augen.

„Ich habe ihnen gesagt, dass ich auch nach dem College hier in Arkansas bleibe. Ich denke, ich arbeite an meiner Idee mit der Modelinie."

„Ich denke, dass du damit Erfolg haben wirst." Sein Herz

wurde unfassbar leicht, denn er wusste, dass sie bleiben würde.

„Also, wollen wir uns nun unterhalten, oder gehen wir schwimmen?" Sie beäugte die Fontäne mit Interesse.

„Komm schon." Er nahm ihre Hand und zog sie in Richtung des Springbrunnens.

Sie schauten sich um. Niemand war in der Nähe und die Sicherheitsleute des Campus waren nirgends zu sehen.

„Wir müssen uns beeilen, bevor die Sicherheitsleute auftauchen." Jayden zog sein T-Shirt über den Kopf, dann folgten seine Jeans.

Haley nickte und entkleidete sich schnell.

Er schaute sie an, wie sie dort völlig unbekleidet stand.

„Jayden, komm. Wir haben keine Zeit für so etwas, nicht hier."

Sie lachte und zog ihn in den Springbrunnen.

Er fauchte, als das kalte Wasser auf seine Haut traf. Sie zitterte, als sie sich hinsetzte und ihren Körper ganz ins Wasser eintauchte. Er tat es ihr nach. Als sie wieder auftauchten, standen dort zwei Studentinnen und starrten sie an.

„Komm, lass uns verschwinden, bevor wir noch festgenommen werden." Jayden zog sie aus dem Wasser.

Lachend trockneten sie sich ab und warfen sich in Windeseile die Klamotten über.

„Hey, wartet ihr beiden. Halt!" Ein Wachmann der Universität rannte auf sie zu.

Jayden warf Haley den Helm zu und startete das Motorrad. Schnell setzte sie sich hinter ihn.

Das Geschwindigkeitssignal ignorierend, raste Jayden über den Campus und hinaus auf die Straße. Als sie den Highway erreichten, beschleunigte er weiter.

Fünfzehn Minuten später hielten sie vor einer bekannten

Bar. Er stellte den Motor ab und wartete, bis Haley abgestiegen war.

Sie schaute ihn wachsam an. „Was machen wir hier?"

Jayden schluckte und rieb seine schweißnassen Hände an seiner Jeans ab. „Ich glaube, ich schulde dir eine Runde Billard und vielleicht einen Tanz." Ihre Augen wurden groß. „Ich denke, du tanzt nicht?"

„Das habe ich bislang auch nicht getan. Nicht, bis ich dich kennengelernt habe. Es scheint eine Menge Dinge zu geben, die ich bisher nicht getan habe."

Ihre Augen zeigten unausgesprochene Gefühle für ihn. „Ach ja? Was denn zum Beispiel, Jayden?"

Er schob seine Hand in die Jeans und fummelte nach der kleinen Schachtel.

„Zuerst einmal habe ich mich noch nie verliebt. Bis ich dich traf."

Ihre Lippen öffneten sich, doch sie blieb stumm.

„Haley, ich bin in dich verliebt. Ich habe das noch nie gegenüber einer anderen Frau empfunden. Ich kann nicht aufhören, an dich zu denken, selbst wenn ich arbeite. Und wenn ich schlafe, dann träume ich von dir. Es ist, als besäßest du einen Teil von mir, den ich nicht zurückbekomme."

„Dein Herz?"

„Ja. Du hast mein Herz. Du hast einen Teil von mir geheilt, von dem ich dachte, dass er für immer kaputt, tot sei. Du hast mich wieder zum Leben erweckt." Er grinste, als er ihre Hand in seine nahm.

„Ich liebe dich auch, Jayden."

„Na, Gott sei Dank." Er stieß den Atem aus.

„Warum denn das?" Sie grinste ebenfalls.

„Weil es das hier einfacher macht." Er ging auf ein Knie und zog die kleine Schachtel hervor, die er vor drei Wochen gekauft hatte, nachdem er die Krankenstation verlassen hatte.

„Ist es das, was ich denke?" Ihre Augen weiteten sich.

„Haley Guthrie, willst du mir die Ehre erweisen, meine Gefährtin zu sein und mich zu heiraten?"

„Beides?"

„Ich will dich auf jede nur erdenkliche Art und Weise. Ich habe dich gefunden und ich möchte dich nicht wieder verlieren. Ich möchte, dass du für immer an mich gebunden bist. Ich kann ohne dich nicht atmen, Baby."

Sie fiel auf die Knie, nahm sein Gesicht zwischen ihre Hände und küsste ihn leidenschaftlich. „Ja, Jayden, ich werde sowohl deine Gefährtin als auch deine Frau sein. Für immer."

Er lachte und fühlte sich freier und glücklicher als jemals zuvor. Er nahm den Ring aus der Schachtel und steckte den großen glänzenden Diamanten an ihren Finger.

Er stand auf und zog sie mit sich hoch.

„Wir sind noch nicht fertig."

„Es gibt noch mehr?" Sie grinste, als sie ihre Arme um seine Taille schlang.

Er nickte in Richtung der Bar.

„Werden wir eine Runde Billard spielen?"

Er schüttelte den Kopf. „Nicht heute. Heute Abend gehe ich mit dir Tanzen."

Ende

Weitere Bücher der Autorin

DIE DUNKLE SEITE DES MONDES (Buch 4)*
SHADOWS OF A FULL MOON (Book 5)
SECRETS OF A SILVER MOON (Book 6)
FALL OF A BLOOD MOON (Book 7)
RISE OF AN ALPHA MOON Volume 1 (Book 8)
RISE OF AN ALPHA MOON Volume 2 (Book 9)
RISE OF AN ALPHA MOON Volume 3 (Book 10

VEILED Series
VEILED SECRETS (Book 1)
VEILED ENCHANTMENT (Book 2)
THE VAMPIRE HOUSEWIFE Series
LIPSTICK AND LIES AND DEADLY GOODBYES (Book 1)
MERLOT AND DIVORCE AND DEADLY REMORSE
(Book 2)

CLOVERTON Series

CANDY CORN KISSES AND CANDY CANES AND
TRACTOR CHAINS (short holiday stories)
CHRISTMAS IN CLOVERTON (novella)
LOST WITHOUT YOU (Book 1)
LOST ALL CONTROL (Book 2)
SOMEWHERE Series
SADDLE UP (Book 1)
TROUBLE IN TEXAS (Book 2)
BAD MEDICINE (Book 3)
SOMEWHERE IN PARADISE (Book 4)

ÜBER DIE AUTORIN

Jodi wurde in Mississippi geboren und ist dort aufgewachsen. Ihre tiefen südlichen Wurzeln und ihre Liebe zum Paranormalen brachten sie dazu, im Süden angesiedelte paranormale Romane zu schreiben. Sie lebt derzeit im Nordosten von Arkansas mit ihrem wunderbaren Ehemann und ihrem brillanten Sohn sowie einem temperamentvollen Schwan und einem gelben Labrador, dem es Freude macht, nach der Entensaison die Schildkröten aus dem Wasser zu fischen.

Jodi auf Facebook: **Jodi Vaughn, author**
Folgen Sie ihr auf Twitter: **@JodiVaughn1**

Melden Sie sich für Jodis Newsletter an und besuchen Sie ihre Website: **http://jodivaughn.com**

Jodi auf Instagram: **VaughnJodi**

BÜCHER VON JODI VAUGHN

Die Vampire Housewife Reihe
Lippenstift und Lügen und tödliche Intrigen
Scheidung und Wein und Schuldbewusstsein

Werwolf Wächter Romantik Serie
Ihr Werwolf Bodyguard
Ihr Werwolf Beschutzer
Ihr Werwolf Verteidiger

Ihr Cowboy-Held: Eine Western-Romanze -Held: Eine
Western-Romanze